metro

Michael Dibdin
Tod auf der Piazza

metro wurde begründet
von Thomas Wörtche

Zu diesem Buch
Der Parmesan-Industrielle und Fußball-Tycoon Lorenzo Curti wird tot aufgefunden – mit einer Kugel im Körper und einem Käsemesser in der Brust. Kommissar Aurelio Zen wird nach Bologna beordert, um den Mord an dem verhassten Manager aufzuklären. Während Zen erfolglos versucht, Licht in die Sache zu bringen, treibt ein zwielichtiger Privatdetektiv sein Unwesen, und der Starkoch und Publikumsliebling Lo Chef scheint sich nicht nur über neue Rezepte den Kopf zu zerbrechen. Je länger der Kommissar ermittelt, desto tiefer gerät er in ein Netz aus Korruption und gekränkten Eitelkeiten.

»Mit Aurelio Zen hat Michael Dibdin eine der literarisch fruchtbarsten Serienfiguren der neueren Kriminalliteratur geschaffen.«
Tobias Gohlis, Die Zeit

Der Autor
Michael Dibdin (1947–2007) studierte englische Literatur in England und Kanada. Vier Jahre lehrte er an der Universität von Perugia. Bekannt wurde er durch seine Figur Aurelio Zen, einen in Italien ermittelnden Polizeikommissar. Michael Dibdin wurde mit dem CWA Gold Dagger und dem Grand prix de littérature policière ausgezeichnet. Seine Romane wurden in zahlreiche Sprachen übersetzt und von der BBC als TV-Serie verfilmt. Er starb 2007 in Seattle.

Im Unionsverlag sind außerdem lieferbar: *Entführung auf Italienisch; Vendetta; Himmelfahrt; Tödliche Lagune; Così fan tutti; Schwarzer Trüffel; Sizilianisches Finale; Roter Marmor; Im Zeichen der Medusa* und *Sterben auf Italienisch.*

Die Übersetzerin
Ellen Schlootz arbeitet als Übersetzerin aus dem Englischen. Sie hat u. a. Werke von Ian Rankin und David Hosp ins Deutsche übertragen.

Mehr über den Autor und sein Werk auf *www.unionsverlag.com*

Michael Dibdin

Tod auf der Piazza

Aurelio Zen ermittelt in Bologna

Kriminalroman

Aus dem Englischen
von Ellen Schlootz

Unionsverlag

Die Originalausgabe erschien 2005
im Verlag Faber and Faber, London.
Die deutsche Erstausgabe erschien 2006
im Goldmann Verlag, München.

Im Internet
Aktuelle Informationen, Dokumente und Materialien
zu Michael Dibdin und diesem Buch
www.unionsverlag.com

Unionsverlag Taschenbuch 778
© by Michael Dibdin 2005
Originaltitel: Back to Bologna (2005)
© by Unionsverlag 2017
Neptunstrasse 20, CH-8032 Zürich
Telefon +41 44 283 20 00
mail@unionsverlag.ch
Alle Rechte vorbehalten
Der Verlag behält sich das Recht des Text- und Data-Minings an diesem Werk
vor, was hiermit Dritten ohne Zustimmung des Verlags untersagt ist.
Die erste Ausgabe dieses Werks im Unionsverlag erschien 2016
Reihengestaltung: Heinz Unternährer
Umschlagfoto: zodebala
Umschlaggestaltung: Martina Heuer
Druck und Bindung: CPI – Clausen & Bosse, Leck
www.unionsverlag.com/produktsicherheit
ISBN 978-3-293-20778-3
3. Auflage, Februar 2026

Der Unionsverlag wird vom Bundesamt für Kultur mit einem
Verlagsförderungs-Strukturbeitrag für die Jahre 2026–2028 unterstützt.

Auch als E-Book erhältlich

Für Kathrine

I

Man sollte ihn umbringen!«
Bruno schwieg.
»Das hab ich natürlich nicht wirklich gemeint«, fuhr Nando fort.
»Nicht wortwörtlich.«
»Nein.«
»Nicht im Sinne von ›Messer ins Herz‹.«
»Zum Beispiel.«
»Du hast das allegorisch gemeint.«
»Ähm ... ja.«
»Mein Mandant hat die angebliche Äußerung ›Man sollte ihn umbringen‹ rein euphemistisch gemeint, um nicht zu sagen parabolisch.«
»Genau. Allerdings, wenn dieser schmierige Dreckskerl einfach tot umfallen würde ...«
»Was Gott verhüten möge.«
»... dann würde das all unsere Probleme lösen.«
»Wer sagt das? Der Nächste könnte noch schlimmer sein.«
»Schlimmer als Curti? Das soll wohl ein Witz sein.«
»Außerdem scheinst du zu glauben, dass einer bei klarem Verstand bereit wäre, einen Verein zu kaufen, bei dem die Hälfte der Spieler von anderen Mannschaften ausgeliehen ist und der Rest am Ende der Saison verkauft wird, um das Loch in der Kasse zu stopfen. Es würde Jahre dauern, vom Geld ganz zu schweigen, aus *i rossoblù* wieder eine gute Mannschaft zu machen.«
»Na schön, also keinen Herzinfarkt und keinen Schlag-

anfall. Was dann? Noch so eine Saison wie diese, und ich ...«
Nando verstummte, als der Scheinwerfer des Wagens auf zwei umwerfende schwarze Beine fiel, die bis hinauf zu dem weißen Seidendreieck im Schritt zu sehen waren.

»Guck auf die Straße«, brummte Bruno verärgert.
»Fick dich doch.«
»Von der da? Jederzeit.«
»Oder von ihm.«
»Bei den Beinen wär das auch egal. Gott, ist das öde.«
Nando drehte das Radio wieder lauter.

»... ergaben sich mehrere gute Möglichkeiten, besonders in der zweiten Halbzeit, doch das unterstrich lediglich erneut die Tatsache, über die Bologna-Fans bereits die ganze Saison reden und, um ganz ehrlich zu sein, auch schon in früheren Spielzeiten, dass es nämlich an einem Weltklassestürmer fehlt, der endlich einmal die vielen Gelegenheiten nutzt, die jetzt auf dem Rasen verstreichen, und den Ball im Tor versenkt. Das Spiel auf den Flügeln und im Mittelfeld ist immer ordentlich und manchmal sogar hervorragend, doch wenn es um den Abschluss geht, ist es Woche für Woche das gleiche Trauerspiel ...«

Bruno gähnte heftig.

»Wie gehts denn den Kids?«, fragte er und drehte die Lautstärke des Radios wieder runter.

»Allen gut bis auf Carmelo. Er hat eine Art Geschwür an den Rippen, direkt unterm Flügel. Das scheint ihn zu stören, denn er knabbert ständig daran herum.«

»Kannst du da nicht irgendein Pflaster drauftun? Oder ihn anbinden, bis es geheilt ist?«

Sie fuhren gerade an einer der wenigen Erhebungen in dieser zweidimensionalen Landschaft vorbei, an einem der ausgedehnten Grabhügel nämlich, in denen der Müll der Stadt beerdigt wurde. Die brennenden Ausdünstungen schwebten darüber wie ein ewiges Licht.

»Die drehen durch, wenn man sie in ihrer Bewegungsfreiheit einschränkt. Morgen geh ich mit ihm zum Arzt. Er braucht Antibiotika.«

»Ich hab kürzlich gehört, man solle es mit diesem Zeug nicht übertreiben. Senkt die Immunität gegen Grippe oder so.«

»Vögel kriegen keine Grippe.«

»Kriegen sie wohl. Erinnerst du dich noch an die Hysterie wegen dieser chinesischen Hühner?«

»Carmelo ist aber kein Huhn.«

Nando war ein ansehnlicher Kerl aus irgendeinem Dorf in den Abruzzen, von dem Bruno noch nie gehört hatte. Sein jüngster zum Scheitern verurteilter Traum war es, das 500 PS starke Gallardo-Coupé mit Zehn-Zylinder-Motor und einer Höchstgeschwindigkeit von 300 Stundenkilometern in die Finger zu kriegen, das die Firma Lamborghini kürzlich der Polizia di Stato zu beiderseitigen PR-Zwecken gestiftet hatte. Er war gebaut wie ein Ringer, hatte einen gepflegten schwarzen Bart und ein vages, aber liebenswürdiges Lächeln. Aus irgendeinem Grund hatte er es geschafft, eine dürre, neurotische Xanthippe aus Ferrara zu heiraten. Vermutlich als Ausgleich dafür, dass ihre Ehe kinderlos war und auch bleiben würde, hielt das Paar in seiner Dreizimmerwohnung insgesamt elf Papageien und Kakadus. Die Vögel flogen dir auf die Schulter, knabberten dir am Ohr und schissen dir auf die Jacke, und die ganze Wohnung stank. Bruno war mal zum Abendessen dort gewesen. Einmal.

Er und Nando waren auf dem Rückweg zur Polizeizentrale, nachdem sie wegen eines angeblichen Einbruchs hinaus nach Villanova gerufen worden waren. Der Bestohlene war ein verschlagen und streitlustig wirkender Elektriker, der gerade von seiner Frau verlassen worden war. Sie war wieder zu ihrer Mutter gezogen und hatte den gemeinsamen sechsjährigen Sohn mitgenommen. Er behauptete, er wäre von der Arbeit nach Hause gekommen und hätte die Wohnung völlig leer geräumt vorgefunden bis auf die fest installierte Waschmaschine. Da die ausgeklügelte Alarmanlage, die er selbst eingebaut hatte, nicht losgegangen war, konnte nur seine Frau, die als Einzige außer ihm wusste, wie man die Anlage ausschaltete, die Schuldige sein.

Über drei Stunden hatte es sie gekostet, die Aussage des Mannes aufzunehmen und die Nachbarn zu befragen, von denen niemand etwas Ungewöhnliches bemerkt hatte. Bruno hatte den starken Verdacht, dass der Elektriker selbst die Wohnung über mehrere Tage hinweg ausgeräumt und die Sachen irgendwo unter falschem Namen untergestellt hatte und nun eine offizielle *denuncia* erhob, um bei der Versicherung Ansprüche geltend machen zu können und so dafür zu sorgen, dass das »undankbare Miststück«, das sein Leben zur Hölle gemacht hatte, ebenfalls seinen Teil abbekam. Aus Sicht der Polizei würde sich das Ganze mit größter Wahrscheinlichkeit als absolute Zeitverschwendung erweisen. Stapel von Formularen müssten ausgefüllt werden, Berichte wären zu schreiben, man würde sich endlos mit den Behörden in Ferrara auseinandersetzen müssen, und das alles würde zu nichts führen.

Bruno kümmerte das nicht, auch wenn er aufgrund der Tatsache, dass er an diesem Abend Dienst hatte, das Lokalderby des FC Bologna in Ancona versäumt hatte – das Spiel war kurz vor Weihnachen abgebrochen und verschoben worden, weil etliche Fans das Spielfeld gestürmt hatten. Jetzt langweilte er sich, war hungrig und müde und freute sich darauf, endlich Feierabend zu haben, sobald sie wieder in der Questura waren. Doch im Grunde seines Herzens war er immer noch überglücklich, obwohl bereits Monate seit dem Wunder vergangen waren, das seine »Härtezeit« hoch oben im Norden des Landes verkürzt und ihn zurück nach Bologna gebracht hatte. Der junge Streifenpolizist war nicht mehr in die Messe gegangen, seit er zu Hause ausgezogen war, doch in letzter Zeit hatte Bruno mehrfach die Kirche San Domenicò in seiner Nähe aufgesucht und jedes Mal für zehn Euro Kerzen vor dem Bildnis des Heiligen in einer Seitenkapelle angezündet, wo es immer noch echte, wohlriechende Bienenwachskerzen gab und nicht diese elektrischen Birnchen auf Plastikständern, die heutzutage fast überall die Kerzen verdrängten und die Bruno immer an eine Spielhalle denken ließen. Vielleicht waren es beim ersten Mal sogar fünfzehn Euro gewesen. Jedenfalls hatte er die Kerzen im Gegensatz zu manch anderen Leuten bezahlt, wie man an den vielen falschen Geldmünzen im Kerzenautomaten sah.

Rein rational wusste er natürlich ganz genau, wie seine vorzeitige Heimkehr aus dem deutschsprachigen Südtirol zustande gekommen war, doch das änderte nichts an der Tatsache, dass irgendein Wunder definitiv mit im Spiel gewesen sein musste. Man brauchte sich doch nur die merkwürdigen Umstände anzusehen. Erstens wird da so ein hohes Tier namens Aurelio Zen aus dem Dezernat Criminalpol in Rom nach Bozen geschickt, um in einem dubiosen Fall zu ermitteln, der wichtige politische Auswirkungen hat, die Bruno allerdings nie so ganz verstanden hatte. Zweitens wird er, Bruno, abkommandiert, diesen Abgesandten des Ministeriums, oder was auch immer er war, auf einer Nebenstrecke nach Cortina zu einem trostlosen Gasthaus auf einer gottverlassenen Passhöhe in den Bergen zu fahren. Drittens dreht er, Bruno, nachdem er den Rest des Tages in besagtem Gasthaus festsaß, während sein Fahrgast in Begleitung eines jungen Zeugen aus Österreich irgendwelche Ermittlungen anstellte, unter dem verdrießlichen Schweigen, das wie eine düstere Wolke in der Luft hing, und den hasserfüllten Blicken der Einheimischen, die sich wie Laserstrahlen in ihn bohrten, allmählich durch und rastet schließlich in einem Café, wo er und Zen auf dem Rückweg haltmachen, völlig aus und beschimpft diese feisten, sturen teutonischen Dummköpfe, die ihm und seinen Kameraden endlose Monate lang das Leben zur Hölle gemacht haben, auf ausfälligste Art und Weise. Viertens, statt ihn wegen groben Fehlverhaltens zu belangen, weil er in einer Gegend, die berüchtigt ist für ihre politischen Empfindlichkeiten und separatistischen Bestrebungen, für erhebliche Unruhe gesorgt hat, bietet ihm dieser Vice-Questore Zen an, ohne auch nur im Geringsten darum gebeten worden zu sein, sich dafür einzusetzen, dass Bruno sofort zurück nach Bologna versetzt wird, obwohl er eigentlich noch über drei Monate auf seinem Posten hätte ausharren müssen. Fünftens und am allererstaunlichsten, dieser Wohltäter erfüllt sein Versprechen. War das nun ein Wunder oder nicht?

Die beiden Polizisten waren auf dem kürzesten Weg unterwegs ins Stadtzentrum, nämlich über die Landstraße, die parallel zur Autostrada A14 von Ancona und der Adriaküste verläuft, sich durch die hässlichen Schlafstädte nördlich von Bologna windet und schließlich in die A1 mündet. Es herrschte nur wenig Verkehr, deshalb war es schon eine ziemliche Dreistigkeit, als ein riesiger Sattelschlepper sie aggressiv überholte, indem er an einer Kreuzung noch bei Orange durchfuhr.

»Das Arschloch knöpfen wir uns vor«, sagte Nando und wollte schon Blaulicht und Sirene anschalten.

Bruno legte ihm die Hand auf den Arm. »Beruhig dich. Da vorne stand irgendein deutscher Name drauf, und der Auflieger hatte ein griechisches Nummernschild. Der kommt vermutlich von Bari rauf, ist mit Amphetaminen vollgedröhnt und mal kurz von der Autobahn abgefahren, um sich von einer Kollegin der jungen Schönheit, die wir vorhin gesehen haben, seine persönlichen Bedürfnisse befriedigen zu lassen. Okay, er hat sich uns gegenüber absolut unverschämt verhalten, aber willst du dir wirklich den Abend damit um die Ohren hauen, einen Dolmetscher aufzutreiben, mit der zuständigen Botschaft zu telefonieren und dich dann mit dem Anwalt auseinanderzusetzen, den seine Firma einschalten wird, ganz zu schweigen von dem ganzen Papierkram, den so etwas mit sich bringt? Wir hatten heute doch schon genug Ärger.«

»Ist ja schon gut!« Nando hörte sich verärgert an.

»In Bezug auf Curti hast du allerdings recht«, fügte Bruno in beschwichtigendem Tonfall hinzu.

»Dieser stinkende *parmigiano!* Für den ist Bologna doch nur ein weiteres glitzerndes Spielzeug, ein weiteres Statussymbol, wie seine Jachten und seine Huren und seine Villa in Costa Rica. Das Einzige, was er nicht kaufen konnte, war der Club seiner Heimatstadt. Tut uns leid, Lorenzino, aber der FC Parma ist nicht verkäuflich. Kein Problem, da springt er halt in seinen Mercedes, fährt ein Stückchen auf der A1 nach Süden und kauft stattdessen die Rot-Blauen. Aber interessieren tun wir ihn einen Dreck!«

»Da hast du recht. Fast alles andere könnten die Fans ja verzeihen, aber da ist keine Leidenschaft zu spüren, kein Engagement.«

»Und vor allem kein Geld.«

Bruno gähnte erneut und starrte mit leerem Blick auf die identischen sechsstöckigen Wohnblocks, die nun in Reih und Glied wie verpackte Waren auf einem Fließband an ihrem Auto vorbeiglitten.

»Jedenfalls hat er in dieser Hinsicht Probleme.«

»Wie meinst du das?«

»Dieser Steuerskandal.«

»Das ist wirklich hart. Warum muss der Verein unter seinen Finanzproblemen leiden? Und jetzt heißt es auch noch, dass sich die Hälfte der Sponsoren zurückzieht, um nicht in Verruf zu geraten, sollte der Fall je vor Gericht kommen.«

»Was nicht passieren wird.«

»Natürlich nicht, aber das hilft uns auch nicht weiter. Der Schaden ist bereits angerichtet. Wir sind einfach ...«

In diesem Moment sahen sie das Auto, das mit blinkender Warnlichtanlage am Straßenrand parkte. Nando trat heftig auf die Bremse, zog scharf nach rechts, ohne jedoch die Kontrolle über das Fahrzeug zu verlieren, und hielt hinter dem Wagen.

»Der lässt sich einen blasen«, sagte er.

»Oder er hat 'ne Panne«, erwiderte Bruno. »Ich geh mal nachsehen.«

Er trat in die eiskalte Februarnacht hinaus. Aus irgendeinem Grund erschien ihm die Kälte hier kälter als in Bozen, härter und unerbittlicher. Vielleicht lag das an der Feuchtigkeit, die vom Podelta hereinströmte, dachte er, oder sogar an der Umweltverschmutzung. Die durchschnittlichen Wintertemperaturen waren im Norden gut zehn Grad niedriger, aber dort war die Luft knochentrocken und kristallklar. Bald jedoch würde Frühling sein, und er war zu Hause. Das war das Einzige, was zählte.

Das verkehrswidrig geparkte Fahrzeug war eine blaue Audi-A8-Luxuslimousine. Bruno notierte sich ganz automatisch das Kennzeichen. Das war so ziemlich alles, was er im Licht der Scheinwerfer des Streifenwagens hinter ihm erkennen konnte. Wegen der Kopfstützen auf den Vordersitzen war nicht zu sehen, ob jemand im Auto saß. Bruno ging auf die Beifahrerseite und blickte durchs Fenster, dann klopfte er laut auf die Scheibe. Auf dem Fahrersitz saß offenbar ein Mann, doch er reagierte nicht, und die Tür war verschlossen.

Bruno wollte schon zum Streifenwagen zurückkehren und eine Taschenlampe holen, als die Scheinwerfer eines entgegenkommenden Kleinbusses den Innenraum des Audi in gleißendes Licht tauchten. Die Helligkeit hielt zwar nur wenige Sekunden an, doch das reichte. Der Fahrer des

Audi saß völlig reglos da. Sein Gesichtsausdruck erweckte den Anschein, als bemühe er sich, irgendeine banale, aber unmögliche Aufgabe zu erledigen, wie zum Beispiel den Verschlusslaut »p« in ein langes, ersterbendes Murmeln auszudehnen.

Bruno trat von dem Wagen zurück und sprach in sein Funkgerät. Er sagte nicht viel, hörte aber aufmerksam zu und schützte sein linkes Ohr mit der Hand vor dem Verkehrslärm einer stark überhöhten Kurve der Autobahn über ihm. Mit ausdruckslosem Gesicht kehrte er zum Streifenwagen zurück.

»Es ist kein Mercedes«, sagte er, knallte die Tür zu und fing an zu zittern.

Nando sah ihn entsetzt an. »Ich weiß, dass das ein Audi ist. Na und?«

»Dieses Gespräch, das wir gerade geführt haben.«

»Über Curti?«

Bruno sah ihn nicht an, sondern starrte unverwandt geradeaus auf den blauen Audi. »Sag nichts davon, okay? Wenn sie kommen.«

»Wenn wer kommt?«

Bruno schlug mit der flachen Hand auf das Armaturenbrett. »Wir haben nie über diese Sache gesprochen, ja? Für Fußball interessieren wir uns einen Scheiß.«

»Aber das ist doch das Einzige, wofür ich mich interessiere! Das und meine Vögel. Ach ja, und Wanda natürlich.«

»Ist das eine neue Errungenschaft?«

»Wanda ist meine Frau!«

»Ja, natürlich.«

Natürlich! Arbeitete als Sekretärin bei einem Anwalt in der Innenstadt. Nando ließ sich nicht einmal zu einer Antwort herab. Tiefes Schweigen breitete sich aus.

»Dieser Wagen da ist auf Lorenzo Curti zugelassen«, bemerkte Bruno schließlich ganz leise. »Auf dem Fahrersitz sitzt ein Mann. Es ist zwar bei dieser Beleuchtung schwer zu sagen, aber für mich sieht er ziemlich genauso aus wie auf den Fotos und den Fernsehbildern, die ich von Curti gesehen habe. Ziemlich groß, schlank, ordentlich geschnittener Bart, grau melierte Haare.«

»Hast du mit ihm gesprochen? Warum hat er dort angehalten?«

Bruno kurbelte das Fenster einen Spalt hinunter und hielt den Kopf schräg, als würde er lauschen.

»Kennst du diese Messer, mit denen man große Blöcke Parmesankäse teilt? Das sind eigentlich keine Messer, eher so was wie dreieckige Meißel. Dick, scharf und sehr fest.«

»Verdammt noch mal, Bruno, du hörst dich langsam an wie dieser singende Koch im Fernsehen. Was erzählst du mir denn hier von Parmesanmessern?«

»Dem Mann in diesem Auto ragt etwas, das so aussieht, aus der Brust. Ganz im Sinne von Messer ins Herz.«

Durch das offene Fenster war aus der Ferne ein lautes, unverkennbares Geräusch zu hören. Bruno öffnete die Tür.

»Hilf mir, die Signalleuchten rauszustellen und eine Fläche zu markieren, wo der Hubschrauber landen kann.«

2

Etwa zur gleichen Zeit, als der blaue Audi A8 – von einer Plane bedeckt und immer noch mit der Leiche des Fahrers hinter dem Lenkrad – auf einen Tieflader gehoben wurde, um ihn in die Polizeiwerkstatt zu transportieren, befanden sich Aurelio Zen und sein Phantomdouble irgendwo in der Toskana tief unter der Erde.

Es war ein langer Tag gewesen, ein langer Monat und überhaupt ein langes Leben, dachte Zen. Oder vielleicht waren das auch die Gedanken seines *Doppelgängers*. Zwar war immer noch ungeklärt, ob dieser überhaupt denken konnte, aber im Grunde war die Frage nicht von Bedeutung. Entscheidend war, dass er im Gegensatz zu Zen, dem er rein äußerlich bis ins kleinste Detail glich, keine Gefühle hatte. Vielleicht erklärte das, warum er so widerlich gesund und munter aussah. Es mochten zwar einige silbrige Streifen in seinem glänzenden schwarzen Haar sein, die Haut hier und da über einem Knochen etwas stärker gespannt, doch das alles trug nur zu dem allgemeinen Eindruck von Reife und Distinguiertheit bei. Man hatte das Gefühl, hier war ein Mann, der viel erlebt und viel gelernt hatte und nun aufgrund dieser angehäuften Erfahrung sein Leben im Griff hatte wie ein erprobter Reiter sein Ross, und der nicht krampfhaft darum bemüht war, die Dinge zu kontrollieren und zu beherrschen, sondern allen Eventualitäten heiter und gelassen begegnete.

Es war schwer, einen solchen Mann nicht zu beneiden, obwohl er ebenso wie das Matterhorn in keiner Weise erkennen ließ, dass er sich überlegen fühlte – oder überhaupt irgendwelche Gefühle hatte. Für Zen, der derzeit nur noch aus Gefühlen zu bestehen schien, war diese Tatsache allein schon äußerst beneidenswert. Ob nun physischer (Pochen, Kribbeln, Stechen) oder psychischer Natur (Niedergeschlagenheit, Schwindelgefühl, Angstzustände), Gefühle hatten sein Bewusstsein so sehr in Besitz genommen, dass selbst die Erinnerung an andere Möglichkeiten daraus verbannt war. Einst war er ein anderer Mensch gewesen. Das schien plausibel, auch wenn es natürlich nicht bewiesen werden konnte. Die Tatsache jedoch, dass er nicht mehr jene Person war, war hingegen unbestreitbar. Alle persönlichen Eigenschaften, Meinungen, Fähigkeiten, Ideen, Gewohnheiten, Vorlieben und Abneigungen, zusammen mit weiteren Merkmalen, die unter den Worten »ich« und »mir« subsumiert werden – kurz gesagt, alles an Zen bis auf seine Gefühle –, waren anscheinend wie durch einen elektronischen Download auf den Doppelgänger übertragen worden, der im Augenblick jenseits des dunklen Zugfensters zu sehen war. Was die zurückgebliebene Hülle und ihre Zukunftsaussichten betraf: Je weniger man darüber sagte, desto besser.

Allerdings muss zugegeben werden, dass der Spezialist, den Zen in Rom konsultiert hatte, die Sache ganz anders sah.

»Sie haben sich gut erholt«, hatte sein Urteil gelautet, nachdem er die Röntgenaufnahmen betrachtet und Zen einen einäugigen Katheter, der wie ein riesiger tropischer Wurm aussah, in die Speiseröhre geschoben und das Fleisch um die Operationsnarbe kräftig durchgeknetet hatte, als ob er es später grillen wollte.

»Aber ich fühle mich schrecklich«, hatte Zen leise geantwortet.

»Haben Sie Schmerzen?«

»Zurzeit nicht so sehr. Aber ich fühle mich ständig völlig

erschöpft. Schon nach der kleinsten Anstrengung muss ich mich eine halbe Stunde hinlegen, um mich zu erholen. Wenn ich nur eine Treppe hinaufsteige, bin ich außer Puste, und mir ist schwindlig. Selbst Reden strengt mich an.«

Seine Stimme verflüchtigte sich wie Rauch.

»Das ist nicht weiter verwunderlich«, erwiderte der Arzt mit herzloser Nonchalance. »Ihr Körper befindet sich noch im Heilungsprozess. Deshalb bleibt ihm weniger Energie für andere Aufgaben.«

»Ich weiß, aber da ist noch mehr. Ich fühle mich einfach nicht mehr wie ich selbst. Ich fühle *mich* nicht mehr. Und vielleicht bin ich es auch gar nicht mehr.«

Der Arzt klappte Zens Akte schwungvoll zu, dann klopfte er mehrfach auf das Deckblatt, als ob er die professionelle Bedeutung dieser Geste hervorheben wollte.

»Vom medizinischen Standpunkt sind, wie ich bereits erklärt habe, die Aussichten auf eine vollständige Genesung sehr gut. Wie viel Zeit dieser Prozess in Anspruch nimmt, hängt von zu vielen Variablen ab, um eine genaue Prognose abzugeben.«

Er sah demonstrativ auf die Uhr. Sein Interesse an dem Fall war eindeutig erloschen. Wie ein Polizist, der weiß, dass er nichts Sinnvolles mehr tun kann, dachte Zen. In früheren Zeiten hatte auch er oft Leuten auf brutale Weise klargemacht, dass er keine Zeit zu verplempern hatte, doch heutzutage würde eine solche Bemerkung hohl klingen. Tatsache war nämlich, dass er nichts anderes tat, als seine Zeit zu verplempern.

Vielleicht hatte sich der Arzt vom Gesichtsausdruck seines Patienten anrühren lassen, vielleicht war er aber auch sensibler, als Zen ihn eingeschätzt hatte. Wie dem auch sei, als sie sich an der Tür die Hand schüttelten, stellte er eine unerwartete Frage.

»Ist Ihre Frau Ihnen eine Unterstützung?«

Zen zögerte so lange mit der Antwort, dass das Schweigen schließlich peinlich wurde. Zunächst musste er sich klarmachen, dass mit seiner »Frau« Gemma gemeint sein musste, die den Termin für ihn zu einem Zeitpunkt gemacht hatte, als er sich zu schwach fühlte, um sich mit knallharten römischen Arztsekretärinnen auseinanderzusetzen, die dazu neigten, einen bis in alle Ewigkeit hinzuhalten. Und die Frage selbst schien ihm unmöglich zu beantworten. Es war eine zu lange und komplizierte Geschichte, um sie in wenigen Worten zusammenzufassen. Man würde Stunden brauchen, um die Situation auch nur in groben Umrissen zu erklären.

»Unterstützung?«, brachte er schließlich heraus.

Der Arzt wünschte eindeutig, er hätte den Mund gehalten. »Nur so generell«, sagte er wegwerfend. »Sie dürfen nicht vergessen, dass die ganze Sache für sie auch belastend gewesen sein muss. Merkwürdigerweise ist es sogar häufig für Familienangehörige schwieriger als für den Patienten selbst.«

Zen dachte nach, aber es kamen keine Worte.

»Sie war ...«, begann er schließlich und verstummte.

Der Arzt nickte mit offenkundig vorgetäuschter Begeisterung, murmelte »Sehr gut!« und ging rasch davon.

Eine weitere Merkwürdigkeit seines Zustands hatte Zen unerwähnt gelassen, dass nämlich Teile seines Körpers, über die er sich nie Gedanken gemacht hatte, nun seine ständige Aufmerksamkeit verlangten, während andere, auf die er sich ganz unbewusst verlassen hatte, nun durch Abwesenheit glänzten. So überraschte es ihn nicht sonderlich, als das dumpfe Dröhnen in seinen Ohren plötzlich zu einem leisen Raunen abflaute, während das schrille Signal seines Handys einen Augenblick später für ihn völlig normal klang. Fünf Klingeltöne lang betrachtete er den durchsichtigen Plastikstreifen, wo die Nummer des Anrufers aufgeführt war, bevor er sich meldete.

»Ich sitze im Zug. Wir waren gerade in einem Tunnel.«
»Und wie wars?«
Zen brauchte einige Zeit, um zu antworten.
»Es war ein ganz normaler Tunnel«, sagte er schließlich. »Vielleicht ein bisschen länger als die meisten.«
»Nun erzähl schon, was der Arzt gesagt hat.«
»Hab ich doch gerade.«
»Gehts dir gut?«
»Der Arzt sagt, es ist alles in Ordnung. Bloß dass ich in einem langen Tunnel bin.«
»Aber es gibt ein Licht am Ende des Tunnels?«
»Nein, jetzt ist es dunkel. Aber es ist bestimmt da.«
Es folgte ein Geräusch, wie manche Kissen es von sich geben, wenn man sich darauf setzt.
»Um wie viel Uhr kommst du hier an?«
»Das weiß ich nicht.«
»Soll ich dich abholen? Eigentlich wollte ich ins Kino gehen.«
»Geh ruhig! Ich nehm mir ein Taxi. Oder geh zu Fuß.«
»Was ist mit Abendessen?«
»Ich hab reichlich zu Mittag gegessen und hab keinen Hunger. Geh du nur in deinen Film. Ich geh in die Wohnung und ...«
Er verstummte, weil er an den lauter werdenden Hintergrundgeräuschen und dem Luftdruck bemerkte, dass der Zug durch einen weiteren Tunnel fuhr und das Gespräch zwischen ihm und Signora Santini unterbrochen war.

Dazu gehörte dieser Tage allerdings nicht viel. Immer häufiger gab es während ihrer Gespräche Unterbrechungen, Abbrüche, roboterhafte Akustik, Phantomstimmen oder tödliches Schweigen, als ob das gesamte Netzwerk gestört wäre und unaufhaltsam zusammenbräche. Außerdem hätte er schwören können, dass ihre Stimme – ausgerechnet die Stimme, in die er sich in jenem denkwürdigen Sommer am

Strand von Versilia verliebt hatte – härter und schriller geworden war, als würde sie ein unausgesprochenes »Mach, was du willst« selbst an die trivialste Bemerkung anhängen. Und er spürte, dass direkt unter der Oberfläche alltäglicher Banalität, verborgen wie der bohrende Schmerz in seinen eigenen malträtierten Eingeweiden, echter Ärger lag, fest verwurzelt und sich selbst, zumindest derzeit, immer weitere Nahrung liefernd. Kurz gesagt, die liebevolle, ruhige und zuverlässige Frau, in die er sich verliebt hatte, war distanziert, launisch und sehr reizbar geworden. So kam es ihm zumindest vor, doch Zen musste zugeben, dass er hierfür ein äußerst unzuverlässiger Zeuge war. Wenn er sich selbst schon fremd geworden war, wie sollte er da etwas über andere wissen?

Der durch das Telefonat ausgelöste Gedanke an Essen ließ ihn von seinem Sitz aufstehen und durch den Wagen gehen, wobei er sich an jeder einzelnen Rücklehne festhielt, um nicht das Gleichgewicht zu verlieren, das dieser Tage ständig instabil war. Im Speisewagen kaufte er sich ein in Plastikfolie verpacktes Schinkenbrötchen und eine Dose Bier und trug beides zu der schmalen Ablage am Fenster, wo sein Double ihn bereits erwartete. Vielleicht hatte sie, während er im Krankenhaus lag, jemanden kennengelernt. Oder sogar schon vorher, als er im Rahmen seines letzten Falls längere Zeit unterwegs gewesen war. Das war durchaus denkbar. Beide Partner sind sich zumindest unterschwellig immer über die Machtverhältnisse in ihrer Beziehung im Klaren, und es war eine Tatsache, dass Gemma jünger war als er und immer noch sehr gut aussah. Außerdem wusste er, dass man ihr, bevor sie sich kennenlernten, eine gewisse Flatterhaftigkeit nachgesagt hatte.

Heißhungrig aß er sein Brötchen. Dass er »reichlich zu Mittag gegessen« hätte, wie er Gemma erzählt hatte, war gelogen gewesen. In seiner gegenwärtigen Verfassung brachte

Zen nur etwas zustande, indem er eine Aufgabe in kleine, überschaubare Schritte aufteilte, sich dann voll und ganz auf deren Ausführung konzentrierte und alles andere ignorierte. Heute hatte er sich die Aufgabe gestellt, rechtzeitig zur Untersuchung bei dem Arzt in Rom zu sein. Das hatte er zwar geschafft, aber alles andere darüber völlig vergessen, wie zum Beispiel sich im Ministerium sehen zu lassen oder sich eventuell mit seinem Freund Gilberto zu treffen. Er hatte sogar vergessen zu essen. Es gab Momente, wo er sich beinahe sehnsüchtig an seinen Aufenthalt in der Klinik erinnerte. Damals war alles so einfach gewesen. Niemand erwartete, dass man etwas leistete oder Initiative zeigte. Ganz im Gegenteil, ein solches Verhalten war eher unerwünscht. Das Personal sagte einem, was man tun sollte und wann man es tun sollte, und man gehorchte. Man brauchte nicht zu planen oder selbstständig zu handeln. Im Nachhinein betrachtet, war das alles sehr erholsam gewesen.

Er aß den letzten Bissen von dem ziemlich trockenen Brötchen und spülte ihn mit dem restlichen Bier hinunter. Wenn er ganz ehrlich war, musste er sich eingestehen, dass der Besuch bei dem Arzt ein Vorwand gewesen war. In Wirklichkeit hatte er einfach nur mal fortgewollt, um aus den engen Mauern von Lucca herauszukommen. Dieser massive Steinwall hatte zu Anfang beruhigend auf ihn gewirkt, doch nachdem er einen Monat lang bettlägerig gewesen war und einen weiteren die Wohnung in der Via del Fosso nicht hatte verlassen können, war diese Mauer in seiner Vorstellung genauso erdrückend geworden, wie sie es im Hochsommer im wahrsten Sinne des Wortes wurde, wenn sie jeden freien Blick versperrte und keine erfrischende Brise in die Stadt ließ. Das war zweifellos auch der Grund, weshalb er Stunden vor seinem Termin in Rom eingetroffen war und die Zeit in Cafés totgeschlagen hatte, wo er jeden stumpfsinnig anstarrte, der kam oder ging, ganz wie ein

Tourist. Und nach dem Arztbesuch hatte er, statt den ersten Zug Richtung Norden zu nehmen, weitere Stunden in einem Kino auf einem Sitz verplempert, der so nahe an der Leinwand war, dass der Film nur aus verschwommenen, unverständlichen Bildern bestand. Jetzt war er allerdings auf dem Heimweg, und sein Kurzurlaub ging zu Ende. Er könnte noch ein wenig verlängert werden, wenn Zen in Florenz absichtlich den Anschlusszug verpasste, sodass Gemma mit einigem Glück bereits schlief, wenn er zurück in die Wohnung kam.

Aber da waren immer noch morgen und übermorgen und all die Tage danach. Früher hätte er sich zur Ablenkung in die Arbeit stürzen können, doch so wie er sich jetzt fühlte, zweifelte er selbst daran, ob er so einen routinemäßigen Verwaltungsjob hinkriegen würde wie jenen, den man ihm vor Jahren aufs Auge gedrückt hatte, zu einer Zeit, als er in Misskredit geraten war, und wo er nichts weiter tun musste, als die Polizeidienststellen in der Provinz abzuklappern und dafür zu sorgen, dass sich die kleinen Diebstähle und Veruntreuungen in einem einigermaßen akzeptablen Rahmen hielten. Mit einem Wort: Seine Karriere war vorbei. Nachdem das Ausmaß seiner gesundheitlichen Probleme festgestellt worden war, hatte man ihm unbefristeten Genesungsurlaub gewährt, und nun war die Versuchung groß, diesen so lange wie möglich auszudehnen und dann in den vorzeitigen Ruhestand übergehen zu lassen. Schließlich hatte er einen mächtigen Protektor im Ministerium und war eindeutig niemandem von Nutzen. Eine gute Abfindung schien ihm für alle Beteiligten die einfachste Lösung dieser peinlichen Situation zu sein, und er sah keinen Grund, weshalb man ihm die verweigern sollte.

Blieb noch die Frage seines Privatlebens. Natürlich hatte Zen schon das Scheitern von Beziehungen erlebt und war überrascht, bestürzt und ratlos gewesen, doch diesmal traf es ihn viel härter, vielleicht weil er nie mit dieser Möglichkeit gerechnet hatte. Weder Zen noch Gemma hatten sich die Mühe gemacht, sich von ihren früheren Partnern scheiden zu lassen, und so war die Frage, noch einmal zu heiraten, nie aufgekommen. Doch im Grunde hatten sie sich so verhalten – und anscheinend auch gefühlt –, als ob sie tatsächlich Mann und Frau wären. In letzter Zeit allerdings glichen sie oft eher zwei Boxern, die sich misstrauisch umkreisten, gelegentlich Hiebe austeilten, dann in den Clinch gerieten und aus nächster Nähe aufeinander einschlugen, und das alles ohne einen Schiedsrichter, der sie hätte trennen können. Dabei gab es nie einen Sieger, nur zwei Verlierer, und der Kampf endete unweigerlich damit, dass Gemma wütend hinausrauschte und die Tür hinter sich zuknallte.

Zen wandte den Blick zum Fenster und betrachtete sein geisterhaftes Gegenstück, das so unsäglich gesund und substanziell wirkte. Er kam sich vor, als wäre er selber das Spiegelbild und das Bild das Original. »Ein Schatten seiner selbst«, wie man so sagte. Ein hoffnungsloser Invalide. Ein trauriger Fall. Der lange, schnittige Zug verließ den letzten Tunnel und fuhr klappernd über die Brücke über den Arno. Früher, bei seinen wöchentlichen Besuchen im Ministerium, hatte Zen in diesem Augenblick immer eine freudige Erregung im Herzen gespürt, weil er das Gefühl hatte, fast zu Hause zu sein. Nun erfüllte ihn das aus demselben Grund mit einem unguten Gefühl.

3

Als Vincenzo ins Zimmer hereinplatzte, lag Rodolfo gerade nackt auf dem Bett und genoss einen der seltenen Momente, wo, um einen deutschen Dichter zu zitieren, den Professor Ugo neulich angeführt hatte, »ein Glückliches fällt«. Was hatte er getan, um das zu verdienen? Die Antwort lautete: anscheinend nichts. Im fortgeschrittenen Alter von dreiundzwanzig musste sich Rodolfo allmählich mit der Tatsache abfinden, dass er nicht zu den strebsamen Menschen dieser Welt gehörte, kein Mann der Tat war, kein Erfolgsmensch und auch kein Frauenheld. Wenn er Flavia für sich gewonnen hatte, zumindest für den Augenblick, dann nur, weil sie ihm praktisch in den Schoß gefallen war. Intellektuell haperte es bei ihm zwar nicht, doch in allem anderen war er offenbar ein zu wenig motiviertes, wenn auch wohlmeinendes Leichtgewicht, das immer den Weg des geringsten Widerstands gewählt hatte und dies zweifellos auch weiterhin tun würde.

Ein Glückliches war gefallen, und er hatte den Dusel gehabt, im richtigen Augenblick da zu sein, um es aufzufangen, aber auf solche glücklichen Zufälle würde man sich nicht immer verlassen können. Normalerweise ging etwas, das fiel, kaputt, oder es erschlug einen, wenn man unwissentlich darunter stand. Rodolfos Vater hatte sich unablässig bemüht, seinem Sohn diese grundlegenden Tatsachen einzuschärfen, und das mit einer Stimme, die zu verstehen gab, ja beinahe stolz verkündete, dass ihm zwar bewusst sei, wie vergeblich seine Bemühungen waren, aber es sollte ihm niemand nachsagen, er hätte seine väterlichen Pflichten nicht erfüllt.

Der Gedanke an seinen Vater rief ihm nach und nach sein Elternhaus, das kleine Marktstädtchen und die ganze wohlvertraute Umgebung seiner Jugend ins Gedächtnis. Apulien! Deshalb kam er sich, als sein Mitbewohner Vincenzo wie ein Errol-Flynn-Verschnitt nach einer besonders hart durchzechten Nacht ins Zimmer hereinplatzte, in mehr als einer Hinsicht nackt vor.

»Siamo in due«, fauchte er wütend und zerrte die Decke über Flavias Körper und über seine Genitalien.

Der Eindringling lehnte am Türrahmen wie ein Betrunkener an einem Laternenpfahl. »Wo zum Teufel ist meine verdammte Jacke, du Arschloch?«

Wie immer staunte Rodolfo darüber, wie widerwärtig gut aussehend Vincenzo doch war mit seinem glatten schwarzen Haar, den adlerhaften Gesichtszügen, den durchdringenden Augen, der schlanken Figur und seiner unschlagbar unbekümmerten Art.

»Jacke?«, wiederholte er, während er aus dem Bett stieg und seine Jeans überzog.

»Meine Fußballjacke! Sie ist verschwunden!« Vincenzo fasste sich mit beiden Händen an die giftgrüne Polyesterjacke, die er völlig unpassend über einem modischen Hemd trug. »Ich musste mir dieses beschissene Teil von Michele leihen. Ich will mit meiner eigenen Jacke zum Fußball gehen, verdammt noch mal! Der Jacke mit den ganzen Unterschriften!«

Rodolfo bugsierte seinen Mitbewohner ins Wohnzimmer und machte leise seine Schlafzimmertür hinter ihnen zu.

»Du meinst die schwarze Lederjacke mit dem FC-Bologna-Emblem auf dem Rücken?«

»Natürlich meine ich die! Die habe ich zu jedem Spiel getragen seit … seit zig Jahren. Schon ewig! Sie bringt der Mannschaft Glück! Wenn ich sie nicht anhabe, verlieren wir, so wie heute Abend.«

Rodolfo machte eine entschuldigende Geste. »Tut mir leid, Vincenzo. Man hat mir in der Uni den Mantel gestohlen. Es ging mir nicht so gut, wie du weißt, und draußen war es eisig kalt, da hab ich mir halt eine von deinen Jacken geliehen. Weil du nicht da warst, konnte ich dich nicht fragen, also hab ich mir einfach die schäbigste genommen, die ich finden konnte. Mir war nicht klar, dass sie dir so viel bedeutet. Du hast ja schließlich tonnenweise Klamotten.«

Vincenzo Amadoris teure und eklektische Garderobe war in der Tat einer der Hauptgründe, weshalb er und Rodolfo sich diese relativ luxuriöse Wohnung teilten.

»Es tut mir wirklich leid«, wiederholte Rodolfo. »Deine Jacke hängt wohlbehalten nebenan, aber ich möchte nicht das Licht anmachen und Flavia wecken.«

Doch Vincenzo hatte bezeichnenderweise bereits das Interesse an dem Thema verloren. »Was solls?«, sagte er und machte eine schlaffe, wegwerfende Handbewegung. »Es ist eh alles hoffnungslos.«

»Wir haben verloren?«

»Wir haben verloren. Ist aber egal.«

»Wieso war heute überhaupt ein Spiel? Mitten in der Woche?«

»Es war verschoben worden. Das ursprüngliche Spiel musste abgesagt werden, weils ein bisschen Ärger gab, von meiner Wenigkeit arrangiert. Deshalb mussten wir alle noch mal nach Ancona fahren. Die Fans, die Spieler, der Manager, der Besitzer ...«

»Und wir haben verloren.«

Vincenzo erwachte kurz aus seiner Lethargie, griff in diverse Taschen und zog schließlich eine Flasche Limoncello hervor. »Führung in der ersten Halbzeit, doch dann haben sies verkackt, mit ein bisschen Unterstützung vom Schiedsrichter, wie immer. Endergebnis drei zu eins.«

»Bist du gerade erst zurückgekommen?«, fragte Rodolfo,

um das Thema vom Spiel abzulenken, bevor Vincenzo anfing, ihn als hirnlosen Südländer zu beschimpfen, als Bari-Fan, dessen Schwester es mit Albanern trieb. Es war nur eine Frage der Zeit, bis Vincenzo mitkriegte, dass Flavia von der weniger schicken Seite der Adria stammte, und eine Bemerkung machte, die Rodolfo nicht ignorieren konnte.

»Ist scheiße gelaufen«, antwortete sein Mitbewohner mit jenem verwegenen Grinsen, das er nach Belieben an- und abschalten konnte. »Ich war hinüber, Rodolfo. Absolut hinüber!«

Er trank einen großen, glucksenden Schluck Zitronenlikör. Rodolfo bemerkte, dass es sich um das echte und ziemlich teure Erzeugnis handelte, das ausschließlich aus Früchten aus den amtlich kontrollierten Gebieten auf Capri und in der Gegend von Sorrent hergestellt wurde. Für Vincenzo immer bloß das Beste, selbst wenn er nur Bewusstlosigkeit anstrebte.

»Da bin ich ja froh, dass du heil zurückgekommen bist«, sagte er und gab sich besorgt, obwohl er eigentlich viel lieber in sein Zimmer und zu Flavia zurückkehren wollte.

Vincenzo zeigte erneut dieses verwegene Grinsen. »Es hat mich jemand mit dem Auto mitgenommen. Und dann ...«

Er verstummte, hielt sich den Bauch und versuchte vergeblich aufzustehen. Da Rodolfo mit den Symptomen vertraut war und wusste, dass er die Sauerei würde aufwischen müssen, ging er zu ihm, um ihm zu helfen.

»Und dann?«, hakte er nach, um Vincenzos Gehirn zu beschäftigen, damit seine Reflexe schlummerten.

Vincenzo schüttelte heftig den Kopf und hechtete den Flur hinunter ins Badezimmer. Kurz darauf war lautes Stöhnen zu hören, gefolgt von den Geräuschen wiederholten Erbrechens. Rodolfo kehrte seufzend in sein Zimmer zurück und schloss die Tür hinter sich ab.

»Ich mag deinen Freund nicht«, sagte eine leise Stimme.

»Er ist nicht mein Freund. Wir wohnen nur zusammen, mehr nicht.«

Flavia richtete sich langsam im Bett auf. Die rote Haarpracht fiel ihr über Schultern und Brüste. Sie strich sich die Haare aus dem Gesicht, legte den Kopf auf das Kissen zurück und griff nach der Zigarettenpackung auf dem Nachttisch.

»Warum?«, fragte sie.

Wie so oft hatte sie ihn aus reiner Unkenntnis der grundlegenden Logik der Sprache auf dem falschen Fuß erwischt. Das kam davon, wenn man sich auf Affären mit Ausländerinnen einließ, dachte Rodolfo verdrießlich. Als Nächstes verliebst du dich auch noch und hältst ihre banalen Fauxpas für tiefe Einsichten in das menschliche Wesen.

»Warum was?«, fragte er gereizt. Seine Idylle war nun völlig zerstört. Er war sauer auf Vincenzo, weil er Flavia geweckt hatte, wie auch auf Flavia, weil sie sich hatte wecken lassen.

»Warum wohnst du mit ihm zusammen?«

Rodolfo legte sich neben sie auf das Bett. »Weiß ich nicht. Ist halt einfach so passiert. Wie die Sache mit dir und mir.«

Flavia antwortete nicht, sondern rauchte weiter vor sich hin, doch ihre auffallend blauen Augen betrachteten ihn ziemlich besorgt.

»Als ich nach Weihnachten zurückkam, musste ich feststellen, dass es in dem Haus, in dem ich wohnte, gebrannt hatte«, fuhr Rodolfo fort. »Also musste ich eine neue Unterkunft finden, und zwar schnell. Von der finanziellen Unterstützung, die ich von meinem Vater bekomme, konnte ich mir nicht viel leisten, und natürlich waren die meisten Buden bereits für das gesamte Studienjahr vermietet. Also habe ich so einen Zettel mit diesen abreißbaren Streifen mehrmals kopiert und überall im Univiertel angeheftet, aber es ist nichts dabei herausgekommen. Dann hat mir jemand, der aus dieser Wohnung auszog, einen Tipp gegeben. Natürlich lag sie weit über meiner Preisklasse, aber ich bin trotzdem hingegangen, um sie mir anzusehen, und als ich rauskam, traf ich zufällig Vincenzo. Er hatte aus einer anderen Quelle von der Wohnung erfahren, und natürlich ist Geld für ihn kein Problem. Er hat dem Vermieter sofort eine Kaution bezahlt, dann hat er gefragt, ob ich Lust hätte, mit ihm einen trinken zu gehen, er hätte mir nämlich einen Vorschlag zu machen. Ich kannte ihn nicht, aber er schien mir ganz nett zu sein. Im Übrigen hatte die Uni bereits angefangen, und ich konnte es mir nicht leisten, wählerisch zu sein. Beim Kaffee – nun ja, er trank was Stärkeres – meinte er, da die Wohnung zwei Schlafzimmer hätte, könnten wir sie uns doch eigentlich teilen und die Miete splitten. Als ich ihm erklärte, dass selbst die halbe Miete zu teuer für mich wäre, sagte er: ›Okay, du zahlst ein Drittel unter der Bedingung, dass ich das große Zimmer kriege. Das Geld ist mir egal, aber ich brauche Platz, und ich wohne nicht gern allein.‹ Das wars. Reiner Zufall.«

»Es gibt keinen Zufall.«

Rodolfo lachte. »Wenn du dich auf dem Laufenden halten würdest, wüsstest du, dass alles Zufall ist.«

Das Mädchen runzelte die Stirn. »Du bist also nicht – wie sagt man? – *credente?*«

»Gläubig? Natürlich. Ich bin leidenschaftlicher Protestant.«

»Wirklich?«

»Absolut. Ich protestiere gegen alles.«

Flavias Stirnfalten wurden noch tiefer. »Ich versuche, mir die Nachrichten anzusehen, aber ich kann sie nicht immer verstehen.«

Er beugte sich über sie und küsste ihr blasses Gesicht. »Ich meine nicht den Kleinkram im Fernsehen, ich meine den großen Gesamtzusammenhang. Und da gibt es nichts zu verstehen. Beziehungsweise man kann es nicht verstehen. Deterministischer Materialismus ist das Einzige, was da gespielt wird. Die intellektuellen Überflieger haben die Chancen bis auf die letzte Dezimalstelle errechnet und stimmen im Wesentlichen mit Vincenzo überein. Abgesehen von Details ist der Konsens, dass manches scheiße läuft.«

Wie aufs Stichwort ertönte aus dem Flur das Geräusch der Toilettenspülung. Es folgte undefinierbares Poltern und Getöse, und schließlich knallte die andere Schlafzimmertür zu.

»Ja«, sagte Flavia.

»Ja was?«

»Ja, ich verstehe. Aber ...« Sie verstummte.

»Was?«, insistierte Rodolfo.

Doch Flavia schüttelte in ihrer entschiedenen Art den Kopf. »Egal«, sagte sie. »Es geht mich ohnehin nichts an. Was weiß ich schon über dieses Land, was hier normal ist und was nicht? Ich reise hier nur durch. Ein weiteres Stückchen Scheiße, das sich durchs System müht.«

Rodolfo beschloss, das als Herausforderung anzusehen. »Erzähls mir trotzdem«, beharrte er, rollte sich auf die andere Seite und nahm sie in die Arme.

»Nein, das wäre *invadente*.«

Das gab ihm eine Chance, die Stimmung aufzuheitern. »Aber du bist doch ein Eindringling«, erklärte er, griff sich mit einer Hand an die Brust und streckte die andere dramatisch aus. »Du bist nicht nur in mein Land eingedrungen, sondern auch ...«

»In mein Herz«, hatte er hinzufügen wollen, doch im letzten Moment wurde ihm klar, dass das unter den gegebenen Umständen nicht wie eine ironische Hyperbel klingen, sondern einfach verletzend wirken könnte. Flavia hing anscheinend ihren eigenen Gedanken nach und ignorierte den unvollendeten Satz.

»Er erinnert mich an ...«

Sie hielt inne, um die Asche von ihrer Zigarette auf den Unterteller neben dem Bett abzustreifen.

»Er sieht sehr gut aus«, fügte sie schließlich zusammenhanglos hinzu.

Erneut versuchte Rodolfo, die Sache ins Spaßige zu wenden. »Glaub mir, wenn ich auch nur ein schwules Gen im Körper hätte ...«

Derartige Spekulationen interessierten Flavia anscheinend nicht. »Aber er ist böse«, sagte sie, als käme sie damit zur logischen Schlussfolgerung ihrer Argumentation.

»Was soll das denn heißen?«

Flavia schien weder sein Verhalten noch diese Frage aus der Ruhe zu bringen. »Ich habe vermutlich das falsche Wort benutzt. Oder vielleicht gibt es so etwas hier nicht.«

Ein strahlendes Lächeln trat kurz in ihr Gesicht und verwandelte ihre unglaublich gleichmäßigen Züge.

»Du hast doch von den Genen in deinem Körper gesprochen«, fuhr sie mit nun wieder ausdrucksloser Miene fort. »Also, ich hab auch Gene, und eins davon lässt mich diese Sache, wie auch immer du sie nennst, ganz klar spüren.« Sie drückte ihre Zigarette aus und legte sich wieder hin.

»Vincenzo ist doch nur ein verwöhnter Balg«, sagte Rodolfo in wegwerfendem Tonfall. »Sein Vater ist Anwalt, und die Mutter hat einen Scheinjob bei der *giunta regionale,* für die sie irgendwelche Kunstausstellungen organisiert. Kurz gesagt, typische Bologneser der oberen Mittelschicht. In ihrer Jugend waren die Eltern ein bisschen politisch aktiv, was sie heutzutage gesellschaftlich akzeptabel macht, außerdem haben sie genügend Geld zur Verfügung, um teure ›alternative‹ Reisen auf die Lofoten oder wohin auch immer zu unternehmen. Die ganzen üblichen Klischees, also hat sich Vincenzo genauso klischeehaft verhalten und gegen das Familienleben rebelliert, in das er jederzeit zurückkehren kann, wenn er nur will. Er schwänzt seine

Seminare, lässt Prüfungen sausen, hängt mit einem Haufen Assis im Fußballstadion rum und säuft wie ein Loch. Aber böse? Dazu hat er überhaupt nicht den Mut. Zu was anderem allerdings auch nicht. Der Kerl ist schlicht und ergreifend ein Wichser.«

Flavia lag einfach nur da, als ob sie auf ein fernes Licht starrte, das schwach durch die Decke zu erkennen war.

»Wie dem auch sei, ich kenne solche Leute«, sagte sie schließlich. »Auch wenn ich sie nie persönlich getroffen habe, ich kenne sie. Kannst du das verstehen? Ion Antonescu, Gheorghiu-Dej, Corneliu Codreanu ... Die kenne ich sehr gut.«

Rodolfo gähnte. Es war schon spät, und er musste noch eine Menge für Ugos Seminar am nächsten Tag lesen. In letzter Zeit war er seinem berühmten Tutor gegenüber immer offener auf Konfrontation aus, deshalb sollte er auf jeden Fall zeigen können, dass er die Materie beherrsche.

»Wer sind die?«, murmelte er.

»Welcher?«

»Irgendeiner. Der Letzte.«

»Codreanu? König Carol ließ ihn 1938 hinrichten. Zwei Jahre später stürzte Antonescu die Monarchie und verwandelte den Staat in eine Diktatur, in der die Legion des Erzengels Michael herrschte, auch als die Eiserne Garde bekannt.«

Rodolfo gähnte erneut und nahm sie in die Arme.

»Du bist wie Scheherezade – erzählst mir verrückte Geschichten, um mich die ganze Nacht wach zu halten. Du und dein Ruritanien! Ich glaube, dieses Land existiert überhaupt nicht.«

Flavia nickte. »Es war nie sehr real, besonders wenn man ein ›staatenloser Fremder‹ ungarischer oder jüdischer Herkunft war. Doch es existiert. Und dort sind einige Dinge passiert, die sich ganz bestimmt niemand ausgedacht hat.«

»Zum Beispiel?«

Nun war es an Flavia, sich – wenn auch widerwillig – der vermeintlichen Herausforderung zu stellen. »Zum Beispiel die luftdicht gemachten Räume. Gaskammern konnte man sich nicht leisten, also hat man die Leute einfach eingesperrt und ersticken lassen.«

Rodolfo beugte sich über sie und nahm sich eine Zigarette. »Was hat das alles eigentlich mit Vincenzo zu tun?«, fragte er in jenem pedantischen Tonfall, den er unbewusst von Professor Ugo übernommen hatte und auch in dessen Seminaren zum Einsatz brachte.

Flavia ließ sich mit der Antwort Zeit, als müssten ihre Gedanken erst die ganze Strecke von dem Planeten zurückreisen, den sie vorhin beobachtet hatte und der so weit entfernt war, dass selbst die Lichtgeschwindigkeit langsam erschien.

»Ich bin mir nicht sicher«, sagte sie schließlich. »Ich weiß nur, dass er sehr stark ist. Das bin ich auch, aber vielleicht bin ich, wenns drauf ankommt, nicht hier, um auf dich aufzupassen. Und du bist nicht stark, caro mio. Du bist sehr lieb und intelligent, aber du bist schwach. Der Mann, mit dem du zusammenwohnst, ist das alles nicht. Also sei vorsichtig.«

4

Gemma Santini stand im Nachthemd vor dem Spiegel über der Frisierkommode und betrachtete ganz sachlich die Spuren, die die Zeit an ihr hinterlassen hatte. Alles in allem gar nicht so schlimm, lautete ihr Resümee. Einige dekorative Details wiesen möglicherweise Abnutzungserscheinungen auf, und hier und da blätterte der Putz, doch die Goten und Vandalen hätten nach wie vor viel zu tun, um alles in Schutt und Asche zu legen. Kurz gesagt, sie war immer noch einigermaßen zuversichtlich, dass sie jemand Neuen kennenlernen würde, sollte es hart auf hart kommen.

Was durchaus passieren könnte, überlegte sie. Es war zwar ein unbehaglicher Gedanke, doch Gemma hatte sich immer an die Wahrheit gehalten, so unangenehm die auch sein mochte. Man musste sich den Fakten stellen, egal ob es dabei um den Anblick ihres Gesichts im Spiegel ging oder um die Beziehung zu dem Mann in ihrem Leben, die in letzter Zeit zu einer kaleidoskopischen Folge beunruhigender Szenen verkommen war. Gemma war durchaus stolz darauf, immer ehrlich zu sein und sich selbst und andere nicht zu schonen, eine Realistin, die ihre Fehler, egal welche, als solche erkannte und lernte, sie zu vermeiden. Und allmählich begann sie, ihre Beziehung zu Aurelio Zen als so einen Fehler zu betrachten.

Eine weitere Eigenschaft von ihr war, dass sie, nachdem sie zu dieser Schlussfolgerung gelangt war – oder zumindest die Möglichkeit in Betracht gezogen hatte –, im Gegensatz zu ihrem Partner keinerlei Interesse mehr daran hatte, das

Was, Wie, Wann und Warum der Situation zu analysieren. Gleichzeitig zog sie eine gewisse Befriedigung aus dem Wissen, dass sie, wenn sie sich auf dieses Spiel einlassen würde, Zen haushoch schlagen könnte. So spielten beispielsweise in der Sache zwei entscheidende Faktoren eine Rolle, von denen er absolut keine Ahnung hatte. Den einen hätte man ihm ja noch verzeihen können, da es um eine Familienangelegenheit ging, die Gemma ihm verschwiegen hatte. Das hatte er sich allerdings einzig und allein selbst zuzuschreiben. Wenn man mehr als deutlich zu verstehen gibt, dass einen gewisse Belange anderer Menschen nicht im Geringsten interessieren, dann ist nur zu erwarten, dass diese einem in Zukunft Informationen über jede weitere Entwicklung ersparen.

Der andere Faktor war Zens Hypochondrie im weitesten Sinne des Wortes, die sich nicht nur in einer krankhaften Sorge um seine Gesundheit äußerte, sondern auch in einer chronischen Depression. Das hatte Gemma zunächst ebenso wenig bemerkt, wie Zen bis heute noch nicht mitbekommen hatte, dass sie möglicherweise Großmutter wurde. Im Nachhinein betrachtet war sie vielleicht ein bisschen blind gewesen, doch sie hatte gute Gründe gehabt, es nicht wahrhaben zu wollen. Inzwischen waren die Anzeichen jedoch unübersehbar. Angefangen hatte es mit Zens endlosen Klagen über Schmerzen im Unterleib und ein vages Gefühl von Mattigkeit. Als dann klar wurde, dass er nicht die Absicht hatte, freiwillig zum Arzt zu gehen, hatte Gemma ihn unter Druck setzen und fast schon mit brachialer Gewalt dorthin schleppen müssen. Um eine Diagnose zu erhalten, waren weitere Hindernisse zu überwinden gewesen, zunächst mehrere Besuche im örtlichen Krankenhaus, dann in einer privaten Klinik in Rom, wo der Arzt, den Zen an diesem Tag noch einmal aufgesucht hatte, einen chirurgischen Eingriff verordnet hatte, der laut Bericht »routinemäßig und ohne

Komplikationen« verlaufen war. Der Patient hingegen schien diese kleine Operation als albtraumhafte und möglicherweise tödliche Qual anzusehen, so als wäre er der erste Empfänger eines Gehirntransplantats.

Und so war es seitdem immer weitergegangen. Wie alle Apothekerinnen und Apotheker in einer Gesellschaft, in der trotz strenger gesetzlicher Regelungen Angehörigen dieses Berufs ein beträchtlicher Ermessensspielraum zugestanden wird, hatte auch Gemma etliche Stammkunden, die häufiger vorbeikamen, um mit ihr über ihre jüngsten Beschwerden und ihren allgemeinen Gesundheitszustand zu reden, bevor sie sie baten, ihnen doch »eine Kleinigkeit« zu geben, um die Symptome zu lindern, die so schlimm nun auch wieder nicht seien, »um den Arzt damit zu belästigen«. Dennoch hatte sie bis zu dem Tag, an dem Zen nach seiner Entlassung aus der Klinik nach Hause zurückkehrte, um sich zu erholen, noch nie einen so ausgeprägten Fall von paranoider Hypochondrie erlebt.

Zunächst war sie nachsichtig gewesen, weil sie glaubte, er würde sich schon bald zusammenreißen und wieder normal werden. Nicht nur dass bisher davon immer noch nichts zu spüren war, er schien im Gegenteil jeden Tag ein neues Leiden zu entwickeln. Wenn es nicht Rückenschmerzen waren, waren es Zahnschmerzen. Hatten diese Beschwerden den Reiz des Neuen verloren, behauptete er, unter furchtbarer Migräne zu leiden, die ihn nicht schlafen ließ, sodass er sich völlig erschöpft, verwirrt und deprimiert fühlte. Ständig redete er von seinen Gefühlen. Er konnte nicht klar denken, sich an nichts erinnern, und ganz gewiss konnte er nicht in seinen Job zurückkehren. Nun, wo ihm endlich klar geworden war, wie wichtig ihm die Arbeit war, würde er nie mehr in der Lage sein zu arbeiten. Kurz gesagt, er erkannte sich selber nicht mehr. »Ich fühle mich einfach nicht mehr wie ich selbst«, hatte er gejammert. »Es ist, als wäre irgendwo ein

Faden gerissen, und nun trennt sich das ganze Gewebe vor meinen Augen auf.« Dieses melodramatische Gehabe hatte schließlich Gemmas Geduld überstrapaziert, was zu einigen lautstarken Krächen führte, auf die stets längere Phasen mürrischen Schweigens folgten. Zen hatte es offenbar zu seiner Taktik gemacht, demonstrativ »nicht mit ihr zu reden«. Das Spielchen spielte sie gerne mit. Doch natürlich konnten die Dinge nicht ewig so weitergehen.

Als das Telefon klingelte, wäre sie beinahe nicht rangegangen, weil sie annahm, dass es ihr verflossener Liebhaber war, wie sie ihn inzwischen im Stillen nannte, der vom Bahnhof abgeholt werden wollte, oder vielleicht sogar aus Florenz. Doch es stellte sich heraus, dass der Anrufer ihr Sohn war. Das war sehr erfreulich, aber auch ungewöhnlich. Normalerweise war fast immer Gemma diejenige, die sich bei Stefano meldete, insbesondere nachdem sie den Fehler begangen hatte, ihn vorsichtig auf diverse Aspekte seiner neuen Situation anzusprechen, die sie persönlich äußerst besorgniserregend fand. Weder Mutter noch Sohn hatten sich viel zu erzählen, doch beide bemühten sich, zunächst ein bisschen über neutrale Themen zu plaudern wie das Wetter und Zens Gesundheit, bevor Stefano zum Punkt kam.

»Lidia und ich wollten übrigens fragen, ob du nicht Lust hast, mal zu uns zu kommen.«

»Nach Bologna?«

»Ja, klar. Zum Beispiel dieses Wochenende, wenn du Zeit hast.«

»Ist was passiert?«

Sie versuchte ohne großen Erfolg, jeden Anflug von Besorgnis in ihrer Stimme zu vermeiden. Stefano hatte offenkundig mit dieser Frage gerechnet.

»Wir haben dir eine Menge zu erzählen, aber lass uns damit warten, bis du hier bist, das heißt, wenn du kommen kannst. Wir können hier nämlich nur schlecht weg, und ...«

»Red doch keinen Unsinn! Natürlich komme ich.«

Mit gemischten Gefühlen legte sie den Hörer auf. Einerseits war sie froh, von ihren eigenen häuslichen Problemen wegzukommen, andererseits graute ihr bereits davor, was für Probleme sie am Ziel ihrer Reise erwarten mochten. Sie konnte sich mindestens drei Möglichkeiten vorstellen, von denen keine gut war. Doch man würde sich dem ohnehin stellen müssen, und ein Tapetenwechsel war zweifellos von Vorteil.

Das Geräusch einer zuschlagenden Tür im Treppenhaus, gefolgt von zögernden, schlurfenden Schritten, warnte sie, dass ihre bessere Hälfte zurückgekehrt war. Rasch schaltete sie das Licht aus, sprang ins Bett, zog die Decke übers Gesicht und lag allem Anschein nach in tiefem Schlummer da, als Aurelio Zen zögernd die Tür öffnete.

5

Eingerahmt von zwei strahlenden Häschen, die mit kaum mehr als einem Lächeln, so riesig wie ihre Titten, bekleidet waren, packte Romano Rinaldi den hölzernen Griff des Parmesanmessers und hielt es in einer dramatischen Geste über seinen Kopf.

»Und nun, wie ein Aztekenpriester, der das höchste Opfer darbringt, öffne ich das Herz dieses Käses, das wahre Herz Italiens!«, rief er, stieß das Messer mitten in den Käse und begann Verdis *Celeste Aida* zu singen – in einer Version, die offenbar nie enden wollte.

In der schallsicheren Regiekabine tauschten Delia und der Regisseur einen Blick.

»Schon wieder zugekokst«, murmelte sie.

»Du verblüffst mich«, erwiderte der Regisseur trocken. Er berührte einen Knopf auf der Konsole vor ihm. »Neue Einstellung«, sagte er. »Romano, nun das Teleprompter-Skript auf Kamera drei, bitte.«

Er schaltete die Mikrofonverbindung zum Studio hinter der dreifach verglasten Scheibe aus. »Ich werde ein bisschen von dem Werbematerial reinschneiden, das uns das Produzentenkonsortium geschickt hat«, sagte er mit einem kurzen, barschen Lachen. »Vielleicht eine der Szenen mit den vielen Kühen. Das unterlegen wir dann mit der großen Arie von Lo Chef, blenden aus und gehen in den Teleprompter-Filmkommentar mit Einblendungen von ihm über, wie er in die Kamera quasselt.«

»Du bist ein Star, Luciano.«

»Gott sei Dank, dass es Digitaltechnik gibt. Der Trailer muss bis morgen sendefertig sein. In früheren Zeiten hätte man dafür wer weiß wie viele Arbeitsstunden gebraucht. Selbst mit dem Geld, das die *parmigiani* uns unter der Hand zuschieben, hätten wir immer noch Probleme mit der Kalkulation gehabt.«

Delia nickte vage. Sie schien mit den Gedanken woanders zu sein, und das war sie auch. »Wie lange brauchen wir noch, bis alles unter Dach und Fach ist?«, fragte sie.

»Bei unserem Romano kann man das doch nie wissen. Das Studio ist bis Mittag gemietet, um auf der sicheren Seite zu sein. Sofern er es nicht noch schafft, sich mit diesem Parmesanbeil den Bauch aufzuschlitzen, sollten wir bis dahin fertig sein.«

Die Stimme des Kochs dröhnte aus den Lautsprechern, die an der isolierten Wand standen. »... sechzehn Liter der feinsten, vitaminhaltigsten und frischesten Milch, um nur ein Kilo hiervon herzustellen, diesem göttlichsten aller Käse, der unerreicht über dem lärmend angepriesenen Haufen weniger hochwertiger Produkte schwebt. Anschließend wird er zwei Jahre lang einem vollkommen natürlichen Alterungsprozess unterworfen, nach Traditionen, die in über siebenhundert Jahren kontinuierlicher Produktion von Generation zu Generation weitergegeben wurden, ganz ohne künstliche Zusätze, die den Prozess beschleunigen würden ...«

Delia ging zu dem Regisseur hinüber und gab ihm einen leichten Kuss auf die Stirn. »Tu mir einen Gefallen, Luciano. Halt ihn noch mindestens eine Viertelstunde auf Trab. Ich muss ihn auf den Erdboden zurückholen und bemuttern, wenn das hier fertig ist, aber vorher brauche ich einen Kaffee.«

»Kein Problem. Wenn er plötzlich hektisch wird und den Rest des Skripts runterrasselt, sage ich ihm einfach, ein paar Takte der Verdi-Arie hätten sich ein bisschen flach angehört, und lass ihn das Ganze noch mal wiederholen.«

Delia lächelte dankbar.

»Hey, hast du gelesen, was Edgardo Ugo über ihn in *Il Prospetto* geschrieben hat?«, fügte Luciano hinzu. »Das hat den Nagel auf den Kopf getroffen, was? Ich hab mich totgelacht!«

Ohne zu antworten, ging Delia auf den Flur hinaus. Fast im selben Augenblick fing ihr Handy an zu trällern. Sie sah auf das Display und murmelte: »Verdammt!«, bevor sie sich meldete.

»Hast du es ihm gesagt?«, fragte der Anrufer.

»Noch nicht«, antwortete sie und blieb an der Treppe zur Straße hinunter stehen. »Er war heute Morgen schlecht drauf. Du weißt doch, wie er ist, wenn er ins Studio muss.«

»Delia, er wird es früher oder später ohnehin herausfinden, vermutlich schon in wenigen Stunden. Schließlich ist die verdammte Zeitschrift bereits im Handel. Es ist absolut wichtig, dass er die schlechte Nachricht von uns erfährt. Wie willst du es ihm beibringen?«

Delia stieß die Tür zur Feuertreppe auf, blockierte den automatischen Schließmechanismus mit ihrem Aktenkoffer und trat auf die Metallplattform hinaus.

»Mehr oder weniger so, wie wir es besprochen haben. Die große Frage ist nur, wie er reagieren wird. Du weißt doch, wie empfindlich er ist, wenn man seine Kompetenz infrage stellt.«

»Natürlich, da er ja keine hat. Aber die Show bringt uns hier beim Sender ein Vermögen ein, dazu ein weiteres Vermögen für Lo Chef, und dir verhilft sie zu einer sehr schönen Karriere, meine Liebe. Das wollen wir uns doch nicht alles vermasseln, bloß weil Romano Rinaldi keinen Spaß versteht. Und als solcher war das doch gemeint.«

Ein Flugzeug, das sich im Landeanflug auf Ciampino befand, brachte das Gespräch eine Weile zum Erliegen.

»Bist du dir da sicher?«, brüllte Delia, als das Dröhnen allmählich verhallte.

»Hundertprozentig. Meine Leute haben sich heute bei Ugos Leuten erkundigt. Und im Übrigen wird es niemanden von unseren Zuschauern interessieren, was irgendein Professor für Semiotik in Bologna denkt. Romano muss den Zwischenfall einfach nur ignorieren, und die Angelegenheit wird in wenigen Tagen vergessen sein.«

Delia sah auf ihre Uhr. »Ich muss Schluss machen. Er kommt jeden Moment aus dem Studio.«

In Wirklichkeit hatte sie noch mindestens fünf Minuten Zeit, doch Delia hatte nie die Kunst erlernt, mit dem Handy zu telefonieren und sich gleichzeitig eine Zigarette anzuzünden, und Letztere brauchte sie viel dringender als einen Kaffee, bevor sie ihrem nervösen Arbeitgeber gegenübertrat. Delia, die unverheiratet und sehr ehrgeizig war und die bereits dreizehn fruchtbare Jahre hatte verstreichen lassen, während sie mit einem *molto simpatico,* aber völlig nutzlosen Partner zusammenlebte, wusste, dass sie es sich nicht leisten konnte, diesen Job zu verlieren.

Nach einem bescheidenen Schulabschluss hatte sie sich über verschiedene Jobs im Bereich Öffentlichkeitsarbeit und Unternehmenskommunikation hochgearbeitet, bevor sie ihren derzeitigen Job als persönliche Assistentin des Starkochs bekam, dessen Fernsehshow *Lo Chef Che Canta e Incanta* jede Woche Millionen treuer Zuschauer vor den Fernseher lockte. Die Zahlen stiegen immer noch, und es hatte sogar schon Anfragen von anderen europäischen Sendern gegeben, die die Rechte für ihr Sendegebiet erwerben wollten. Und nun tauchte dieser linksgerichtete Akademiker und obskure Romanautor auf und ließ die Katze aus dem Sack, egal ob als Scherz oder nicht, und drohte damit, das ganze wunderbare Geschäft zu zerstören.

Sie warf ihre Zigarette auf den Parkplatz hinunter und ging wieder ins Gebäude. Mit Entsetzen sah sie, dass das Licht über der Studiotür grün leuchtete. Sie war zu spät, und Romano Rinaldi mochte es nicht, wenn man ihn warten ließ. Sie schob die Tür auf und rannte zu der Bühne, auf der er schwitzend und hyperventilierend mit Kochmütze und in der weißen Uniform stand, die er an diesem Morgen viermal hatte wechseln müssen, nachdem er sie immer wieder mit diversen Zutaten bekleckert hatte.

»Entschuldige bitte vielmals, Romano!«, sagte Delia atemlos. »Ich musste einen Augenblick rausgehen, um ein wichtiges Telefonat anzunehmen, bei dem Leonardo nicht mithören sollte. Es ging übrigens um etwas, über das wir …«

»Das macht nichts«, fiel ihr der Star ins Wort und riss beide Arme auseinander, als wollte er symbolisch allen überflüssigen Ballast von sich werfen. »Ich brauche kein Lob und keinen Applaus. Ein großer Künstler ist auch immer ein großer Kritiker. Heute war ich fantastisch. Das spüre ich instinktiv in meinem Bauch und in meinem Herzen!«

Er fasste sie am Arm und verzog die von einem dichten Bart umrahmten Lippen zu diesem breiten, strahlenden Lächeln, das eines seiner Markenzeichen war und auch auf den Etiketten der immer umfangreicher werdenden Palette von Saucen, Ölen, Kochutensilien und anderen Produkten zu sehen war, die unter dem Namen *Lo Chef* vermarktet wurden.

»Ich werde immer besser und besser, Delia«, vertraute er ihr an. »Dies ist erst der Anfang der reichen und produktiven mittleren Periode meines Schaffens, wegen der man mich für immer in Erinnerung behalten wird. Die kommenden Jahre …«

Da ihm die Worte fehlten, um den Ruhm und Glanz, den ihm die Zukunft bescheren würde, adäquat zu beschreiben, begnügte er sich mit einem langen, von Herzen kommenden Seufzer. Delia tätschelte ihm die Schulter.

»Ich verstehe, Romano, und ich stimme vollkommen mit dir überein. Nun geh und zieh dich um, dann müssen wir kurz miteinander reden. Mir ist klar, dass dir im Moment überhaupt nicht danach ist, nachdem du eine so hervorragende Darbietung hingelegt hast, aber es gibt einige sehr wichtige und dringliche Probleme, mit denen wir uns beschäftigen müssen.«

6

Ja, ja! Gibs mir! Gibs mir heiß und hart!«

König Antonio saß nackt auf seinem Thron, schwitzte, ächzte und flehte. Dann wurde sein Gesichtsausdruck plötzlich besorgt, beinahe furchtsam.

»O mein Gott, es kommt! Ah! Oh! Nein, ich kann nicht! Es ist zu groß! Es wird mich zerreißen! Bitte, lieber Gott, ich halt das nicht aus!«

Im letzten Augenblick, als er aufgrund der furchtbaren Schmerzen im verlängerten Rücken bereits befürchtete, dass er eine schlimme Verletzung davontragen würde, lockerte sich sein Schließmuskel um den entscheidenden Millimeter. Danach kamen nur noch Tränen, Keuchen und Stöhnen, gefolgt zuletzt von einem triumphalen Rauschen der Wasserspülung und dem erhebenden Gefühl absoluter Erfüllung.

Als Nächstes war eine belebende Dusche dran, doch Tony trat völlig unbelebt darunter hervor. Nach kurzem Überlegen schluckte er sechs Paracetamol und spülte sie mit Wasser aus dem Hahn des Handwaschbeckens hinunter. Die Tabletten würden nicht gerade gut für seine Leber sein, besonders angesichts der Flasche Bourbon, die er sich Tag für Tag verordnete, aber zumindest würden sie die gemeinen Kopfschmerzen lindern, die ihn seit dem Aufwachen quälten.

Als er sich aufrichtete, sah er sein Gesicht in der Spiegeltür des Badezimmerschranks. Der Anblick war schockierend. Seine Stirn war auf das Doppelte ihres normalen

Umfangs angeschwollen und erwies sich, als er sie berührte, als äußerst druckempfindlich. Tony dachte sofort an bösartige Zysten, aber das Ding war eindeutig am Vortag nicht da gewesen, also schien ein Bluterguss die wahrscheinlichere Erklärung zu sein. Die Haut schimmerte denn auch wie ein Regenbogen in Pink, Rot, Lila, Blau und Schwarz, war aber offenbar nicht aufgeplatzt.

Er ging zurück ins Schlafzimmer, versuchte sich zu beruhigen und die Situation in den Griff zu kriegen. Das gehörte schließlich zu seinem Job. *Investigatore privato* in Bologna zu sein war harte Arbeit, aber irgendwer musste es ja tun. Trotzdem wünschte er, er könnte sich ein bisschen klarer erinnern, was in der vergangenen Nacht passiert war. Er wusste, dass er seine derzeitige Freundin zum Teufel geschickt hatte, doch das wusste er nur, weil er das immer mit derjenigen tat, die zufällig am letzten Tag des Monats diese Position einnahm. Privatdetektive konnten keine stabilen, langfristigen Beziehungen eingehen. Sie waren komplizierte, entfremdete Einzelgänger, die durch die finsteren Gassen der großen Stadt ziehen mussten, Männer, die durchaus ihre Fehler haben mochten, aber unbestechlich waren und keine Angst hatten. Und vor allem mussten sie leiden.

Tony Speranza litt ganz gewiss, während er sich mühsam anzog und in die Küche ging, um Kaffee zu kochen. Das Gebräu, das dabei zustande kam, rief weitere Leiden hervor, zu deren Linderung sich Tony eine Camel ohne Filter anzündete, die Flasche Jack Daniels köpfte und sich einen Drink hinter die Binde kippte. Was zum Teufel war nur letzte Nacht passiert, abgesehen davon, dass er sich mit Ingrid, oder wie immer die auch hieß, eine bemerkenswerte Brüllerei geliefert hatte?

Brüllerei. Fußball. Ja, natürlich, er war im Stadion gewesen, um sich die Kumpel von dem Typen anzusehen, den er observieren sollte. Nach dem Spiel hatte er sie in der Bar mit dieser ultracoolen Digitalkamera fotografiert, die er sich gerade gekauft hatte, kaum größer als eine Streichholzschachtel. Es hatte der ganzen Erfahrung eines Profis, wie er einer war, bedurft, nicht dabei bemerkt zu werden, doch er hatte seinen Auftrag erfüllt. Nun brauchte er nur noch die Bilddateien auf seinen Desktop zu laden und sie per E-Mail an den *avvocato* zu schicken. Bloß wo war die Kamera? Er sah in seinen Manteltaschen nach, klopfte die Taschen seines Anzugs ab. Brieftasche, Schlüssel, Notizbuch, Stift – alles war da und genau so, wie es sein sollte. Aber nicht die Kamera. Und nicht ...

O Scheiße, dachte er. Verdammte Scheiße. O mein Gott.

Ehrlich gesagt, brauchte Tony eigentlich gar keine Waffe. Neunundneunzig Prozent seiner Aufträge betrafen Scheidungsfälle, eifersüchtige Ehemänner und Eltern, die sich Sorgen machten, ihr kostspieliger Nachwuchs könnte in schlechte Gesellschaft geraten und noch schlechtere Gewohnheiten annehmen. *La sicurezza di sapere tutto, sempre!!!*, lautete der Slogan, den er in seiner Werbung in den Gelben Seiten und auf den Flugblättern benutzte, die er unter die Scheibenwischer parkender Autos klemmte. Bei der eigentlichen Arbeit kam es hauptsächlich darauf an, dass man über die neueste Überwachungstechnologie verfügte und gelegentlich mal eine ganze Nacht vor einem Gebäude Wache schob, in dem ein Ehebruch oder eine Drogenparty stattfand. Es kam dabei so gut wie nie zu Gewalttätigkeiten und schon gar nicht zum Einsatz von Schusswaffen.

Doch Tony Speranza kannte und respektierte die Regeln des Genres. Privatdetektive mussten eine Waffe haben. Also hatte er einem ehemaligen Angehörigen der serbischen Sonderpolizei, der mal als freier Mitarbeiter für ihn tätig gewesen war, eine abgekauft. Es war eine M-57 Halbautomatik, die nach ganz genauen Vorgaben in streng limitierter Anzahl von der staatlichen Waffenfabrik Zastava hergestellt worden war. Die Pistole passte unauffällig in die geräumigen Taschen seines zweireihigen Trenchcoats, hatte einen wunderschönen Handgriff aus Nussbaumholz und eine seidig blaue Oberfläche, in die Tony in einer schnörkeligen Schrift seinen Namen hatte eingravieren lassen. Kurz gesagt, eine kleine Schönheit. Das einzige Problem war nur, dass er sie anscheinend nicht mehr hatte. »Die Sicherheit, alles zu wissen, und zwar immer.« Ha! In diesem Augenblick hätte Tony sich damit zufriedengegeben, ab und zu mal etwas auch nur halbwegs sicher zu wissen.

Dieser Gedankengang wurde durch das Klingeln des Telefons unterbrochen.

»Tony Speranza, *investigatore privato*«, sagte er automatisch.

»Hier ist das Büro von Avvocato Giulio Amadori«, erklärte eine weibliche Stimme.

Tony lachte und trank einen großen Schluck Bourbon. »Hey, ich hab noch nie mit einem Büro gesprochen!«

»Avvocato Amadori möchte über den gegenwärtigen Stand in der Angelegenheit informiert werden, in der er Sie engagiert hat.«

»Verbind mich mit ihm, Schätzchen, verbind mich mit ihm!«

»Avvacato Amadori ist zurzeit nicht an seinem Schreibtisch.«

»Dann lass mich mit dem Schreibtisch reden.«

»Es geht um das fotografische Beweismaterial, über das Sie mit ihm gesprochen haben.«

Tony lachte erneut und zündete sich eine weitere Camel an. »Weißt du was? Ich möchte wetten, du bist überhaupt kein Büro. Du hast nur einen Witz gemacht. Ich stelle mir dich als umwerfende Blondine mit einem absolut verführerischen Blick vor, der Platin auf zwanzig Meter zum Schmelzen bringt, die weiß, wo alle Leichen vergraben sind, und die Mordwaffe im Strumpfgürtel stecken hat.«

»Um erstklassigen Service zu gewährleisten und zu Ihrem eigenen Schutz wird dieses Gespräch aufgezeichnet. Wenn Avvocato Amadori Ihre Einstellung für unangemessen erachtet, behält er sich das Recht vor, die notwendigen Maßnahmen zu ergreifen.«

»Ach ja? Was macht er denn, wenn er wütend wird? Rennt er den Glockenturm von San Petronio rauf und spielt Quasimodo?«

»Vielen Dank. Avvocato Amadori wird zu gegebener Zeit über Ihre Antwort informiert werden.«

»Hör mal, ich bin an der Sache dran, okay? Aber Diskretion ist von äußerster Wichtigkeit, und bisher hat sich keine passende Gelegenheit ergeben.«

Doch er sprach zu einer toten Leitung.

Er legte den Hörer auf und schenkte sich einen weiteren Bourbon ein. Ich hab von Anfang an gewusst, dass der Amadori-Fall Ärger bringen würde, sinnierte er. Von allen Privatdetekteien in allen Städten der Welt mussten die ausgerechnet in meine hineinspazieren. Im Grunde war das Ganze doch nur ein routinemäßiger Überwachungsauftrag von einem Yuppie Mitte vierzig, dessen Sohn von zu Hause ausgezogen war und sich weigerte, mit ihm zu reden. Giulio Amadoris Hauptsorge war anscheinend, dass Vincenzo Ärger mit der Polizei kriegen könnte und dass das ein schlechtes Licht auf seine eigene Anwaltskanzlei werfen würde, auch wenn er gemäß der Gefühlsduselei, die heutzutage angesagt war, mit ein paar nichtssagenden Sätzen den Ruf der Familie und die Empfindungen seiner Frau vorgeschoben hatte. Er war bereit, für Informationen über Orte, die sein Sohn aufsuchte, sowie über dessen Gewohnheiten und Bekannte fünfhundert im Voraus zu zahlen mit der Aussicht auf mehr, falls sich aufgrund der ersten Ergebnisse die Notwendigkeit für weitere Nachforschungen oder einschreitende Maßnahmen ergeben sollte.

Tony Speranza wäre viel lieber im Fall eines scheinbar harmlosen Verschwindens engagiert worden, der ihn dann zu einer sexy, aber gefährlichen Puppe führen würde, die sowohl körperlich als auch kriminell viel zu verbergen hatte, doch er hatte die Erfahrung gemacht, dass so etwas in Bologna sehr selten vorkam. Alles, was er in der Hand gehabt hatte, war ein Foto von dem jungen Mann sowie die Information, dass er sich als fanatischer Anhänger des Fußballvereins von Bologna gerierte. Solche Fans hatten unweigerlich Dauerkarten für die berüchtigte Curva San Luca, und als sich Tony am Abend des nächsten Heimspiels zum Stadion auf der Via Costa begab, entdeckte er Vincenzo auch rasch, als dieser in einer Gruppe von Ultras die Treppe des engen Betontunnels herunterkam, der von den Tribünen nach unten führte. Er war ihnen dann durch diverse Bars und Clubs gefolgt, wo sie das Spiel ausgiebig feierten, und war der Zielperson schließlich bis zu deren Wohnung nachgegangen, die mitten im Zentrum lag.

Dank seiner ungeheuren Professionalität und Geschicklichkeit hatten Vincenzo und seine Kumpane Tony an diesem Abend nicht bemerkt, doch er wusste, dass es zu riskant wäre, eine solche Operation so regelmäßig zu wiederholen, um die umfassende Überwachung zu gewährleisten, die sein Klient erwartete. Also musste ein Minispion her, und die Frage war, wo er ihn anbringen sollte. Der geeignetste Ort wäre das Auto der zu überwachenden Person, doch Tony hatte bereits herausgefunden, dass Vincenzo keins besaß. Die übliche Alternative war ein persönlicher Gegenstand oder ein Kleidungsstück, das derjenige häufig benutzte, und hier hatte Tony mehr Glück.

Der Sohn der Amadoris verbrachte einen großen Teil

seiner Zeit mit Schlafen oder indem er einfach in der Wohnung rumgammelte, die er sich mit einem gewissen Rodolfo Mattioli teilte, einem harmlosen und erfolglosen Studenten, der offenbar privat nicht mit der Zielperson verkehrte. Außerdem gab es da noch ein Mädchen, eine atemberaubende Rothaarige, der Tony bis zu ihrer Bude gefolgt war und die er in nächster Zukunft mal besuchen wollte. Doch die Aktivitäten, über die l'Avvocato sich Sorgen machte, hatten ausnahmslos mit einigen oder sogar allen aus diesem Haufen von Fußballfans zu tun, und wenn er mit denen ausging, zog Vincenzo genauso ausnahmslos eine verschlissen aussehende schwarze Lederjacke an, deren Rücken mit einem Oval aus glänzenden Ziernägeln dekoriert war, in dem unter dem Kürzel BFC 1909 das offizielle Vereinsemblem prangte.

Das nächste Problem bestand darin, wie er an diese Jacke herankommen sollte. Tony zog diverse Möglichkeiten in Betracht, doch schließlich wurde ihm die Lösung vom Schicksal sozusagen auf dem Tablett serviert. Anlass war ein Heimspiel gegen die starke Mannschaft von Juventus, bei dem das Renato-Dall'Ara-Stadion bis auf den letzten Platz besetzt war. Am Ende verlor Bologna durch einen umstrittenen Elfmeter, sodass die Stimmung der aus dem Stadion strömenden Fans alles andere als heiter war. Die Polizei war in großer Zahl angerückt und versuchte, die *tifosi* der beiden gegnerischen Teams getrennt vom Stadion wegzudirigieren, doch der harte Kern auf jeder Seite war an eine viel rigorosere Bewachung gewöhnt, als die örtlichen Sicherheitskräfte, die sich im linken Bologna in der Regel zurückhielten, durchzuführen bereit waren. So war es denjenigen, die nicht nur gekommen waren, um sich das Spiel anzusehen, sondern auch, um sich zu prügeln, schon bald gelungen, sich durch Seitenstraßen und Gassen zu verdrücken. Sobald die Polizei verschwunden war, sammelten sie sich wieder auf dem Parkplatz des nahe gelegenen Coop-Supermarkts. Tony Speranza folgte der Gruppe um Vincenzo, hielt sich jedoch in diskretem Abstand und versuchte auszusehen wie ein ganz normaler Bürger auf dem Heimweg.

Sobald sie den leeren, schlecht beleuchteten Parkplatz erreichten, war offenkundig, dass die Juve-Fans ihren Gegnern etwa um die Hälfte überlegen waren. Dieser Vorsprung wurde noch größer, da einige der *rossoblù*-Rowdys in den Büschen, die den Platz von der Straße trennten, verschwanden, weil sie angeblich pinkeln mussten, und nicht mehr wiederkamen. Schon bald wurde klar, dass sie eine kluge Entscheidung getroffen hatten. Die Schlägerei dauerte nicht länger als zwei Minuten, dann schlich sich der Bologna-Trupp unter dem Grölen und Lachen der *Torinese* davon. Alle bis auf Vincenzo Amadori. Er ließ sich nicht unterkriegen, schleuderte seinen Feinden Beschimpfungen und Obszönitäten entgegen und forderte sie höhnisch auf, sich ihn zu schnappen. Was sie, wie zu erwarten, auch taten. Amadori landete zusammengekauert wie ein Fötus auf dem nackten Asphalt, wo er noch einige weitere gemeine Tritte abbekam, bis seine Angreifer schließlich den Spaß an dem Spielchen verloren und abzogen.

Tony Speranza hatte sich hinter einem Lieferwagen versteckt, der weit vom Geschehen entfernt in einer Ecke des Parkplatzes stand. Nun kam er hervor und lief rasch zu Vincenzo Amadori hinüber, der leise stöhnte. Anscheinend eilte ihm keiner seiner Kumpel zu Hilfe, also zog Tony den Reißverschluss der Lederjacke auf und klappte eine Seite zurück. Das Satinfutter war in einem diamantförmigen Muster gesteppt. Tony zog ein Exacto-Messer hervor, machte einen kleinen Schnitt in die Naht eines der Diamanten, stieß den Messergriff hinein und riss die Öffnung ein bisschen weiter auf. Dahinein steckte er ein Ding von der Größe einer Zigarettenschachtel, das jedoch abgeflacht und abgerundet war wie ein Kieselstein am Strand und auch nicht mehr wog. Er schob es in die Mitte des gepolsterten Futters, dann drückte er die Stelle mit beiden Händen fest zusammen, damit das Klettband an dem Stoff kleben blieb. Dreißig Sekunden später befand er sich ein Stück die Via Costa hinauf in einer Telefonzelle und bestellte anonym einen Krankenwagen zum Coop-Parkplatz. Nun, da die Wanze erfolgreich platziert war, war es in seinem Interesse, Amadori so bald wie möglich wieder auf den Beinen und voller Tatendrang zu sehen.

Bei dem fraglichen Gerät handelte es sich im Wesentlichen um das Innenleben eines Handys ohne Mikrofon, Lautsprecher und andere Kinkerlitzchen, die nur hinderlich gewesen wären, das jedoch Mikrochips enthielt, die mit einer Reihe verschiedener Mobilfunknetze kommunizieren konnten. Einmal pro Stunde schaltete sich das Gerät ein und stellte eine Verbindung zu den nächstgelegenen Antennenanlagen der jeweiligen Mobilanbieter her, dann übermittelte es die Daten telefonisch an den Computer in Tonys Büro, wo eine schlaue Software das so entstehende Netz trigonometrischer Punkte auf eine mit Datum und Uhrzeit versehene Karte übertrug, auf der ein Stern die momentane Position der Zielperson angab. Damit war Tony abgesichert, sollten irgendwelche Fragen gestellt werden, wo sich Vincenzo zu einem bestimmten Zeitpunkt aufgehalten hatte, und das, ohne sich der mühsamen und möglicherweise heiklen Aufgabe zu unterziehen, dem kleinen Dreckskerl und seinen Kumpeln ständig zu folgen.

Damit waren zwei Teile des Auftrags erfüllt. Fehlten nur die Fotografien, die er am gestrigen Abend aufgenommen hatte, die aber verschwunden waren, als man ihn überfallen und ihm die Minikamera und die Waffe gestohlen hatte. Wie zum Teufel war das nur passiert? Vincenzo Amadori und seine Kumpel hatten ihn ganz sicher nicht entdeckt, überlegte Tony, während er den zweireihigen Trenchcoat anzog und den Filzhut und die Pilotensonnenbrille aufsetzte, alles Sachen, die er online bei einem amerikanischen Händler gekauft hatte, der auf Retro-Kram aus den Dreißigerjahren spezialisiert war. Er hätte sofort gemerkt, wenn sie ihn entdeckt hätten. Ein erfahrener Ermittler wusste immer, wenn er »aufgeflogen« war, wie man im Fachjargon sagte.

Er verließ seine Wohnung und ging die Treppe zur Straße hinunter. Die Windschutzscheibe seines verbeulten Fiat war von einer grauen, körnigen Schneeschicht bedeckt, aus der ein Strafzettel herausragte, der an einer Ecke unter dem Scheibenwischer klemmte. *Commune di Ancona* stand in der Kopfzeile. Darunter war handschriftlich die Höhe des Bußgelds vermerkt, das innerhalb von dreißig Tagen zu zahlen war, andernfalls … Er stöhnte auf, als ihm endlich dämmerte, was gestern Abend passiert war. Natürlich! Er war tatsächlich bei einem Fußballspiel gewesen, allerdings nicht hier im Stadion von Bologna. Das Spiel, das aus irgendeinem Grund mitten in der Woche ausgetragen worden war, war ein Auswärtsspiel gegen den Lokalrivalen Ancona gewesen, und Tony war pflichtbewusst dorthin gefahren in der Absicht, die fotografische Dokumentation von Vincenzos Kumpanen abzuschließen.

Er ließ den Motor an, worauf rings um ihn herum erst einmal alles in einer dichten Abgaswolke verschwand. Jetzt wusste ers wieder, glaubte er. Er hatte die gesuchte Clique gefunden, obwohl die Zielperson aus irgendeinem Grund die Lederjacke nicht anhatte. Nach dem Spiel war er ihnen in eine Bar gefolgt, wo er ganz vorsichtig erstklassige Fotos von der gesamten Gruppe gemacht hatte. Nach getaner Arbeit war er zur Toilette gegangen, die sich im hinteren Teil der Bar befand, um noch rasch zu pinkeln, bevor er zurück nach Hause fahren wollte.

Danach erinnerte er sich nur noch verschwommen, wie die Tür aufgeflogen war und ihn jemand mit dem Kopf gegen die gefliese Wand geknallt hatte. Als er wieder zu sich kam, hatte er auf Händen und Knien gehockt, mit dem Gesicht im Urinbecken. Bis er sich schließlich gesäubert hatte und in die Bar zurückgekehrt war, waren Vincenzo Amadori und seine Freunde verschwunden. Tony hatte zwei große Whiskys bestellt, um sich zu stärken, und musste dann irgendwie nach Hause gefahren und in seine Wohnung gekommen sein, bevor er, komplett angezogen, bewusstlos auf sein Bett gekippt war.

Kurz gesagt, er hatte nur einen einzigen Fehler gemacht, dachte er mit einiger Genugtuung, als er den Rückwärtsgang einlegte und aus der Parklücke fuhr. Er war so sehr darauf bedacht gewesen, die Gruppe um Vincenzo Amadori unbemerkt zu fotografieren, dass er nicht darauf geachtet hatte, was sonst noch für Leute in der Bar waren. Das wäre im gesetzestreuen Bologna nicht schlimm gewesen, doch Ancona war eine Hafenstadt, in der es von heruntergekommenen Typen, illegalen Migranten und kriminellen Elementen jeglicher Couleur nur so wimmelte. Einem von denen musste die schicke kleine Nikon aufgefallen sein, die sich in Tonys Hand kuschelte, und er hatte beschlossen, sie in seinen Besitz zu bringen.

Nonchalant mit den Schultern zuckend, bog er nach rechts in die Hauptstraße der Stadt. Alles in allem betrachtet, war das keine große Sache. Er würde sich halt eine neue Kamera kaufen, und die Waffe brauchte er eigentlich gar nicht. Im Grunde hatte dieser Dieb ihm sogar einen Gefallen getan. Derartige Zwischenfälle stärkten nur seinen Status als *investigatore privato*. Jeder wusste, dass Privatdetektive ständig eins draufkriegten. Das gehörte zur Jobbeschreibung, besonders wenn man in einem so rauen und erbarmungslosen Teil der Welt arbeitete wie der Emilia Romagna.

7

Für Aurelio Zen hatte es immer Aspekte des Lebens gegeben, die er problematisch fand, selbst in jenen glücklichen Zeiten, bevor seine gesundheitliche Midlifecrisis deren Zahl praktisch ins Unendliche vervielfältigte. Einer davon betraf das brutale Gewecktwerden aus dem Tiefschlaf, ein anderer den Umstand, mit Menschen telefonieren zu müssen, die ihm absolut fremd waren. Am Morgen nach seiner Rückkehr aus Rom erlebte er beides.

Als Erstes wurde er durch lautes Geschrei und kräftige Knüffe von einer unheimlichen Gestalt in einer weißen Robe mit Kapuze, die sich bei näherer Betrachtung als Gemma entpuppte, in den Wachzustand gezerrt. Sie hatte sich gerade in der Dusche die Haare gewaschen, als das Telefon klingelte, und ihre Bemühungen, Zen wach zu kriegen, bewirkten eine zweite Dusche, die auf sein Gesicht rieselte, von dem die Reste eines Ausdrucks glückseligen Nichtwissens rasch verschwanden.

»Für dich!«, rief Gemma und fuchtelte mit dem Telefon herum, das sie in einer Hand hielt, während sie mit der anderen die Sprechmuschel zuhielt. »Deine Arbeitsstelle! Es ist angeblich dringend!«

Sie unterstrich diese Tatsache mit einem Fußtritt, der ins Leere ging, da Zen sich genau in dem Moment im Bett umdrehte. Gemma verlor prompt das Gleichgewicht, ließ bei dem Versuch, sich zu fangen, das Telefon fallen und landete sehr unvermittelt auf dem Fußboden. Das löste bei ihr einen Schwall von Flüchen aus, der bei Zen einen

Lachanfall hervorrief, worauf er mit einem Mal hellwach war.

Wie es dieser Tage meist geschah, vermochte Gemma nicht die heitere Seite der Situation zu sehen, sondern stolzierte, Zen laut und wüst beschimpfend, aus dem Zimmer und knallte die Tür so fest zu, dass sie sofort wieder aufsprang. Während er aufstand, um sie richtig zuzumachen, schwand seine anfängliche gute Laune rasch. Was sollte das denn nun wieder? Ein weiterer irrationaler und unberechenbarer Anfall von Hysterie. Und so bricht ein weiterer wunderbarer Tag in der Via del Fosso an. Das Telefon auf dem Fußboden schien gluckernde Laute von sich zu geben.

»Pronto?«

»Ist dort Aurelio Zen?«, bellte ihm eine Stimme ins Ohr.

Zen bedachte die Sprechmuschel aus Plastik mit einem sarkastisch öligen Lächeln. »Das ist er in der Tat!«, verkündete er in einem aufgesetzt spaßigen Ton. »Höchstpersönlich wie er leibt und lebt, in voller Lebensgröße und garantiert echt. Und mit wem, bitte schön, habe ich die Ehre zu reden?«

»Gaetano Foschi.«

Der Name kam ihm bekannt vor, doch erst nachdem der Anrufer unwirsch weitere Informationen herausgerückt hatte, konnte Zen ihn mit dem jähzornigen Workaholic aus dem Süden in Verbindung bringen, der stellvertretender Leiter der Abteilung Criminalpol beim Innenministerium war.

»Was zum Teufel ist denn bei Ihnen los?«, wollte Foschi wissen. »Das hört sich ja an wie in einem Irrenhaus.«

»So fühlt man sich hier auch häufig.«

»Was? Warum gehen Sie nicht an Ihr Diensthandy?«

»Es ist nicht eingeschaltet.«

»Wieso nicht?«

»Weil ich Genesungsurlaub habe.«

»Wer sagt das?«

»Dottor Brugnoli«, antwortete Zen im Tonfall eines Großmeisters, der Schachmatt erklärt.

»Ach so, Sie sind einer von Brugnolis Schützlingen. Dann muss ich Ihnen leider mitteilen, dass das Leben hier während Ihrer langen Abwesenheit sehr viel spartanischer geworden ist. Im Sinne von ›Setz sie in der Wüste aus und guck, wer überlebt‹.«

»Ich kann Ihnen nicht ganz folgen.«

»Rufen Sie mich auf Ihrem abhörsicheren Handy zurück. Diese Verbindung ist nicht sicher.«

Nachdem Zen das getan hatte, informierte ihn Foschi, dass Brugnoli, Zens Gönner im Ministerium, im Zuge einer Regierungskrise und Kabinettsumbildung, von der Zen nichts mitbekommen hatte, einen Beraterposten bei einer großen Bank angenommen hatte.

»Das wusste ich nicht«, erklärte er kleinlaut. »Ich musste mich einer Operation unterziehen und bin seitdem auf unbestimmte Zeit krankgeschrieben.«

»Äußerst unbestimmt«, entgegnete Foschi. »So unbestimmt, dass es dafür absolut keinen Nachweis in der Personaldatei gibt.«

»Dottor Brugnoli hat mir gesagt, er würde alles arrangieren.«

Foschi stieß ein kurzes Lachen aus. »Das kann ich mir gut vorstellen, doch das war, bevor er seinen eigenen Aufbruch zu besseren Weidegründen im privaten Sektor arrangiert hat. Seitdem halten wir uns wieder streng an die Spielregeln, und denen zufolge stehen Sie ab sofort wieder für den aktiven Dienst zur Verfügung. Wollen Sie etwa behaupten, dass das nicht der Fall ist?«

Zen dachte einen Augenblick nach. Vermutlich könnte er ein Schreiben von dem Arzt kriegen, das ihn für einen weiteren Monat vom Dienst freistellte und die Geschichte seines Falles erklärte und dokumentierte. Andererseits ...

»Woran hatten Sie denn gedacht?«, fragte er.

»Es geht um den Fall Curti.«

Zen hatte keine Ahnung, wovon Foschi redete, aber er hatte sich heute Morgen schon genug blamiert. Also beschloss er zu bluffen.

»Was genau erwarten Sie denn von mir?«

Foschi seufzte tief.

»Es ist wirklich eine Schande, dass Sie nicht in Rom wohnen wie alle anderen auch, Zen. Das ist etwas, worüber wir angesichts der veränderten Situation reden müssen. Es würde die Sache stark vereinfachen, wenn wir das Ganze persönlich besprechen könnten.«

Zen schwieg.

»Wie dem auch sei«, fuhr Foschi fort, »die Questura in Bologna führt die eigentlichen Ermittlungen durch, aber wir brauchen dort jemanden, der als Verbindungsperson zum Ministerium fungiert. In dem Zusammenhang fiel Ihr Name.«

»Warum sollten die mir was erzählen, was sie Ihnen verschweigen?« Sein Instinkt sagte ihm, dass Direktheit der beste Weg zu dem Organ war, das an der Stelle von Foschis Herz saß.

»Das werden sie auch nicht. Aber sie erzählen es Ihnen früher, und vor allem werden Sie in der Lage sein, uns zu berichten, was die Ihnen nicht erzählen.«

»Warum sollten die denn versuchen, die Wahrheit zu verschleiern? Schließlich spielen wir doch alle in der gleichen Mannschaft.«

»Ich behaupte ja nicht, dass sie das unbedingt tun werden. Aber sie werden unter einem ungeheuren Druck stehen, Ergebnisse zu liefern, und zwar schnell. Lorenzo Curti war nicht nur in der Emilia Romagna eine berühmte und berüchtigte Persönlichkeit, sondern auch auf nationaler, ja sogar internationaler Ebene, ein millionenschwerer Unternehmer, dem der Fußballverein von Bologna gehörte und der außerdem die Aktienmehrheit in einem Molkereikonsortium besaß, gegen das derzeit wegen Steuerhinterziehung und schwerem Betrug ermittelt wird. Kurz gesagt, dies verspricht der hochkarätigste Fall für die Richter in Bologna zu werden seit dem Uno-Bianca-Fiasko.«

Nach kurzem Überlegen erinnerte sich Zen wieder an die Serienmorde, die in den späten Achtzigerjahren in der Gegend von Bologna stattgefunden hatten und bei denen ein weißer Fiat Uno eine Rolle gespielt hatte. Nachdem die Täter gefasst waren, stellte sich heraus, dass es sich fast ausschließlich um Polizisten handelte, die bei der Questura in Bologna arbeiteten und vielfach in ihren eigenen Verbrechen ermittelt hatten. Es hatte Jahre gedauert, bis die Polizia di Statio sich von diesem Skandal moralisch erholt hatte.

»Vorsicht ist besser als Nachsicht«, schloss Foschi. »Ihre Aufgabe besteht nicht darin, die Ermittlungen in die Hand zu nehmen, sondern sich über alles voll auf dem Laufenden zu halten und mir persönlich tagtäglich über die neuesten Entwicklungen Bericht zu erstatten, auch häufiger, wenn nötig. Auf diese Weise werden wir, wenn die Mediengeier anfangen zu kreisen, bestens gewappnet sein.«

»Ich verstehe.«

»Wie schnell können Sie dort sein?«

Zen wollte Foschi gerade daran erinnern, dass er noch gar nicht zugesagt hatte, doch ihm wurde schlagartig klar, dass das für diesen völlig außer Frage stand.

»In ein paar Stunden.«

»Sehr gut. Ich werde denen mitteilen, sie könnten Sie nach dem Mittagessen erwarten.«

Als Gemma wieder ins Zimmer kam, war Zen bereits geduscht und angezogen und eifrig dabei zu packen. Ohne ein Wort der Entschuldigung wegen der üblen Beschimpfungen, mit denen sie Zen vorhin bedacht hatte, begann sie, ihre

Kleidungsstücke zusammenzusuchen. Das würde eindeutig wieder ein Tag werden, an dem sie »nicht miteinander redeten«. Es redete allerdings jemand anders.

»... schalten Sie nächste Woche wieder ein, da wird Romano sich nämlich auf eine Pilgerfahrt zum Tempel des unvergleichlichen Parmigiano Reggiano begeben!«

»Ob Sie es glauben oder nicht, man braucht nicht weniger als sechzehn Liter der feinsten, vitaminhaltigsten und frischesten Milch, um nur ein Kilo hiervon herzustellen, diesem göttlichsten aller Käse, der unerreicht über dem lärmend angepriesenen Haufen weniger hochwertiger Produkte schwebt. Anschließend wird er zwei Jahre lang einem vollkommen natürlichen Alterungsprozess unterworfen, nach Traditionen, die in über siebenhundert Jahren kontinuierlicher Produktion von Generation zu Generation weitergegeben wurden ...«

Der Fernsehschirm am anderen Ende des Wohnzimmers, der durch die offene Tür zu sehen war, zeigte zufrieden grasende Kühe, Eimer voller schneeweißer, cremiger Milch, die in Bottiche geschüttet und dann in einem großen Kessel über offenem Feuer gekocht wurde, wo authentisch aussehende Bauern die brodelnde Flüssigkeit mit Holzlöffeln umrührten, dazwischen immer wieder Großaufnahmen von einem Luciano-Pavarotti-Verschnitt in Kochkleidung, der die Zuschauer mit einem Zahnpastalächeln anstrahlte und gleichzeitig Auszüge aus Verdis *Celeste Aida* schmetterte.

»Willst du dich nicht mal entschuldigen?«, fragte Gemma und blieb mit ihrem Kleiderbündel in der Tür stehen. Seit Längerem hatte sie die Gewohnheit, sich im Gästezimmer anzuziehen. Es war anscheinend nur noch eine Frage der Zeit, wann einer von ihnen anfangen würde, dort zu schlafen.

»Das Gleiche könnte ich dich fragen«, erwiderte Zen sanftmütig.

»Wofür sollte ich mich entschuldigen?«

»Genau das frag ich mich auch.«

»Weil du dich dreist über mich lustig gemacht hast, als ich hingefallen bin. Du hast bloß dagelegen und dich kaputtgelacht, anstatt auch nur anzubieten, mir zu helfen, oder zu fragen, ob ich mir wehgetan habe. Und das Ganze ist nur deshalb passiert, weil ich aus der Dusche gestiegen bin, um dich wegen eines blöden Anrufs zu wecken.«

Zen packte eine Ladung Socken in eine freie Ecke des Koffers. Anscheinend hatte er nur noch ein sauberes Unterhemd. Egal, er würde sich halt welche in Bologna kaufen und im Hotel waschen lassen. So wie die Situation war, wollte er auf keinen Fall das Thema schmutzige Wäsche aufs Tapet bringen.

»Fährst du weg?«, fragte Gemma, die immer noch in der Tür stand.

Zen nickte. Nein, nicht diese grüne Scheußlichkeit, beschloss er. Er hatte das Hemd seit Jahren nicht getragen, doch er konnte sich nur schwer von den Gesetzen der Sparsamkeit frei machen, die seine Mutter ihm eingeimpft hatte. Die übrigen Hemden legte er flach auf die anderen Kleidungsstücke und klappte den Koffer zu.

»Wo fährst du denn hin?«

»Nach Bologna.«

Auf Gemmas Gesicht erschien der Anflug einer Gefühlsregung, die jedoch sofort unterdrückt wurde. »Warum Bologna?«

Zen wollte es ihr erst sagen, doch dann beschloss er, sie ein Weilchen schmoren zu lassen. Das war das Mindeste, was sie verdiente, so wie sie ihn behandelt hatte.

»Ich war vor vielen Jahren mal dort stationiert«, antwortete er leichthin. »Mir hat die Stadt sehr gut gefallen, und ich wollte immer mal wieder dorthin zurück.«

Gemma betrachtete ihn eine Zeit lang, dann stieß sie ein

leises, aber wohlkalkuliertes Lachen aus. »Ich könnte dich daran hindern.«

»Tatsächlich?«

»Nun ja, nicht daran hindern abzureisen. Aber ich könnte ganz bestimmt dafür sorgen, dass dieser Aufenthalt in *La Grassa* für dich sehr viel weniger angenehm wird als dein letzter. Dazu würde ein einziger Anruf genügen.«

Nun lachte er, etwas beklommen allerdings. »Ich möchte bezweifeln, dass eine weitere Schimpftirade von dir mir den Aufenthalt dort verderben könnte. Zumindest müsste ich sie mir nicht im selben Raum mit dir anhören.«

»Aber nein, der Anruf würde nicht an dich gehen.«

Zen stellte den Koffer auf den Fußboden, richtete sich auf und sah sie durchdringend an. Sie verzog das Gesicht und kniff die Augen zusammen.

»Wir haben einen Anruf erhalten, Dottor Zen«, sagte sie mit einer Stimme, die ungefähr eine Oktave tiefer war als sonst, und mit einem recht passablen Bologneser Akzent. »Eine Signora Santini, wohnhaft in der Via del Fosso in Lucca, behauptet, Sie hätten vor etwas mehr als einem Jahr einen ehemaligen Offizier der Carabinieri, einen gewissen Roberto Lessi, in ihrer Wohnung ermordet und sie mit vorgehaltener Waffe gezwungen, Ihnen zu helfen, die Leiche im Meer zu versenken. Sie behauptet ferner, Sie seien anschließend zu ihr gezogen und hätten sie psychisch und physisch terrorisiert in der Absicht, sich ihr Schweigen zu sichern. Sie ist bereit, in diesem Sinne vor Gericht auszusagen. Deshalb ist es meine Pflicht, Ihnen ...«

Sie betrachteten sich einen Augenblick misstrauisch und schweigend.

»Blödsinn«, bemerkte Zen schließlich.

»Sei dir da nicht so sicher. Du wirfst mir doch ständig vor, dass ich mich irrational verhalte. Und man kann nie wissen, auf was für Ideen irrationale Menschen kommen.«

Zen zuckte die Achseln. »Ich muss aus dienstlichen Gründen nach Bologna, sonst nichts. Und um ganz ehrlich zu sein, ist es vielleicht gar nicht so schlecht, wenn wir uns eine Weile nicht sehen. Ich hab in letzter Zeit in mancher Hinsicht eine schlechte Phase durchgemacht, und es war bestimmt nicht immer einfach mit mir. Mit dir allerdings auch nicht. Vielleicht brauchen wir ein bisschen Abstand, um die Dinge wieder nüchtern zu sehen.«

Gemmas Gesichtsausdruck wurde ein wenig sanfter, doch ihre Körperhaltung zeigte immer noch Kampf- oder Fluchtbereitschaft an.

»Weißt du noch, damals auf dem Boot, Aurelio, als wir in Gorgona angelegt haben?«, sagte sie verträumt. »Da hast du zu mir gesagt, wir wären Gefangene, der eine vom anderen. Und so fühle ich mich mittlerweile tatsächlich. Als deine Gefangene.«

Zen nickte. »Ich mich auch. Aber vielleicht können wir das beide überwinden. Ich hoffe es jedenfalls.«

Er nahm den Koffer in die Hand. Gemma wich ins Wohnzimmer zurück, um ihm nicht zu nahe zu kommen.

»Soll ich dich zum Bahnhof fahren?«

»Nein danke. Das schaff ich schon.«

Sie schüttelte traurig den Kopf.

»Nein, Aurelio. Genau dazu bist du nicht in der Lage.«

Er tat ihre Bemerkung mit einem Schulterzucken ab. »Dann muss ich es eben lernen.«

8

Mattioli, würden Sie noch kurz hierbleiben?«, bemerkte der Professor beiläufig, während die übrigen Studenten den Seminarraum verließen.

Er registrierte, wie die Augen des jungen Mannes besorgt aufflackerten. Diese Wirkung hatte er durchaus beabsichtigt. Es gehörte zum Charme und Stil von Edgardo Ugos verblasstem linkem Post-68er-Image, dass er seine Studenten stets in der vertrauten *tu*-Form ansprach und darauf bestand, dass sie das auch bei ihm taten. Diesmal hatte er jedoch das unpersönliche, Distanz schaffende *lei* benutzt. Das und die Verwendung von Rodolfos Nachnamen brachten die Nachricht sehr deutlich herüber.

»Setzen Sie sich bitte.«

Ugo räumte seine Sachen zusammen und ließ sich reichlich Zeit, sie in seinen offensichtlich teuren, aber natürlich eher kunsthandwerklichen als designermäßigen Aktenkoffer einzusortieren, bevor er sich wieder dem Studenten zuwandte.

»Sie sind ein intelligenter Junge, Mattioli, deshalb werden Sie sicher verstehen, dass ich Sie nach diesem heutigen Auftritt nicht mehr zu meinen Seminaren zulassen kann. Das ist überhaupt nicht persönlich gemeint. Im Gegenteil, ich finde es sogar aus diversen Gründen bedauerlich. Doch wenn ich anders handeln würde, würde ich meinen Pflichten den anderen Seminarteilnehmern gegenüber nicht nachkommen. Die haben die Prinzipien des Kurses verstanden und akzeptiert und besuchen meine Veranstaltungen häufig unter erheblichen persönlichen oder familiären finanziellen Opfern, in der Hoffnung, sich zu verbessern und einen ernsthaften Beitrag zu dieser wissenschaftlichen Disziplin zu leisten. Sie sind ganz gewiss nicht hier, um sich billige Witze und spöttische Bemerkungen von jemandem anzuhören, der trotz seiner offenkundigen intellektuellen Fähigkeiten im Grunde nichts weiter ist als ein *farceur*.«

Der Junge blickte ihn starr mit seinen schwarzen Augen an, die so ausdruckslos waren wie die Mündungen einer doppelläufigen Schrotflinte, sagte aber nichts. Typischer Südländer, dachte Ugo. Er weiß, dass ein Krieg stattgefunden hat, dass er verloren hat und dass es nichts mehr zu bereden gibt. Vielleicht kommt er später wieder und schneidet mir die Kehle durch, aber er wird sich nicht durch sinnlose Proteste und erbärmliches Flehen noch mehr demütigen.

»Sollten Sie den Wunsch haben, weiter meine Vorlesungen zu besuchen, so können Sie das natürlich tun«, fuhr Ugo fort. »Gemäß den Vorschriften und Bestimmungen der Universität Bologna sind Sie auch berechtigt, Ihre Prüfungen abzulegen und eine schriftliche Hausarbeit einzureichen, doch um uns allen sinnlose Zeitverschwendung zu ersparen, fühle ich mich verpflichtet, Sie schon jetzt darauf hinzuweisen, dass ich starke Zweifel habe, dass dies zu einem Abschluss führen würde. Außerdem liegen die einzigen beruflichen Möglichkeiten für einen Semiotiker im akademischen Bereich. Selbstverständlich würde man mich in so einem Fall um ein Gutachten bitten, und mir wäre es aus fachlichen Prinzipien unmöglich, Sie zu empfehlen. Darüber hinaus möchte ich bezweifeln, dass Sie sich für einen solchen Posten als geeignet erweisen würden, in dem unwahrscheinlichen Fall, dass man Ihnen einen anböte. Heutzutage gibt es nämlich so viele talentierte und ausgezeichnet qualifizierte Bewerber und so wenige freie Stellen. Häufig läuft die Entscheidung auf die Frage hinaus, mit wem die übrigen Fakultätsangehörigen tagtäglich umgehen und zusammenarbeiten möchten, und bissige, abstoßende Individuen, die gerne ihren angeblichen Witz und unabhängigen Geist zur Schau stellen, indem sie sich über ihre Vorgesetzten lustig machen, stehen ehrlich gesagt selten bei irgendwem auf Platz eins der Rangliste. Kurz gesagt, ich würde Ihnen empfehlen, sich nach einem anderen Studienfach umzusehen, das Ihrer Mentalität und Ihrem Temperament eher entspricht. Vielleicht Maschinenbau. Oder Zahnmedizin.«

Mit diesen Worten verließ er den Raum und ließ den jungen Mann schweigend zurück. Auf der Via de' Castagnoli rief Ugo ein Taxi, das er zu seinem Landsitz dirigierte. Er hatte ursprünglich vorgehabt, mit dem Rad zu seinem nahe gelegenen Stadthaus zu fahren, das er tagsüber als Zufluchtsort benutzte und gelegentlich auch als Schlupfloch für eine Nacht, doch nun spürte er das dringende Bedürfnis, aus der Stadt herauszukommen. Woher kam dieses unbehagliche Gefühl? Seine Entscheidung war korrekt gewesen, und er hatte sie auch korrekt vorgebracht, bis auf die beiden letzten Bemerkungen vielleicht. Doch das hatte Mattioli sich selbst zuzuschreiben. Der kleine Dreckskerl war von Anfang an provokativ gewesen.

Eins von Edgardo Ugos Lieblingsbonmots im Seminar war, dass es in unserer Postbedeutungskultur nicht mal mehr eines einzigen Schrittes bedurfte, sich vom Erhabenen zum Lächerlichen und umgekehrt zu bewegen, sondern lediglich einer alternativen Wahl aus einem unendlichen Menü von Interpretationen. Als er in der ersten Seminarsitzung in diesem Semester diesen Ausspruch zum Besten gab, hatte Rodolfo geantwortet: »Entschuldigen Sie, Professore. Wollen Sie damit sagen, wenn eine Aufnahme des langsamen Satzes von Mozarts KV 364 in einer Zelle gespielt wird, in der gerade ein politischer Gefangener gefoltert wird, dann ist seine Reaktion darauf lediglich eine Frage der Konsumentenentscheidung?« Bereits in dem Moment hatte Ugo gespürt, dass Mattioli Ärger machen würde. Schon allein deshalb, weil er wusste, welche Nummer die Sinfonia Concertante im Köchelverzeichnis hatte. Das war ein Trick, den Ugo selbst gern anwandte: Beeindrucke sie mit deiner Kenntnis obskurer Fakten, und sie schlucken deine große strittige These, ohne zu murren.

Doch heute war Mattioli zu weit gegangen und hatte nicht nur erklärt, dass Worte eine Bedeutung hätten, sondern dass die Beziehung zwischen Sprache und Realität, auch wenn sie zugegebenermaßen labil sei und ständig gründliche Aufmerksamkeit erfordere, ihrem Wesen(!) nach sowohl authentisch als auch überprüfbar wäre. »Tatsache ist doch, dass es eine reale Welt gibt, die unabhängig von einer möglichen Darstellung existiert und ihrerseits eine solche Darstellung bedingt«, hatte er mit dem Gehabe eines jungen Luthers gefolgert, der seine Thesen an die Kirchentür nagelt.

Edgardo war diesem baren Unsinn mit seinem üblichen weltmännischen Charme begegnet und hatte für seinen gelehrten Humor sogar anerkennendes Lachen von den übrigen Studenten geerntet, als er nämlich in sarkastischer Weise suggerierte, dass sich auf Giambattista Vicos »*sensus communis generis humani*« zu berufen in der heutigen Zeit wohl kaum *Scienza Nuova* wäre – noch mehr Gelächter. Trotzdem, was zu viel war, war zu viel. Bestimmte Standards mussten gewahrt und grundlegende Wahrheiten aufrechterhalten werden. Wie er Rodolfo erklärt hatte, wäre es ein Pflichtversäumnis seinerseits gewesen, wenn er anders gehandelt hätte. Warum hatte er also dieses leichte Gefühl von Unreinlichkeit, wie man es empfindet, wenn man ein kleines Stück Fleisch oder etwas Spinat zwischen den Zähnen stecken hat und es nicht mit der Zunge entfernen kann?

Zwanzig Minuten später war er wieder in dem weitläufigen Landschaftsgarten und der klaren Luft seiner Villa, die etwas abseits von einem abgeschiedenen Weg lag, der sich durch die Hügel oberhalb von Monte Donato schlängelte, zwischen den Flüssen Reno und Sàvena. Kaum fünf Kilometer von der Stadt entfernt, die dort unten ausgebreitet wie eine Karte dalag, aber im Grunde eine andere Welt. Aus irgendeinem Grund bedrückte ihn die Auseinandersetzung mit Mattioli immer noch, deshalb beschloss er, sich an die Arbeit zu machen, um auf andere Gedanken zu kommen.

Zwei Stunden später, als jenseits der Fenster allmählich die Dämmerung anbrach, legte Edgardo seinen Montblanc-Füllfederhalter aus der auf 4810 Stück limitierten Reihe, der so dick wie ein stummeliger, aber voll erigierter Penis war, auf das Blatt des schweren Fabriano-Büttenpapiers, auf dem er geschrieben hatte. Dieses Papier hatte einen hohen Leinenanteil und wurde per Hand nach einem Verfahren hergestellt, das im Wesentlichen seit dem dreizehnten Jahrhundert unverändert geblieben war. Dann stülpte er nachdenklich die solide, ganz in Schwarz gearbeitete Kappe über die rhodinierte Feder aus 18-karätigem Gold. Er hatte diese Schreibutensilien als angemessen für die Aufgabe erachtet, die er gerade beendet hatte, nämlich einen seichten journalistischen Blödsinn, der für einen kürzlich angelaufenen Film werben sollte, der entfernt auf einer falschen Lesart der vordergründigen Plotebene seines bekanntesten Romans basierte. Erscheinen sollte das Ding in irgendeinem amerikanischen Klatschblatt, das an der Kasse im Supermarkt an Trauerklöße verkauft wurde, die kaum lesen und schreiben konnten.

Doch wie immer war ihm die Wahl nicht leichtgefallen. Jeder Raum im Obergeschoss der Villa war ein Skriptorium, und alle waren ganz anders eingerichtet und ausgestattet. Es war wichtig, den jeweils richtigen Raum für den gerade anstehenden Auftrag auszuwählen, und Edgardo hatte immer mindestens fünf Aufträge gleichzeitig laufen. Für einen Artikel, der in der angesehenen wissenschaftlichen Zeitschrift *Recherches Sémiotiques* veröffentlicht werden sollte und den vorläufigen Titel »Die Kohärenz der Inkohärenz« trug – eine Anspielung auf die berühmte Abhandlung *Tahafut al-Tahafut* des muslimischen Gelehrten aus dem zwölften Jahrhundert, der im Westen unter dem Namen Averroës bekannt ist und dessen arabischer Name Ibn-Rushd die Möglichkeit für die Art von Wortspielen über den Autor der *Satanischen Verse* eröffnete, für die Ugo zu Recht berühmt war –, arbeitete er an einer IBM-Workstation, die über ein Glasfaserkabel mit dem Unix-Großrechner der Universität Bologna verbunden war. Derweilen verloren beträchtliche Teile seines neuen metafiktionalen Werkes *Rückschrittsberichte* rasch an Form, da er sie über seinen Laptop an eine primitive Übersetzungswebsite schickte, wo sie zunächst verhunzt ins Bulgarische oder Walisische übersetzt wurden und dann wieder zurück ins Italienische.

Seinen Beitrag für das in Kürze stattfindende akademische Seminar über die Semiotik von SMS-Nachrichten an der Université de Paris verfasste er hingegen im Stehen an einer gemeißelten Steinkanzel, die aus der Privatkapelle eines mittlerweile abgerissenen Palazzo stammte. Von dort aus diktierte er den Text mit sonorer Stimme in einen Digitalrecorder von Sony. In einem weiteren Raum waren permanent die Fensterläden geschlossen, und die einzige Lichtquelle war eine nackte Hundertwattbirne, die über dem robusten, aber schon ziemlich ramponierten Schreibtisch hing. Hier hämmerte Ugo in Hemdsärmeln und mit grüner Augenblende auf einer mechanischen Olivetti M44, die im gleichen Jahr hergestellt worden war, in dem er geboren wurde, seinen wöchentlichen Beitrag für ein auflagenstarkes Hochglanznachrichtenmagazin. Da es heutzutage beinahe unmöglich war, irgendwo Kohlepapier zu bekommen, ließ er ab und zu einige Dutzend Schachteln aus Indien einfliegen.

Die Kolumne brachte ihm sowohl Geld als auch Publicity ein, doch Edgardo hatte von beidem bereits reichlich. Überhaupt war, trotz seiner hoch angesehenen postmodernistischen Bekundungen, seine gesamte Karriere ein lebendes Beispiel dafür, dass Abhandlungen über den »Tod des Autors« stark übertrieben gewesen waren. Den Journalismus betrieb er nur aus Spaß, um ein Ventil für seine Meinung und die Möglichkeit zu haben, seine Vielseitigkeit zur Schau zu stellen. Jeder Autor ist zugleich alle Autoren, wie er gern seinen Studenten erklärte und im gleichen Atemzug erwähnte, dass Jorge Luis Borges bereits in den Vierzigerjahren des vorigen Jahrhunderts darauf hingewiesen hatte, dass, wenn man die *Imitatio Christi* Céline oder Joyce zuschriebe, dies die veralteten spirituellen Aspekte des Werks auffrischen würde, worauf er hinzufügte, dass dieses *esempio* eine subversive Bereicherung durch die Tatsache erführe, dass Borges, ein schludriger Gelehrter, vermutlich an das sehr viel einflussreichere Werk *De Imitatione Christi* gedacht hatte und beide Titel ohnehin dem mittlerweile in Misskredit geratenen Jean de Gerson zugeschrieben hätte anstatt Thomas à Kempis. Dennoch stellte Borges' Idee ein nützliches Instrument für weitere dekonstruktivistische Analysen dar. Würde nicht beispielsweise auch unsere Sicht von Samuel Becketts Werk eine Bereicherung und Vertiefung erfahren, wenn man annähme, dass er außerdem eine humoristische wöchentliche Kolumne für die *Irish Times* geschrieben hätte, in der er sich Myles na Gopaleen nannte, und Ablieferung und Bezahlung über einen alkoholsüchtigen Dubliner Romanautor arrangiert hätte, der unter einer Reihe von Decknamen figurierte, die von Brian Ó Nualláin bis Flann O'Brien reichten?

Die Leute liebten ihn, das war keine Frage. Ugo war irgendwann zu der großen Erkenntnis gelangt, dass man die Herzen der Menschen erobert, indem man ihnen schmeichelt. Das tat er im Unterricht und noch mehr in der Reihe von gelehrten Romanen, die einen obskuren Professor für Semiotik an einer italienischen Provinzuniversität zu einem der reichsten und berühmtesten Autoren der Welt gemacht hatten. Imponier ihnen erst mal kräftig mit der Fülle deines Wissens, dann gib ihnen das Gefühl, dass sie intelligenter und subtiler sind, als sie je von sich geglaubt hätten, und sie kommen immer wieder zurück und wollen mehr. Bei seinen Akademikerkollegen in aller Welt wandte er eine leicht andere Technik an, indem er nicht an ihre Klugheit appellierte – in der Hinsicht hatten sie keinerlei Zweifel –, sondern an ihren Charme, ihre Menschlichkeit und ihren Sinn für Humor, Qualitäten, die sie häufig überhaupt nicht besaßen. Und selbst sie, die sich selbst nicht besonders mochten und andere schon gar nicht, liebten Edgardo.

Das Telefon klingelte. Es war Guerrino Scheda, sein Anwalt.

»Ciao Guerrino. Ich hoffe, du hast gute Nachrichten.«

»Ich glaube schon. Das Ganze ist zwar ein bisschen ungewöhnlich, und ich habe noch nichts schriftlich, aber ich bin recht zuversichtlich, dass ich es hinbiegen kann. In dem Fall wäre es die perfekte Lösung.«

»Spann mich nicht auf die Folter. Was ist passiert?«

»Zunächst mal bin ich gegen eine Mauer von Einschüchterungen und Drohungen gelaufen, die so unüberwindlich war wie die Berliner Mauer. Ich hatte keine Möglichkeit, mit Rinaldi persönlich zu sprechen, doch man gab mir zu verstehen, dass er stinksauer ist und dich vor Gericht nach Strich und Faden fertigmachen will. Angeblich ist er an keinem Vergleich interessiert. Es geht ihm nicht um Geld, es ist eine Frage des Stolzes und der Ehre und so weiter und so fort. Mit anderen Worten, er will seinen großen Auftritt vor Gericht und ist bereit, dafür zu zahlen, egal was es kostet.«

Als der erste Brief von den Rechtsberatern der Firma *Lo Chef* eintraf, in dem mit einer Klage wegen »ganz erheblicher« Schäden aufgrund einer persönlichen und professionellen Diffamierung gedroht wurde, hatte Edgardo zunächst vollkommen ungläubig reagiert. Er hätte niemals erwartet, dass jemand seinen hingeworfenen Kommentar über Rinaldis Kochkünste wörtlich nehmen würde. Er diente lediglich als Illustration seiner Grundthese in dem betreffenden Artikel, dass wir nämlich heutzutage nicht mehr in einer Konsumgesellschaft leben, sondern in einer Postkonsumgesellschaft. Nachdem unsere eigentlichen Bedürfnisse befriedigt sind, konsumieren wir nicht mehr Produkte, sondern Prozesse. So ist beispielsweise Filmmaterial – das fotografische Festhalten von realen Person, Orten und Zeiten – zunehmend kaum mehr als Rohmaterial, das durch computerisierte Postproduktionstechniken umgeformt wird.

Ugo hatte Walter Paters Bemerkung zitiert, dass alle Kunst in den Zustand der reinen Musik strebt, und hinzugefügt, dass heutzutage alle Kunst, einschließlich der Musik, in den Zustand von Videospielen strebt. Und in einem dieser geistreichen Verweise auf die Geschmacklosigkeiten der heutigen Medienkultur, die seine Spezialität waren, hatte er weiter ausgeführt, dass niemand wisse, ob Romano Rinaldi, der Star der ungeheuer erfolgreichen TV-Show *Lo Chef Che Canta e Incanta,* tatsächlich kochen könne. Das spiele aber auch keine Rolle, hatte er rasch hinzugefügt, genauso wenig wie es eine Rolle gespielt hatte, dass der Präsident der Vereinigten Staaten, als er an Thanksgiving im Irak eingetroffen und in der Truppenkantine fotografiert worden war, einen offensichtlich rohen Truthahn auftischte, dessen Haut mit einer Lötlampe angesengt worden war. Ugo war sich nicht sicher, wie ernst er selber das alles nahm, aber der Witz bei der Sache war, dass es in der *cultura post-post-moderna* unerlässlich war, die Dinge leichtzunehmen. Doch Romano Rinaldi sah das offenkundig anders.

»Mal angenommen, du kannst es nicht hinbiegen«, fragte er den Anwalt, »wie sind dann unsere Chancen?«

»Wenn die Sache vor Gericht kommt? Fifty-fifty, würde ich sagen. Vielleicht auch besser. Schließlich hast du nie behauptet, Rinaldi wäre ein Betrüger, nur dass es keinen wirklichen Beweis dafür gibt, ob er auch nur ein Ei kochen kann. Also könnten wir sogar gewinnen.«

»Dabei scheint es allerdings einen Haken zu geben.«

»Richtig. Die beiden Probleme bei diesem Szenario sind, dass die Sache ein Vermögen kosten wird – Kosten, die wir höchstwahrscheinlich nicht erstattet bekommen – und jede Menge wirklich miese Publicity auslösen wird, egal wie das Ganze ausgeht. Rinaldo ist zweifellos ein aufgeblasener Trottel und nach allem, was ich gehört habe, auch ein Betrüger, doch das führt nicht an der Tatsache vorbei, dass er außerdem ein nationaler Superstar und eine Ikone ist. Die Leute haben ihn ins Herz geschlossen, besonders die Frauen, und du weißt doch, wie die sind, wenn man ihren Unwillen weckt. Du willst sicher nicht, dass sich irgendwelche neuzeitlichen *tricoteuses* in deinen Fall einmischen. Lo Chef kommt als liebenswerter, knuddeliger Schelm mit einer bezaubernden hellen Tenorstimme rüber, der die tägliche Mühsal des Kochens spaßig und sexy erscheinen lässt. Du hingegen bist ein arroganter Intellektueller, der prätentiöse dicke Wälzer über unverständliche Themen schreibt und insgeheim seine Mitmenschen verachtet trotz des Anstrichs von modischer linker Solidarität, den du dir gibst.«

»Vielleicht sollte ich dich verklagen, Scheda.«

»Ich will dir nur erklären, wie es aussieht, wenn wir diesen Rechtsstreit ausfechten. Wir könnten *vielleicht* den Prozess gewinnen, aber Rinaldi wird die PR-Schlacht gewinnen, und du wirst eine Menge Geld los und als gehässiger Klugscheißer dastehen.«

»Aber du hast doch gesagt, er besteht darauf, vor Gericht zu gehen. Was kann ich denn dagegen tun?«

»In zwei Tagen im Messezentrum von Bologna auftreten.«

»Wovon redest du da?«

»Die Sache befindet sich noch im Verhandlungsstadium, aber ich habe sie bereits in groben Umrissen mit seiner persönlichen Assistentin besprochen, einer sehr intelligenten Frau namens Delia Anselmi. Sie stimmt völlig mit mir überein und scheint großen Einfluss auf Rinaldi zu haben. Wir beide zusammen kriegen die Sache schon gedeichselt. Aber zuerst brauche ich dein Einverständnis.«

»Wofür?«

»Dass du im Rahmen der Lebensmittelmesse Enogastexpo, die gerade stattfindet, in einem Kochwettstreit gegen Rinaldi antrittst.«

Edgardo Ugo lachte. »Du bist wohl verrückt geworden. Oder hältst mich für verrückt.«

»Ganz im Gegenteil, es ist für alle Beteiligten die perfekte Lösung.«

»Aber es ist doch klar, dass er gewinnt!«

»Natürlich wird er das. Das heißt, du verlierst einen Kochwettstreit gegen den führenden Starkoch Italiens. Wenn du Roger Federer zu einer Partie Tennis herausfordern würdest, würdest du ebenfalls verlieren. Wäre das für dich etwa eine Demütigung? Es gibt so viele andere Bereiche, in denen du anerkanntermaßen Meister bist. Du brauchst dich doch nur dort sehen zu lassen, dir auf der Bühne mit Lo Chef die Hand zu schütteln, vielleicht mit ihm ein Duett anzustimmen – kannst du singen? – und insgesamt den Eindruck zu vermitteln, dass die ganze Angelegenheit ein lächerliches Missverständnis war, das die Medien völlig übertrieben aufgebauscht haben. Im Gegenzug wird er ein Dokument unterzeichnen, das ich vorbereite, in dem er jetzt und zukünftig auf jegliche juristischen Schritte gegen dich verzichtet. Damit ist der Fall erledigt.«

Ugo schwieg.

»Außerdem«, fügte Scheda hinzu, »und das ist das Allerbeste, wird die ganze Show live im Fernsehen übertragen, und als Teil der Abmachung werde ich dafür sorgen, dass du einige Minuten solo im Bild bist. Im Laufe des Tages und am Wochenende wird es mehrfache Wiederholungen geben. Insgesamt ist mit einer Zuschauerzahl von etwa zwanzig Millionen zu rechnen.«

»Ich machs.«

Ugo legte auf. Bei diesem ganzen Gerede über Essen war ihm bewusst geworden, dass er vergessen hatte, zu Mittag zu essen. Er ging die Treppe hinunter in die riesige Küche und blickte verzagt in den Kühlschrank. Darin lagen noch die Überreste des Dinners, zu dem er am vorigen Wochenende eine Gruppe von Freunden und Kollegen eingeladen hatte. Alle Gerichte waren gemeinsam nach Marinettis Traktat über die futuristische Küche hergestellt worden. Die Reichhaltigkeit der Reste deutete darauf hin, dass die Vorbereitung zufriedenstellender gewesen war als das eigentliche Essen, aber alles hatte bemerkenswert ausgesehen und war sehr schön fotografiert worden für einen Artikel über das Ereignis in *La Cucina Italiana* – gute Publicity für alle Beteiligten.

Er nahm sich einige Stücke Mortadella und Käse, die zu Buchstaben geschnitten worden waren und zu dem Gericht »Essbare Wörter« gehört hatten, von dem alle Gäste ihren Namen essen sollten, und ging in das ehemalige Büro der Haushälterin. Hier bewahrte er seine privaten Papiere auf, bezahlte er seine Rechnungen und checkte seine E-Mails. Von Letzteren hatte er heute nur wenige bekommen, gerade mal achtundzwanzig neue Nachrichten. Er überflog die Titel, öffnete einige und löschte andere ungelesen. Ein Angebot für die litauischen Rechte auf zwei seiner Bücher, eine Anfrage von der BBC, ob er einen Beitrag zu einer Dokumentation über die kulturelle Signifikanz des professionellen Sports leisten wolle, eine Einladung, eine Reihe belangloser, aber extrem hoch bezahlter Vorträge in Japan zu halten, sowie einige Mails mit dem üblichen akademischen Geplänkel, das ihm seine Freunde und Bewunderer aus aller Welt schickten.

Schließlich klickte er auf die letzte noch ungeöffnete Nachricht. Die Betreffzeile war leer, und unter »From« stand nur eine Hotmail-Adresse, die aus einer offenbar willkürlichen Folge von Zahlen bestand. Die Nachricht selbst enthielt keinen Text, sondern nur eine Zeichnung – oder eher einen Kupferstich – von einer männlichen Hand, deren Daumen und Zeigefinger fast einen Kreis bildeten.

Ugo starrte eine Weile darauf, dann ging er in seine Bibliothek, die sich in den beiden Räumen der Villa befand, die früher als Wohn- und Empfangszimmer gedient hatten und nun durch Niederreißen der Trennwand einen großen, ruhigen Raum bildeten. Hier öffnete er eine Schublade in einem hübschen Rosenholzsekretär und konsultierte die abgegriffenen, handgeschriebenen Karteikarten darin. Etwa eine Minute später hatte er den Standort des gesuchten Bandes ermittelt, sich die Rollleiter herübergezogen, die er benutzte, um an die oberen Reihen der acht Regalbretter heranzukommen, und blätterte nun in Andrea de Jorios klassischem Werk von 1832 über süditalienische Gesten und ihre Ursprünge in der Antike.

Ja, da war es: »*Disprezzo*«, Verachtung. Auch wenn der taktvolle neapolitanische Geistliche dies nur andeutete, war die Grundbedeutung des Zeichens natürlich offenkundig sexuell. Es war die stärkste nonverbale Beleidigung überhaupt, das, was Jorio als »superlativische Form« anderer beleidigender Gesten bezeichnet hatte.

Hier wollte ihm jemand schlicht und ergreifend sagen, er könne ihn am Arsch lecken.

9

Barfuß und nur mit ihrem Regenmantel als Morgenrock bekleidet, rauchte Flavia genüsslich eine Zigarette und rührte in einer Pfanne mit Sauce, als es mehrmals hintereinander laut klopfte. Sie ging zur Tür und linste durch den Spion, konnte aber nur vage eine Gestalt mit Hut, dunkler Brille und einem schweren Mantel erkennen.

»Wer ist da?«

»Polizei.«

Sie blickte noch einmal durch den Spion, dann entriegelte sie die Tür und öffnete sie. Der Mann hielt ihr kurz seine Brieftasche mit einer Plastikkarte hin. Flavia entzifferte das Wort »Speranza«, sonst nichts.

»Darf ich reinkommen?«, fragte er.

Er sah eher aus wie jemand von der Geheimpolizei als wie ein normaler Polizist, dachte Flavia, obwohl solche Männer keinen Ausweis vorzeigten oder um Erlaubnis baten, eintreten zu dürfen. Doch es gab nur einen Grund, weshalb die Polizei sich für sie und die anderen Mädchen interessieren sollte, die in diesen Zimmern wohnten, nämlich um ihre sofortige Abschiebung zu veranlassen gemäß dem neuen Einwanderungsgesetz, das im Parlament durchgepeitscht worden war, um die fremdenfeindliche Wählerschaft diverser Politiker zufriedenzustellen, deren Unterstützung äußerst wichtig war für das Überleben der Regierungskoalition.

Der Eindringling stand nun mitten im Raum und ließ seinen Blick über die Matratzen auf dem Fußboden schweifen, die Obstkisten, die als Schränke dienten, den Topf mit der Pastasauce, der auf der Herdplatte köchelte, die blaue Nylonschnur, die an zwei umgebogenen Nägeln hing und als Gemeinschaftskleiderschrank diente. In Umkehrung seiner normalen Funktion schlang Flavia den Regenmantel fest um ihren Körper, der immer noch nass und kalt von der primitiven Dusche in der gegenüberliegenden Ecke war.

»Nette Bude«, bemerkte der Mann.

Das war eine zu offensichtliche Provokation, um eine Antwort zu verdienen.

»Wohnt ihr zu mehreren hier?«

Flavia schüttelte den Kopf. Es bestand vielleicht noch eine Chance, die anderen Mädchen zu retten, wenn sie sie irgendwie benachrichtigen konnte, bevor sie nach Hause kamen. Mussten sie einem hier in Europa nicht einen Telefonanruf gestatten? Der Mann starrte auf die spärlichen Habseligkeiten, die nur allzu offenkundig herumlagen. Trotzdem bestand noch eine Chance, da das alles zusammengerechnet immer noch weniger als ein Viertel von dem ergab, was eine durchschnittliche Italienerin als absolutes Minimum betrachtet hätte.

Der Polizist zog ein Studioporträt aus der Innentasche seines zweireihigen Trenchcoats und zeigte es Flavia.

»Du kennst diese Person«, sagte er.

Sie erkannte Rodolfos Mitbewohner sofort, obwohl sie ihn noch nie mit Jackett und Krawatte gesehen hatte, doch sie schüttelte erneut den Kopf. Der Eindringling steckte das Foto wieder ein und zog einen Flachmann aus glänzendem Metall hervor, aus dem er einen großen Schluck nahm.

»Natürlich tust du das«, sagte er und wischte sich über die Lippen. »Sein Name ist Vincenzo, Vincenzo Amadori.«

Er tauschte den Flachmann gegen eine Schachtel Zigaretten, die er aus einer weiteren Tasche seines geräumigen Mantels zog.

»Was dagegen, wenn ich rauche?«

Sie schüttelte noch einmal den Kopf.

»Willst du eine?«

Ihr Instinkt riet ihr abzulehnen – sag nichts, nimm nichts –, doch ein sehr viel älterer Aberglaube erinnerte sie daran, dass dreimaliges Ablehnen Unglück brachte. Auf der Schachtel stand Camel, und die Zigarette, die der Mann für sie anzündete, verbreitete einen angenehm würzigen Geruch. Amerikanische Importware, dachte sie unsinnigerweise. Eindeutig Geheimpolizei. Sie beschloss, ihn Dragos zu nennen.

»Natürlich kennst du ihn«, beharrte der Eindringling. »Via Marsala vierundsiebzig, zweite Etage hinten.«

Flavia erkannte, dass weitere Ausflüchte sinnlos waren. Man war ihr offenkundig gefolgt.

»Ich haben ihn gesehen dort, ich glauben«, erklärte sie in einem mühsamen Singsang.

»Hey, es kann sogar sprechen!«, bemerkte Dragos mit einem anzüglichen Grinsen. »Jetzt brauchst du mir nur noch zu sagen, dass du 'nen sauguten Martini mixt, und wir haben ein Date. Das heißt, eigentlich brauchst du dich nur hinzusetzen und es dir bequem zu machen.«

Er blickte hoffnungsvoll um sich, doch Stühle gehörten zu den zahlreichen Möbelstücken, die es in dem Raum nicht gab.

»Du gehst ihn dort besuchen?«, fuhr Dragos fort. »Oder den anderen Jungen?«

»Den anderen.«

Ein heftiges Nicken. »Kluges Mädchen. Ganz im Vertrauen zwischen dir, mir und wer auch immer hinter diesen Pappwänden zuhören mag, unser kleiner Prinz Vince ist ein ganz übler Bursche.«

»Das ich schon wissen. Aber er ist kein Prinz, ich glaube.«

Anscheinend hatte schon wieder etwas anderes die Aufmerksamkeit des Geheimpolizisten auf sich gezogen:

Diesmal war es die elektrische Kochplatte, die das einzige Kochgerät des ganzen Haushalts war. Er ging hinüber und schnupperte interessiert an der dort köchelnden Sauce.

»Hast du mal irgendwelche Freunde von ihm kennengelernt?«, bemerkte er in einem einstudiert gleichgültigen Ton.

»Von diesem Vincenzo?«

»Ganz genau.« Dragos zog an seiner Zigarette. »Er ist nämlich in schlechte Gesellschaft geraten. Seine Eltern machen sich große Sorgen.«

»Mein Freund ist nicht schlechte Gesellschaft.«

»Mattioli? Nein, der ist okay, für einen Studenten jedenfalls. Aber da gibts so eine Clique, mit der sich dieser Amadori bei Fußballspielen rumtreibt. Die sind ein anderes Kaliber.«

»Diese sehe ich nie.«

»So, so, nie?«

Dragos nahm sich einen Löffel, tunkte ihn in die Pastasauce und probierte schlürfend. Dabei sah er Flavia mit einem gönnerhaften, süffisanten Grinsen an, das urplötzlich von seinem Gesicht verschwand. Er ließ den Löffel fallen und griff sich an die Kehle, dann krümmte er sich und begann, unverständliches Zeug zu brüllen.

Flavia lief zum Waschbecken und füllte ein Zahnputzglas mit Wasser, doch der Leidende hatte sich bereits einen Becher mit einer farblosen Flüssigkeit geschnappt, der neben ihm auf einem Regalbrett gestanden hatte, und in einem Zug ausgetrunken. Das Ergebnis war eine Folge durchdringender Schreie, die selbst die Mauern von Jericho zum Einsturz gebracht hätten.

»Merda di merda di merda di merda di merda di merda di ...«

Erst nachdem sie ihm eine große Portion Naturjoghurt verdünnt mit Zitronensaft eingeflößt hatte, hatte Flavia ihren Besucher so weit, dass er die Wohnung verlassen konnte, was zu diesem Zeitpunkt offensichtlich das Einzige war, wonach es ihn noch verlangte. Leider hatte sie aufgrund dieser Störung keine Zeit mehr, das späte Mittagessen, auf das sie sich so sehr gefreut hatte, fertig zu kochen und zu essen, denn sie musste zur Arbeit. Das ärgerte sie besonders, weil diese Sauce – trotz der nicht druckfähigen Dinge, die der Geheimpolizist darüber gesagt hatte – eines ihrer Lieblingsgerichte war, das sie nur zubereiten konnte, wenn sie die dafür unbedingt notwendige Zutat besaß, was sehr selten vorkam.

Es gab nur wenige Dinge, die Flavia an ihrem Heimatland vermisste, doch die Gewürzpaste, die die Grundlage für diese Sauce bildete, war eines davon. Sie bestand aus klein geschnittenen roten und gelben Ziegenhornpfefferschoten, extrem scharf mit einer unterschwelligen Süße, die mit Knoblauch, geriebener Limonenschale und diversen geheimnisvollen Gewürzen in Öl eingelegt waren. Dieses wunderbar starke Aroma durchströmte noch Stunden später den ganzen Körper und wärmte und belebte Fleisch und Geist. Es war die perfekte Stärkung bei dieser grässlichen Kältewelle, die nun schon seit Wochen anhielt, und Flavia war überglücklich gewesen, als sie die sechs großen und unermesslich kostbaren Gläser aus dem Paket auspackte, das sie gestern von der Frau erhalten hatte, die während der langen Kindheitsjahre im »Haus der Freude« ihre engste Freundin gewesen war.

Doch das Wasser für die Nudeln würde auf dieser schwachen Elektroplatte mindestens zwanzig Minuten brauchen, bis es kochte, und in einer halben Stunde musste sie in der Arbeit sein. Der kleine Angestellte, mit dem sie zu tun hatte, war ein widerwärtiger und erbärmlicher Tyrann, der bereits überdeutlich klargemacht hatte, dass er Frauen wie Flavia als austauschbare Gelegenheitsarbeitskräfte betrachtete und dass der geringste Verstoß gegen ihre mündlich festgelegten

Arbeitsbedingungen zur sofortigen Entlassung führen würde. Also tunkte sie so viel von der köstlichen Sauce, wie sie nur konnte, mit Stücken von dem Brot von gestern auf und mampfte sie glücklich. Es war ihr völlig unbegreiflich, warum der Polizist so ein Theater gemacht hatte wegen des einen Löffels, den er probiert hatte, auch wenn der hausgemachte Pflaumenschnaps, den Viorica ebenfalls geschickt hatte, vermutlich nicht das ideale Gegenmittel gewesen war.

Trotzdem hatte sie in gewisser Weise einen Punkt erzielt. Denn als Dragos schließlich ging, war er sehr fügsam gewesen, fast schon zu Tränen gerührt über Flavias Fürsorge, und hatte darauf bestanden, ihr seine Telefonnummer zu geben mit dem Hinweis, dass sie für jede Information über Vincenzo Amadori »gut belohnt« würde. Flavia würde natürlich nicht im Traum daran denken, der Polizei freiwillig etwas über irgendjemanden zu erzählen, schon gar nicht über eine Person, die in einer wenn auch noch so unbedeutenden Beziehung zu Rodolfo stand, doch sie hatte das sichere Gefühl, dass sie siegreich aus dieser Begegnung hervorgegangen war, und kam trotz des eiskalten, trüben Wetters mit einem unbeschwerten, lebhaften Lächeln an der Bushaltestelle an.

10

Die Frage nach Romano Rinaldis Privatleben hatte zu Beginn seiner Karriere eine Menge Spekulationen ausgelöst, zumal so gut wie nichts darüber bekannt war. Sogar er selbst wusste kaum etwas Definitives über seine wahre Herkunft und – wie er seinem Pressesprecher erklärt hatte, als der zunehmende Ruhm von *Lo Chef* es nötig machte, einen zu engagieren – das wenige, was er wusste oder vermutete, war viel zu wüst, um einen Hintergrund für den Typ von öffentlicher Persönlichkeit zu bilden, den er kreieren wollte.

Der Pressesprecher hatte sich einen weitschweifigen Bericht über eine zwanglose und rastlose Kindheit angehört, unter der Obhut einer Anzahl von »Tanten«, die ursprünglich alle zur weiblichen Entourage eines gewissen italienischen Popidols der Sechzigerjahre gehört hatten, dessen Ruhm mittlerweile verblasst war, der aber immer noch lebte und als äußerst prozesswütig bekannt war. Eine nach der anderen waren diese Hüterinnen von der Bildfläche verschwunden, bis die letzte den pubertierenden Romano mitgenommen hatte, als sie sich einer religiösen Sekte anschloss, die in einem verlassenen Komplex höhlenartiger Behausungen in der Wildnis irgendwo östlich von Potenza lebte.

An dieser Stelle hatte der Pressesprecher, ein selbstgefällig jovialer Mann mit dem Auftreten eines ehemaligen Zirkusdirektors, die Hand gehoben.

»Hat irgendwer aus dieser Zeit je versucht, Kontakt mit Ihnen aufzunehmen?«, fragte er.

»Nein.«

»Irgendwelche noch lebenden Familienangehörigen?«

»Nicht dass ich wüsste.«

»Wenn irgendjemand auftaucht und behauptet, mit Ihnen verwandt zu sein, können wir das dann abstreiten?«

»Warum nicht? Ich kann ja selbst überhaupt nichts beweisen.«

Der Pressesprecher strahlte und stieß einen lang anhaltenden Seufzer aus. »Auf jemanden wie Sie habe ich mein Leben lang gewartet«, sagte er.

Eine Alternativversion von den frühen Jahren des Stars war schnell erfunden, mit einer armen, aber glücklichen Kindheit in einem Arbeiterviertel in Rom, der klassischen bodenständigen Mutter, die ihre zahlreichen Sprösslinge mit eiserner Hand erzog, ihnen aber durch alle Krisen half, von denen es natürlich reichlich gab, und die vor allem jene köstlichen, nahrhaften traditionellen Gerichte auf den Tisch brachte, die schon damals das Interesse des jungen Romano am Kochen geweckt hatten. Eine Zeit lang hatte man eine arbeitslose Schauspielerin engagiert, deren Aufgabe es war, diese formidable Persönlichkeit darzustellen, doch dann hatte sie gedroht, die Geschichte an ein Klatschmagazin zu verkaufen, und musste bestochen werden und einen glaubwürdigen Abgang aus dem Plot erhalten. Seitdem hatte man die »Familie« strikt aus dem Rampenlicht herausgehalten, angeblich um Lo Chefs Privatsphäre zu schützen, die ihm nach dem tragischen Schlaganfall seiner Mutter besonders kostbar war.

Romanos tatsächliche Herkunft hatte dennoch ihre Spuren bei ihm hinterlassen, nicht zuletzt in seiner Überzeugung, dass das Einzige, was zu erreichen sich lohnte, die langfristige Gewissheit kurzfristiger Vergnügungen sei und jeder Versuch, das Leben zu analysieren oder zu verstehen, reine Zeitverschwendung. Deshalb war er sich nicht der Ironie bewusst, die darin lag, dass er, sobald das Geld in solchen

Mengen hereinströmte, dass er es in den Bau etlicher neuer Wohnhäuser hätte investieren können, sich entschlossen hatte, so zu leben, wie er aufgewachsen war: illegal in einem Loch in der Erde. Die Besitzer von Wohnobjekten wie seinem ließen üblicherweise eine *abusivo* Phantomwohnung auf dem Dach bauen, die aus steuerlichen Gründen als Speicher ausgewiesen wurde. Romano hatte etwas Ähnliches gemacht, aber tief unter der Erde, und in diesem Bunker saß er nun und plante den Erstschlag seines totalen Kriegs gegen Professor Edgardo Ugo.

Um ganz ehrlich zu sein, war er immer noch wütend auf Delia, obwohl das ein oder andere klitzekleine bisschen von dem guten Stoff seinen Zorn nach dem Brüllanfall, mit dem er sie bedacht hatte, als sie ihm die Idee nach den Studioaufnahmen am Morgen zum ersten Mal unterbreitete, etwas gedämpft hatte. Doch seine Grundhaltung hatte sich nicht ein Jota geändert, und je eher sie das erkannte, desto besser. Er hatte kein Interesse daran, Ugos skandalöse Provokation auf dem Verhandlungsweg aus der Welt zu schaffen. Er wollte den Arsch von dem Arschloch auf einem Tablett serviert bekommen, und Delias Aufgabe als sein hoch bezahltes Mädchen für alles bestand darin, ihr Bruststück niedlich vor seiner Nase zu schwenken und ihn mit süßer Stimme zu fragen, ob er gern Fritten dazu hätte, und nicht, ihm zu sagen, er hätte was anderes bestellen sollen.

Der Computer gab einen leisen, gongartigen Ton von sich, der den Eingang einer E-Mail anzeigte. Da er spürte, wie seine Laune sich wieder verdüsterte, zog Rinaldo sich rasch noch eine Linie rein. Mit dem Kochen mochte er ja seine Probleme haben, aber im Koksen war er ein Zauberkünstler. Er durchquerte den minimalistisch möblierten Senkkasten aus Beton, den man mitten zwischen die Fundamente des Wohnhauses hingesetzt hatte, und starrte wütend auf den Bildschirm.

Ich kann deine Weigerung nicht als endgültig hinnehmen, Romano, dafür steht zu viel auf dem Spiel. Das Ganze hätte sich zu einer großen Krise entwickeln können. Ich habe es in eine ebenso große Chance umgewandelt. Ich kann absolut verstehen, dass du dich verletzt fühlst, und zwar zu Recht, aber trotzdem wäre es dumm von dir, nicht die Chance zu ergreifen, deinen Namen reinzuwaschen und gleichzeitig einen ungeheuren Werbeeffekt für die Show, die Produkte und den Markennamen Lo Chef zu erzielen.
FWIW, das ganze Team ist dieser Meinung.

Rinaldi setzte sich ans Keyboard und hämmerte seine Antwort in die Tasten.

Ich mache keine Livesendungen.

Das kleine Miststück war offenbar online geblieben – nun ja, schließlich stand auch ihr Job auf dem Spiel, obwohl sie das bisher nicht erwähnt hatte –, denn sie meldete sich sofort wieder.

Die Jury wird bestochen sein. Ich erkläre dir das alles bei unserem nächsten Treffen. Fünf Preisrichter haben bereits unterschrieben, den Rest bearbeite ich noch. Außerdem wirst du im Voraus über die Zutaten informiert – wir können sie sogar mehr oder weniger selbst bestimmen –, und du wirst wie immer intensiv von Righi vorbereitet. Wenn die Show über die Bühne geht, wirst selbst du in der Lage sein, innerhalb des Zeitlimits ein akzeptables Pastagericht auf die Reihe zu kriegen. Du hast jede Menge zu gewinnen und nichts zu verlieren. Denk um Gottes willen darüber nach.

Diesmal ließ er sich die Antwort vom Koks diktieren.

Da gibt es nichts nachzudenken. Dort, wo ich aufgewachsen bin, auf der Straße unter Leuten, die nichts hatten außer ihrem Stolz, gab es eine Redensart: »Wenn du dein Geld verlierst, ist nichts verloren. Wenn du deine Gesundheit verlierst, ist viel verloren. Wenn du deinen Stolz verlierst, ist alles verloren.« Dieser arrogante Schweinehund hat meine Ehre besudelt. Dafür soll er bezahlen.

Romano schickte die Nachricht ab und fummelte dann so lange herum, bis er die Stress abbauende Audiodatei »Reines weißes Rauschen« gestartet hatte. Kaum erfüllte das gleich bleibende Rauschen den Raum, da gongte der Computer schon wieder. Rinaldo war versucht, die Nachricht zu ignorieren, doch die Angelegenheit musste schließlich irgendwie geregelt werden, und das besser per E-Mail als persönlich.

Na schön, mach, was du willst. FYI, unser Anwalt, hat darauf hingewiesen, dass unsere Chancen, einen Prozess zu gewinnen, bestenfalls fifty-fifty stehen. Genau genommen hat Ugo dich nämlich gar nicht verleumdet. Seine Bemerkung war lediglich ein »hypothetisches veranschaulichendes Beispiel«, mit dem er einen seiner Zeitgeistartikel aufmotzen wollte. Aber wenn du ihn verklagst, wird er die besten Anwälte im ganzen Land engagieren und vermutlich einige sensationslüsterne Zeitungsschreiber auffordern, herumzustochern und zu gucken, was sie finden. Verärgerte ehemalige Angestellte und so weiter. Erinnerst du dich noch an die kleine Placida, die sich als nicht sehr loyal erwiesen hat? Das könnte echt unangenehm werden. Bestenfalls erringen wir einen »moralischen Sieg«, was niemanden interessieren und ein Vermögen an Honoraren und Gebühren kosten wird, und trotzdem werden die Leute immer noch daran zweifeln, ob du wirklich kochen kannst. Doch wenn du einmal deine Fähigkeiten und deine Überlegenheit live auf der Lebensmittelmesse von Bologna unter Beweis gestellt hast – und vergiss nicht, dass der Wettstreit zu deinen Gunsten manipuliert wird, egal was in der Küche passiert –, dann ist deine zukünftige Karriere gesichert, und das nicht nur in Italien, sondern weltweit. Professor Ugo mag ja ein arroganter Schweinehund sein, aber er ist eine international bekannte Persönlichkeit. Ausschnitte von diesem Ereignis werden in Hunderten von ausländischen Sendern gezeigt werden, vielleicht sogar Tausenden. Du weißt schon, diese kleinen Feelgood-Geschichten, die sie am Ende der Nachrichten an die Politik, die Kriege und andere Scheußlichkeiten anhängen? »Und nun etwas Erfreulicheres ...« Diese Sendezeit wird dir gehören, Romano. Ich garantiere dir, wenn du die Gelegenheit nutzt, die ich für dich eingefädelt habe, wird am Ende des Jahres Lo Chef Che Canta e Incanta global gesendet werden, und gleichzeitig werden wir einen größeren Markt für deine ganzen Produkte haben. Hier geht es möglicherweise um Millionen. Und noch etwas, wozu auch immer es gut sein mag. Wenn du trotz alledem starrköpfig darauf bestehst, vor Gericht zu gehen, dann betrachte ich mich als gefeuert.

Rinaldi spürte, wie seine Entschlossenheit ins Wanken geriet, und verzog sich in die bescheidene kleine Küche, wo er gelegentlich eine Tasse Instantsuppe aufwärmte oder eine aufgetaute Scheibe Toast unter dem Grill verbrennen ließ, und öffnete eine Flasche Cola. Er konnte sich noch gut an die Zeiten vor seinem Erfolg erinnern, als er sich mit dem Singen von Werbejingles, die in lokalen Radiosendern liefen, mühsam durchgeschlagen hatte. Ein Studiodirektor eines dieser Sender hatte die Idee mit der *Lo-Chef*-Show gehabt, und ursprünglich war das Ganze eher als Scherz gemeint gewesen. Doch der Direktor hatte Beziehungen zu diversen Fernsehproduktionsfirmen, und nachdem man noch einige Verschönerungen hinzugefügt hatte, wie zum Beispiel das Singen, war eine dieser Firmen bereit gewesen, zu einem ermäßigten Preis eine Pilotsendung zu machen. Die Kosten würden erstattet werden, wenn sie einen Sender fänden, der bereit wäre, die Sache zu bringen.

Das hatten sie tatsächlich, und die Einschaltquoten waren so gut gewesen, dass der Fernsehsender eine Miniserie von sechs Episoden haben wollte. Die Einschaltquoten waren mit jeder Sendung sprunghaft gestiegen – alles durch reine Mundpropaganda –, und Rinaldi erhielt einen Vertrag für eine richtige Serie bis zum Ende des Jahres. Als der auslief, war er so bekannt, dass er einen sehr viel lukrativeren Vertrag mit dem beliebtesten Fernsehsender im Land abschließen konnte und einen Platz zur besten Sendezeit erhielt, gleich hinter der wahnsinnig erfolgreichen Reality-Show *Dreckige, dumme, reiche Schlampen*. Zunächst hatte ein Freund von ihm die Produktionsfirma geleitet, doch der unglaubliche Erfolg der Sendung überstieg schon bald dessen dürftige Fähigkeiten, und Romano Rinaldi war notgedrungen gezwungen gewesen, auf seine Dienste zu verzichten.

Wie viele geniale Ideen war auch diese im Grunde sehr simpel. Die italienische Küche war im Aussterben begriffen. Nicht in den Restaurants, aber zu Hause. Die Männer hätten nicht einmal im Traum daran gedacht, kochen zu lernen, und heutzutage waren die meisten Frauen zu müde und zu stark anderweitig beschäftigt, um zu kochen. Im Übrigen wüssten sie auch gar nicht wie. Denn die jahrhundertelang gepflegte Tradition, dass Rezepte und Verfahren von Mutter zu Tochter weitergegeben wurden, war praktisch ausgestorben, genauso wie die Großfamilie und Nur-Hausfrauen.

Deshalb sprach Lo Chef so viele Leute an. Seine warmherzige, harmlose, leicht tuntenhaft kokette Bildschirmpersönlichkeit schlich sich tief in das kulinarisch benachteiligte Unterbewusste seiner Zuschauer ein, beschwichtigte deren

Ängste und das Gefühl der Unzulänglichkeit und bestärkte gleichzeitig ihre Träume und Hoffnungen. Die Popularität seiner Show beruhte nicht darauf, dass er der jüngeren Generation die Grundlagen der Essenszubereitung beibrachte, auch wenn die Drehbuchautoren ständig daran erinnert wurden, dass zu ihrer Zielgruppe Menschen gehörten, die glaubten, dass Milch mit einer Temperatur von fünf Grad frisch aus der Kuh käme, oder gar solche, die nie auf den Gedanken gekommen wären, dass Kühe überhaupt etwas mit Milch zu tun hatten. Doch die Zuschauer von *Lo Chef* wollten nicht belehrt werden, sie wollten Glamour, ein paar »authentische« Tipps von einem erstklassigen Profi und vor allem ein bisschen Spaß.

Hier kam das Singen ins Spiel. Teile des Rezepts, Anweisungen, Zutaten, Zubereitungsmethoden, all das erklang in Rinaldis durchaus brauchbarer heller Tenorstimme – eine weitere Verbindung zu seiner Kindheit, vielleicht sogar zu seiner Herkunft – zu den Melodien berühmter Opernarien und beliebter Lieder. Alle entspannten sich und lächelten, wenn der liebenswerte, rundliche Fernsehstar ein weiteres wunderbares, authentisches Gericht »aus unserer unvergleichlichen und zeitlosen gastronomischen Tradition« zauberte, umgeben von zwei spärlich bekleideten und dümmlich grinsenden Häschen mit aufgeblasenen Titten, die die männlichen Zuschauer vor den Bildschirm lockten, während sie der durchschnittlichen Hausfrau die Genugtuung gaben, sich über ihre absolute Unfähigkeit lustig machen zu können, für die sie stets nachsichtig von dem Star gescholten wurden, der entnervt dabei die Augen verdrehte.

Es war ein zündendes Konzept gewesen, und er war sorgfältig damit umgegangen. Inzwischen war er weniger an den direkten Einkünften vom Fernsehsender interessiert als an der Werbung für die immer größer werdende Palette von Produkten, die unter dem Warenzeichen *Lo Chef Che Canta e Incanta* vermarktet wurden. Das war das Allerbeste an dem ganzen Unternehmen, da es keinerlei Bemühungen seitens Rinaldis erforderte. Selbst zu Anfang hatte er nichts weiter tun müssen, als nach einem halbwegs guten Produkt zu suchen, das zu einem Schleuderpreis im Großhandel erhältlich war, sich dann mit dem Hersteller in Verbindung zu setzen und ihm ein Angebot für die exklusiven Einzelhandelsrechte zu machen. Inzwischen wandten sich die Hersteller natürlich an ihn. Er wurde mit Angeboten überschüttet. Dann brauchte man nur noch irgendeinen Werbetexter zu engagieren, der ein lyrisches Sprüchlein schrieb, das man auf dem Etikett unter einem fröhlichen Foto des Stars in seiner weißen Jacke und der Kochmütze abdruckte, der gerade die Hand ausstreckte und den Mund geöffnet hatte, als wolle er das hohe C singen, und das Ganze an die Supermärkte zu liefern.

Er hatte mit der Coop-Kette begonnen, zu der die meisten großen Supermärkte in Mittelitalien gehörten, und dann bei Conad und den anderen nationalen Ketten weitergemacht. Er wusste genau, was Frauen empfanden, wenn sie in den unangenehm riechenden, überfüllten Lebensmittelmärkten die Gänge hinauf- und hinuntertrotteten. Sie sehnten sich nach dem persönlichen Kontakt und der bevorzugten Behandlung, die sie in den kleinen, altmodischen Geschäften erhielten, doch nach einem anstrengenden Arbeitstag war es einfach zu mühsam, eine Runde durch all diese Läden zu machen. Die Supermärkte waren schnell, bequem und preiswert, aber sie hatten eine kühle und unpersönliche Atmosphäre. Wenn Signora Tizia dann Romanos fröhliches und freundliches Gesicht auf dem unverkennbaren rot-gelben Etikett entdeckte, griff sie danach, als hätte er ihr die Hand geführt. Teure Werbung mit fragwürdigem Erfolg war ebenfalls nicht nötig. Die Regale in dem Studio, in dem er seine Show aufnahm, waren vollgepackt mit diesen Produkten, die Etiketten alle nach vorne gedreht, sodass man das *Lo-Chef*-Logo sehen konnte, das außerdem auf die Rückwand der Kulisse projiziert wurde. Und sobald ein neues Produkt in das Sortiment aufgenommen wurde, pries Rinaldi seine Vorzüge in einer längeren Arie rund um den zugehörigen ekstatischen Werbespruch an.

Er trank noch einen Schluck Cola, dann ging er zu dem Tisch mit der Glasplatte zurück. Er wusste, dass er es übertrieb, aber er hatte eine schwere Entscheidung zu treffen. Es verging eine ganze Weile, bevor ihm klar wurde, dass er sie längst getroffen hatte. Er griff nach dem Telefon.

»In Ordnung, ich machs.«

Am anderen Ende war ein deutliches Ausatmen zu hören. »Das ist ja wunderbar, Romano! Du hast die absolut richtige Entscheidung getroffen. Aber die Zeit drängt. Du musst noch heute Abend nach Bologna kommen, okay? Das heißt sofort. Ich organisiere ein Auto und buche ein Hotelzimmer für dich. Die Einzelheiten maile ich dir so schnell wie möglich. Und noch einmal herzlichen Glückwunsch!«

II

Als Retourkutsche auf Zens Ankündigung, dass er Lucca verlassen würde, hatte Gemma ihn an ihre gemeinsame Verstrickung in den Tod von Roberto Lessi und das anschließende Versenken seiner Leiche im Meer erinnert. Aus seiner Sicht war das ein plumpes Manöver gewesen – Gemma drohte mit einer Waffe, von der beide wussten, dass sie viel zu gefährlich und zerstörerisch war, um benutzt zu werden. Es wäre geschickter von ihr gewesen, ihn daran zu erinnern, dass bei dem Zwischenfall, auf den sie anspielte, auch endlich seine wahre Identität herausgekommen war und er ihr versprochen hatte, dass er, egal was passierte, sie nie mehr belügen würde.

Obwohl das eine unverfrorene, faustdicke Lüge von erheblicher Tragweite gewesen war, war sie kommentarlos geschluckt worden, vielleicht weil Zen damals selbst daran glaubte. Und bis vor Kurzem hatte ihre Beziehung einen so vielversprechenden Eindruck gemacht, dass ihnen Lügen tatsächlich wie ein bedeutungsloser Anachronismus erschienen waren. So unfassbar es auch war, er hatte wirklich geglaubt, durch das Zusammenziehen mit Gemma und dem damit verbundenen Umzug aus seiner Wohnung in Rom in ihre in Lucca wäre er auf magische Weise ein neuer Mensch geworden. Die Ereignisse der letzten Monate zeigten jedoch etwas anderes, dass nämlich dieser Glaube nur eine weitere Windung in der Spirale von Illusionen gewesen war, als die sich sein Leben immer mehr gestaltete.

Wie bei dem allmählichen Verfall seines Körpers war es

schwer, genau zu sagen, wann alles angefangen hatte, doch die Streitereien wurden immer häufiger und damit auch die Lügen. Ein triviales Beispiel dafür war die Situation, als Gemma Zen fragte, warum er nach Bologna reiste, in der irrigen Annahme, er täte dies aus freien Stücken. »Ich war vor vielen Jahren mal dort stationiert, und mir hat die Stadt sehr gut gefallen«, hatte er geantwortet. Es stimmte zwar, dass er es kaum erwarten konnte abzureisen, aber es war nicht die Rückkehr nach Bologna, auf die er sich freute. Ihm wäre auch jeder andere Ort recht gewesen. Während der Zugfahrt versuchte er, sich an die Zeit zu erinnern, als er in der Stadt stationiert gewesen war, irgendwann in den Siebzigerjahren, den terroristischen *anni di piombo,* als das »rote« Bologna einer der Unruheherde war. Doch diese Seite der Polizeiarbeit war von den DIGOS und anderen speziellen Antiterroreinheiten übernommen worden, während Zen als junger Beamter bei der Kriminalpolizei sich um die üblichen Routinefälle hatte kümmern müssen, Verbrechen, die von Leuten begangen wurden, die kein Interesse daran hatten, die Regierung zu stürzen, sondern die sich bereichern oder irgendwelche Streitigkeiten beilegen wollten.

Er konnte sich nur noch an einzelne Zwischenfälle erinnern, wie er zum Beispiel einmal einem kleinen Gangster in eine raue Vorortkneipe gefolgt war, wo dieser von einem Rivalen bedroht wurde. Zens Mann reagierte, indem er ein Klappmesser zog und es sich fast bis zum Heft ins Bein stieß. Dann wandte er sich ohne jede Gefühlsregung dem anderen Schlägertypen zu und sagte: »Sieh mal, was ich mir selbst antun kann, Giorgio. Jetzt stell dir mal vor, was ich mit dir machen könnte.« Der Angreifer sah aus, als würde er jeden Moment in Ohnmacht fallen, und verließ schleunigst das Lokal, worauf der Gangster das Messer aus dem Bein zog, es wieder in die Tasche steckte, dann sein Hosenbein aufrollte und zur allgemeinen Erheiterung seine Prothese abschnallte.

Oder wie er einmal eine Frau vernommen hatte, die behauptete, ihr Exmann würde sie belästigen. Sie hatte sich am Telefon ziemlich nervös angehört, und als Zen in ihre Wohnung kam und ihr einige recht detaillierte und intime Fragen stellte, hatte sie ihm erst mit der Faust ins Gesicht geschlagen, dann einen lang anhaltenden und lauten Weinkrampf bekommen und ihn schließlich angefleht, mit ihr ins Bett zu gehen. Nach einigem Zögern hatte er zugestimmt, und das Ergebnis war so befriedigend gewesen, dass er am nächsten Morgen vorgeschlagen hatte, das Ganze zu wiederholen. Darauf hatte die Dame eiskalt geantwortet: »Du warst Dienstag dran. Heute ist Mittwoch.«

Dann war da noch dieser Fall, wo er einen notorischen Drogenhändler und möglichen Mörder durch die gewundenen Arkaden der Innenstadt verfolgt hatte und der Mann plötzlich vor seinen Augen verschwand. Als Zen schließlich die offene Tür entdeckte, durch die er entkommen sein musste, sah er zwei Meter unter sich eine träge dahinfließende schwarze Brühe, einen der »verschwundenen« Kanäle Bolognas, die nun unter Wohn- und Parkhäusern begraben waren. Die gekräuselte Wasseroberfläche zeigte an, welchen Fluchtweg der Mann gewählt hatte, doch selbst in jenen relativ jungen Jahren hatte Zen nicht das Bedürfnis gehabt, ihm zu folgen.

Doch das waren bloß Anekdoten, und die Ereignisse hätten überall passieren sein können. Ihm fehlte ein Gefühl für die Stadt als eigenständigem Wesen, einzigartig und unverwechselbar. Was ihm heute während der kurzen Taxifahrt vom Bahnhof ins Zentrum am meisten auffiel, war der starke Kontrast zu Florenz, so nah und doch eine andere Welt. Bologna gehörte bereits zum Norden, eine Stadt von fleißigen Arbeitern, Menschen mit gesundem Appetit, starken Trinkern und harten, feuchten, deprimierenden Wintern ohne jenes Versprechen von Frühling in der Luft, das in den Gegenden südlich der Apenninen immer zu spüren ist. Und im Gegensatz zu anderen Städten, in denen Zen stationiert gewesen war, war der stärkste Eindruck, den Bologna bei ihm hinterlassen hatte, die Effizienz der städtischen Dienstleistungen, die auf der folgenden von ihm erstellten Leistungsskala den höchstmöglichen Wert erzielten: Die öffentlichen Mülltonnen auf der Straße werden wie oft geleert: (a) jeden Tag, (b) jede Woche, (c) ab und zu, (d) nie. Das und das Essen, von dem Zen eine Kostprobe zu sich nahm, sobald er sich in dem Hotel eingerichtet hatte, das ihm der Taxifahrer empfohlen hatte, weil es nicht weit von der Questura entfernt war. Er hatte ihm außerdem ein Restaurant empfohlen, wo Zen als Vorspeise einen ausgezeichneten *culatello* aß, jene so gut wie nie zu bekommende Köstlichkeit, die ein Kollege einmal als »Parmaschinken für Erwachsene« bezeichnet hatte, gefolgt von wunderbar dünnen Lasagneblättern aus Eiernudeln mit dem berühmten Bologneser *ragù,* und schließlich in Weißwein und Balsamico gekochtes Kaninchen, ein üppiges Festmahl, das durch einen angenehm adstringierenden Rotwein, der von der erst kürzlich erfolgten Gärung leicht moussierte, noch schmackhafter wurde.

Vom reinen Nährwert her betrachtet, enthielt diese Mahlzeit mehr Kalorien, als er normalerweise pro Tag zu sich nahm, trotzdem konnte er den Kellner nur mit Mühe davon überzeugen, dass eine Portion Crème Caramel nicht den richtigen Abschluss bilden würde. Stattdessen trank er in einer Bar einen doppelten Caffè ristretto und machte sich dann auf den Weg, um zu erfahren, wie man ihn in der Questura willkommen heißen würde. Das Gebäude war ein typisches Beispiel für den großspurigen und pompösen Stil der Faschisten in seiner bedrohlich schwülstigsten Art, ein massiver Tempel der Staatsmacht, der völlig überdimensioniert für die bescheidene Piazzetta war, auf der er stand. Vielleicht war Bologna schon damals eine Brutstätte der Linken gewesen. Die Botschaft hätte jedenfalls nicht klarer sein können: Hinter den Jungs in Blau standen die Männer in Schwarz.

Das Innere war von kaum weniger beängstigenden Ausmaßen, doch der Empfang, den man Zen bereitete, war wohltuend gelassen. Seine Kontaktperson war ein Beamter namens Salvatore Brunetti, dessen Verhalten ihn an die zahlreichen Ärzte erinnerte, mit denen er während seines Aufenthalts in der Klinik in Rom zu tun gehabt hatte, die stets den Eindruck vermittelten, als wäre Zen ein Simulant, dem gar nichts fehlte, auf den man jedoch eingehen musste, um mögliche Zornesausbrüche zu verhindern.

»Worin genau besteht denn Ihr Auftrag hier?«, fragte der Bologneser Polizeibeamte, nachdem man die üblichen Höflichkeiten ausgetauscht hatte.

»Vielleicht sage ich Ihnen am besten erst mal, worin er nicht besteht«, antwortete Zen. »Ich bin beispielsweise nicht hier, um mich einzumischen, die Verantwortung zu übernehmen, Ihre Autorität zu untergraben und vor allem nicht, um bei Vorgesetzten in Rom über Sie zu tratschen.«

Salvatore Brunetti betrachtete ihn immer noch mit der gleichen höflich-reservierten und leicht amüsierten Miene.

»Mein Auftrag ist sehr spezifisch«, fuhr Zen unbeirrt fort, »und ich habe die Absicht, ihn buchstabengetreu zu erfüllen. Angesichts der Identität des Opfers und der Umstände, unter denen der Mann gestorben ist, wird dies ganz klar ein hochkarätiger Fall werden, und er hat bereits viel Wirbel in den Medien ausgelöst und für zahlreiche Kommentare gesorgt. Meine Vorgesetzten im Viminale wollen natürlich umgehend über die neuesten Entwicklungen informiert werden, um sie politisch maximal ausnutzen zu können, wenn sie positiv sind, und negative Auswirkungen so schnell wie möglich einzugrenzen. Sie haben mich beauftragt, diesen Prozess zu erleichtern. Das ist alles.«

Brunetti schwieg einen Augenblick, dann lächelte er vage. »Das ist sehr ehrlich von Ihnen, *vicequestore*.«

»Zu ehrlich, meinen Sie. Sogar verdächtig ehrlich. Aber es ist nun mal wahr. Ich gehöre zu einer etwas älteren Generation als Sie, Dottor Brunetti, und erlaube mir gelegentlich den Luxus, das zu sagen, was ich tatsächlich meine. Genau das tue ich jetzt. Ich kann gut verstehen, dass Sie mir nicht unbedingt glauben, aber es würde uns beiden sicher viel Zeit und Mühe ersparen, wenn Sie es täten.«

Darauf war sein Gesprächspartner nicht vorbereitet gewesen, und er lachte nervös. »Aber natürlich glaube ich Ihnen!« Er zeigte pedantisch mit einem Finger auf den dicken Aktenordner, der zwischen ihnen auf dem Teakholzschreibtisch lag. »Darin finden Sie alles, was wir zu diesem Zeitpunkt wissen. Und wenn ich Ihnen helfen kann, irgendwelche Punkte ausführlicher zu erläutern oder zu klären, zögern Sie bitte nicht, mich zu fragen.«

Zen nahm den Ordner und packte ihn in seine Aktentasche. »Danke«, sagte er. »Ich werde mich so bald wie möglich gründlich damit beschäftigen. Aber könnten Sie mir vielleicht zunächst einmal eine kurze Zusammenfassung der wesentlichen Fakten geben?«

Brunetti nickte energisch. »Der Sachverhalt ist ziemlich eindeutig. Autopsie und gerichtsmedizinische Untersuchung haben bestätigt, dass Lorenzo Curti auf dem Fahrersitz seines Wagens ermordet wurde, und zwar etwa eine Stunde bevor das Fahrzeug von einer unserer Streifen entdeckt wurde. Er wurde zuerst von einer 7.62-Millimeter-Kugel, die man gefunden hat, direkt ins Herz getroffen, dann hat man ihm ein Parmesanmesser in die Brust gerammt, das am Tatort zurückgelassen und ebenfalls sichergestellt wurde. Letzteres deutet auf Kenntnisse über die Familie des Opfers und deren unternehmerische Anfänge.«

»Und auf Vorsätzlichkeit.«

»Allerdings. Curti hatte ein Auswärtsspiel zwischen seinem Fußballteam und Ancona besucht. Nach dem Spiel verbrachte er noch einige Zeit mit dem Manager und den Spielern in der Umkleidekabine, dann ging er allein zu seinem Auto, um nach Hause zu fahren. Die elektronischen Aufzeichnungen an den Mautstellen zeigen, dass sein Audi an jenem Abend kurz vor sieben in Ancona Nord auf die Autobahn fuhr und diese etwas mehr als neunzig Minuten später an der Ausfahrt Bologna San Lázzaro verließ. Kurz darauf wurde er getötet.«

»War das denn seine normale Strecke?«

»Nein. Er wohnte etwas außerhalb von Parma. Weshalb er von der Autobahn abfuhr, ist immer noch unklar. Um diese Uhrzeit ist das eine etwas raue Gegend, doch das Element der Vorsätzlichkeit und die implizite Botschaft, die der Mörder dadurch vermitteln wollte, dass er mit dem Käsemesser auf das Opfer einstach, nachdem dieses bereits tot war – beides schließt praktisch die Möglichkeit aus, dass es sich um ein rein zufälliges Verbrechen handelt, das von einem Anhalter, Drogendealer oder Zuhälter begangen wurde. Es ist sogar so gut wie sicher, dass Curti den Mörder kannte, und extrem wahrscheinlich, dass sie sich entweder am Tatort verabredet hatten oder zusammen von Ancona zurückgefahren sind. Weshalb sonst sollte Curti an einem dunklen, kalten Abend die Autostrada bei San Lázzaro verlassen, anstatt weiter geradeaus zu fahren und dann auf die A1 Richtung Parma?«

»Also haben Sie unter den privaten und geschäftlichen Kontakten des Opfers nach jemandem gesucht, der ein Motiv hätte, ihn zu töten?«, suggerierte Zen hilfsbereit.

»Natürlich haben wir das getan«, antwortete Brunetti. »Doch bisher ohne Ergebnis.«

»Ganz im Gegenteil! Es stellte sich nämlich heraus, dass fast jeder, den Curti privat oder geschäftlich kannte, einen Grund hatte, seinen Tod zu wünschen. Wie Sie vermutlich wissen, ist sein Geschäftsimperium praktisch über Nacht zusammengebrochen, die Aktien sind jetzt so gut wie nichts mehr wert, und unsere Freunde bei der Guardia di Finanza haben gerade Ermittlungen wegen schweren Betrugs eingeleitet, die ziemlich sicher für viele der Beteiligten mit Gefängnisstrafen enden werden ... auch für Curti, wenn das nicht passiert wäre.«

»Aber jetzt kann er nicht mehr aussagen.«

»Eine verlockende Hypothese, nicht wahr?«

Für kurze Zeit herrschte Schweigen.

»Bedauerlicherweise ...« Brunetti ließ das Wort einen Moment lang im Raum stehen.

»Die schlechte Nachricht ist, dass praktisch alle potenziellen Verdächtigen entweder beim Spiel oder mit Freunden aus waren oder sich einen gemütlichen Abend im Schoß ihrer Familie gemacht haben. Von den Übrigen waren mehrere im Ausland, und eine lag in den Wehen.«

»Eine Frau?«, fragte Zen.

Brunetti ignorierte das höflich. »Inzwischen hat der Curti-Clan eine Erklärung abgegeben, in der eine Insiderbeteiligung vehement bestritten wird, außerdem bietet man eine Million Euro für die Festnahme und Verurteilung des Mörders. Kurz gesagt, wir haben eine umfangreiche Liste potenzieller Verdächtiger, aber keinen konkreten Beweis gegen auch nur einen von ihnen, während fast alle anscheinend unerschütterliche Alibis haben.«

»Was hat die forensische Untersuchung des Wagens ergeben? Fasern, Haare und so weiter.«

»Massenhaft, neunzig Prozent von einem Hund. Curti hatte einen Labrador. Und auch jede Menge Fingerabdrücke, doch selbst wenn wir einige davon zuordnen könnten, würde das nichts beweisen. Fast jeder der Verdächtigen wird irgendwann mal in diesem Audi gesessen haben, die meisten erst kürzlich.«

»Und die Waffe?«

»In dem Wagen wurde eine Patronenhülse gefunden, die auf eine Selbstladepistole hindeutet. Es handelt sich um eine randlose, mit Messing beschichtete Stahlhülse mit einer noch nicht identifizierten Prägung, vermutlich ausländischer Herkunft. Die ballistische Abteilung hat die Einkerbungen auf der Kugel durch den Computer laufen lassen. Nichts. Sieht jungfräulich aus.«

»Ein Profikiller? So wie es aussieht, wünschen viele Leute Curtis Tod, sofern sie selbst ein unerschütterliches Alibi hatten. In Osteuropa gibt es heutzutage eine Menge unterbeschäftigter Leute mit den notwendigen Fähigkeiten und der richtigen Ausrüstung.«

»Das ist denkbar«, räumte Brunetti ein.

Zen nahm seine Aktentasche und stand auf. »Hört sich jedenfalls nach einer interessanten Aufgabe an. Lassen Sie mich bitte wissen, wenn es etwas Neues gibt. Zu jeder Tages- und Nachtzeit. Ansonsten werde ich versuchen, Ihnen nicht in die Quere zu kommen.«

Während er mit gesenktem Kopf durch die endlosen Flure der Questura ging, hörte er plötzlich rasche Schritte hinter sich. Ein junger Mann in Polizeiuniform tauchte neben ihm auf.

»Dottor Zen! Verzeihen Sie mir, aber wir sind gerade aneinander vorbeigegangen, und da habe ich Sie erkannt.«

Zen starrte ihn verständnislos an. Der Polizist berührte seine Mütze.

»Bruno Nanni, Dottore. Ich war Ihr Fahrer, als Sie letztes Jahr in Südtirol waren.«

Zen lächelte übers ganze Gesicht. »Dann hat es also geklappt?«, sagte er aufrichtig erfreut.

»Meine Versetzung wurde etwa zehn Tage später bewilligt. Unglaublich, was? Und das hab ich nur Ihnen zu verdanken, *capo!*«

Zen machte eine abwehrende Geste. »Ich habe ein Wort für Sie bei einer gewissen Person eingelegt, aber so etwas funktioniert nicht immer.«

»Diesmal hat es aber funktioniert, Dottore, und ich kann Ihnen gar nicht genug danken. Aber was machen Sie denn hier in Bologna, wenn Sie mir die Frage erlauben?«

»Mal wieder ein Routinejob. Ich bin vorübergehend abgestellt, um einen laufenden Fall zu beobachten und zu beurteilen.«

»Haben Sie heute Abend schon was vor?«

»Überhaupt nichts.«

»Hätten Sie vielleicht Lust, mit ins Stadion zu kommen?«

»Ins Fußballstadion?«

Nanni nickte. »Der Verein veranstaltet eine Gedenkfeier für Lorenzo Curti. Merkwürdigerweise war ich derjenige, der die Leiche entdeckt hat. Jedenfalls werden sämtliche Spieler dort sein, Offizielle und die Angestellten des Clubs und natürlich die Fans. Alle werden dem verstorbenen Präsidenten des FC Bologna auf ihre Art die letzte Ehre erweisen.«

»Das klingt nicht gerade nach der Sorte Veranstaltung, die mir gefällt, Bruno.«

»Es könnte aber für Ihre Arbeit ganz interessant sein«, bemerkte Nanni etwas zu beiläufig.

»Inwiefern?«

»Wegen dieses Falls, den Sie untersuchen sollen. Das ist doch bestimmt der Mord an Curti, oder? Das Ministerium wird doch keinen so hohen Beamten wie Sie wegen irgendetwas anderem hierherschicken, das in letzter Zeit passiert ist. Wie dem auch sei, die Veranstaltung an sich mag zwar öde sein, aber alle fanatischen Anhänger des Clubs werden sich im Stadion drängen.«

»Na und?«

Bruno Nanni lächelte geheimnisvoll. »Ich habe von Freunden gehört, dass ein gewisses Individuum, einer der durchgeknalltesten und gewalttätigsten Typen aus dem Ultra-Haufen, überall rumerzählt, er hätte Curti umgebracht. Er wird ganz bestimmt heute Abend dort sein, und ich weiß, in welche Kneipe die Gang hinterher geht, um sich zu betrinken. Es wäre vielleicht nicht schlecht, wenn Sie sich ihn einmal ansehen.«

Zen wog die Möglichkeiten ab. Was hatte er schließlich zu verlieren? Die einzige Alternative wäre, allein zu essen und anschließend einen einsamen Abend in seinem Hotelzimmer zu verbringen und fernzusehen. Es könnte sogar passieren, dass er aus lauter Verzweiflung die Kopie der Akte las, die Brunetti ihm gegeben hatte.

»Na schön. Ich wohne im Hotel Roma, gleich hier um die Ecke.«

»Ich hole Sie kurz vor sechs ab, Dottore.«

12

Ein greller Blitz.

»Lächeln, hier ist die Versteckte Kamera!«

Vincenzo stand breitbeinig und übertrieben lässig in der Tür, ein Bein nach hinten angewinkelt, und hielt ein winziges metallisches Objekt an sein Auge. Ein weiterer Blitz von außerordentlicher Helligkeit. Vincenzo lachte und warf das Objekt quer durch den Raum Rodolfo zu, der rasch sein Buch aus der Hand legte und es gerade noch schaffte, das Ding aufzufangen.

»Geil, was?«

Rodolfo drehte das Ding hin und her. Es schien sich um eine Art Kamera zu handeln, nur kleiner, als er je eine gesehen oder überhaupt für möglich gehalten hatte. Doch Vincenzo war eindeutig high, also beschloss er, sich wenig beeindruckt zu zeigen.

»Sehr raffiniert«, bemerkte er cool. »Was hat die gekostet?«

Vincenzo brach in schallendes Gelächter aus. »Ach, die hab ich gestern Abend nach dem Spiel aufgelesen. Zusammen mit einem anderen Spielzeug, das auch nicht schlecht ist. Was soll ich sagen? Ich hab Glück gehabt. Ich hab endlich mal Glück gehabt.« Er begann, rastlos im Zimmer auf und ab zu gehen, und trat hin und wieder gegen ein Möbelstück.

»Hast du dir schon wieder Ritalin reingezogen?«, fragte Rodolfo.

»Geht dich einen Scheiß an. Du bist doch nicht meine Mutter.«

Rodolfo klappte das Buch zu, in dem er geblättert hatte, und strich sanft über den schlichten, schon ziemlich abgegriffenen Ledereinband. Er musste das Buch noch heute zurückgeben. So kostbare und seltene Bände durften eigentlich gar nicht aus der Universitätsbibliothek entliehen werden, doch die Studenten von Professor Edgardo Ugo genossen gewisse Privilegien.

»Ich versuche zu lernen, Vincenzo«, log er.

Sein Mitbewohner grinste streitlustig. »Du hast also vor, den ganzen Abend hier rumzusitzen und in einem modrigen alten Buch zu lesen und dann irgendeinen Scheiß hinzukritzeln, über den sich dieser Schwanzlutscher von Prof lustig macht? Mein Gott, was für ein erbärmliches Leben!«

»Zumindest werd ich gebumst.«

»Yeah, von irgendeiner illegalen Einwanderin, die von weiß Gott woher stammt und als Putzfrau arbeitet. Herzlichen Glückwunsch, *terrone!* Ihr werdet ein tolles Paar abgeben.«

Rodolfo sprang auf, packte Vincenzo an der Schulter und knallte ihn gegen die Wand. »Nimm das zurück!«

Vincenzo sah ihn fassungslos an. »Scheiße! Verstehst du denn keinen Spaß?«

Rodolfo hielt Vincenzo gegen die Wand gepresst und starrte ihm so lange in die Augen, bis er wegsah.

»Scheißsüdländer«, schimpfte Vincenzo. »Ein Haufen durchgeknallter Verrückter.«

»Ganz recht, mein Freund. Und wenn du es noch einmal wagst, meine Freundin zu beleidigen oder meine Leute, dann wirst du ganz genau merken, wie verrückt wir sein können.«

Vincenzo schüttelte kraftlos den Kopf. »Va bene, va bene. Basta oh!«

Rodolfo nickte energisch, dann ließ er den anderen los. Vincenzo schüttelte sich mit einem Rest von Hochmut.

»Im Übrigen seid ihr nicht die Einzigen, die ein bisschen verrückt sein können. Bloß sprechen wir hier im Norden keine leeren Drohungen aus.«

Rodolfo ging zum Sofa zurück und schlug Andrea de Jorios Werk *La mimica degli antichi investigata nel gestire napoletano* bei der Illustration auf, die er sich vorhin angesehen hatte, und betrachtete staunend die Qualität und Detailtreue des Kupferstichs.

»Was soll das heißen?«, murmelte er unter heftigem Gähnen.

»Soll heißen, bei der Gedenkfeier heute Abend im Stadion.«

»Du sprichst in Rätseln.«

Vincenzo lachte höhnisch. »Wenn du nicht ständig deinen Kopf in irgendwelche Bücher stecken und dich stattdessen mal in der wirklichen Welt umsehen würdest, wüsstest du die Antwort.«

»Leider bin ich nicht so ein verwöhnter Balg wie du, Vincenzo. Ich kann es mir nicht leisten, den ewigen Studenten zu spielen. Mein Vater hat viel Geld dafür ausgegeben, dass ich hier studieren kann. Dafür möchte er natürlich ein Ergebnis sehen.«

Und wird völlig niedergeschmettert sein, wenn er erfährt, dass ich es vermasselt habe, dachte er.

»Diese ganze Interpretationsscheiße, die du bei Ugo studierst?«, entgegnete Vincenzo. »Dann interpretier mal das hier! Jemand hat Lorenzo Curti umgebracht, weil er unseren Verein mit all seiner ruhmreichen Geschichte für einen Spottpreis gekauft hat, dann die besten Spieler gehen ließ und zu geizig war, Ersatz zu beschaffen. Er hat uns jahrelang verarscht, und letzte Nacht hat er den Preis dafür bezahlt.«

»Im Fernsehen haben sie gesagt, es hätte vermutlich mit seinen geschäftlichen Machenschaften zu tun.«

Vincenzo zuckte ungeduldig mit den Schultern. »Was

wissen diese Wichser schon? Aber egal, die Hauptsache ist, der Drecksack ist tot, und es gibt keinen einzigen aufrichtigen Bologna-Fan, der nicht überglücklich wäre. Natürlich werden wir alle zu diesem Gedenkgedöns gehen, das die da veranstalten, bloß – hör mir zu! – wir werden die ganze Zeit lachen. Klar, ich bin ein bisschen stoned. Das werden die anderen auch sein. Wir machen nichts Wahnwitziges, wir werden nur da oben auf der Tribüne unsere eigene private Gedenkfeier veranstalten. Und eins versprech ich dir, der Ton wird ein anderer sein als bei der offiziellen Feier auf dem Spielfeld. Und jetzt gib mir die Jacke wieder, die du mir geklaut hast.«

Rodolfo holte die ramponierte schwarze Lederjacke und reichte sie Vincenzo, der ohne ein weiteres Wort aus der Wohnung stapfte und die Haustür hinter sich zuknallte.

Froh, wieder allein zu sein, ließ Rodolfo seinen Blick ein letztes Mal auf der *Disprezzo*-Abbildung ruhen, die er in der Universität eingescannt, sich auf Diskette heruntergeladen und anschließend an Professor Ugo geschickt hatte. Ein weiteres Privileg, das Ugo seinen Studenten gewährte, war nämlich, dass sie seine E-Mail-Adresse und Handynummer kannten.

Allerdings gehörte Rodolfo nun nicht mehr zu diesem auserwählten Kreis. Sein Tutor hatte ihm unmissverständlich klargemacht, dass er an seinem Seminar nicht mehr teilnehmen dürfe und keine Chance hätte, einen Abschluss zu machen, es ihm aber wie jedem anderen Bürger freistünde, die berühmten wöchentlichen Vorlesungen des Professors zu besuchen, von denen die nächste morgen stattfand. Rodolfo lächelte nachdenklich. Vielleicht würde er hingehen und seine eigene »private Gedenkfeier« abhalten, so wie Vincenzo und die übrigen Rowdys es heute Abend im Stadion tun würden. Nichts Wahnwitziges, wie Vincenzo sich ausgedrückt hatte, aber er könnte sich einfach dort sehen lassen. Er würde ohnehin bald noch einmal in die Uni gehen müssen, und sei es nur, um das Buch von Andrea de Jorio und all die anderen Bücher zurückzugeben, die er in den letzten Monaten ausgeliehen hatte und von denen die meisten längst überfällig waren.

Er ging in sein Zimmer und suchte in den Regalen nach den entsprechenden Titeln, da klingelte das Telefon.

»Hier ist dein alter Vater, Rodolfo. Nur der übliche wöchentliche Anruf. Damit wir in Kontakt bleiben.«

»Ja, natürlich.«

»Wie gehts denn so?«

»Gut, Papa. Gut.«

»Ich wünschte, ich könnte von mir das Gleiche sagen.«

»Was ist passiert?«

»Ach, eigentlich nichts.«

Sein Vater verstummte.

»Zumindest nichts, worüber ich am Telefon reden möchte, verstehst du?«

»Was ist denn nun passiert?«

Das nachfolgende Schweigen endete schließlich in einem verbitterten Lachen.

»Was bringen die dir eigentlich an der Universität bei?«, sinnierte sein Vater leise, fast wie zu sich selbst. »Du weißt nichts. Noch weniger, als du mit zehn wusstest. Sogar mit fünf. Nichts, nichts …« Die Stimme erstarb.

»Ich weiß schon einiges«, entgegnete Rodolfo trotzig und hoffte, er würde nicht nach einem Beispiel gefragt werden.

Doch nun hörte sich sein Vater zerknirscht an. »Natürlich tust du das, natürlich. Du bist sehr gebildet, das weiß ich. Bitte verzeih mir, es ist nur …«

»Was, Papa?«

»Red einfach weiter, das beruhigt mich. Ich hab mich vermutlich nur überarbeitet.«

»Bei was?«

»Ist doch egal.«

»Erzähls mir!«

»Wir haben eine Stützmauer in einer Kurve der Straße zum Monte Iacovizzo hinauf wieder aufgebaut, oben in Gargano. Das liegt im Nationalpark, deshalb mussten wir die originalen Granitblöcke benutzen. Eine absolute Plackerei. Wir sind den ganzen Monat dort gewesen und noch immer nicht fertig. Das wird den Voranschlag bei Weitem übersteigen, aber es ist ja für den Staat, da ist es kein Problem, wenn die Kosten überschritten werden.«

Schweigen.

»Was ist eigentlich eine Stützmauer?«, fragte Rodolfo arglos.

Sein Vater lachte barsch. »Tu doch nicht so, als ob dich das interessiert!«

»Das tut es.«

Erneutes längeres Schweigen.

»Nun ja«, begann sein Vater zögernd, als vermutete er immer noch eine Falle, »im Wesentlichen dienen sie dazu, instabilen Untergrund abzustützen. Und sie sind immer problematisch, besonders so alte wie die, die wir gerade reparieren.«

»Warum?«

»Weil sie den Gesetzen der Schwerkraft und der Bodenmechanik widersprechen. Deshalb kann dabei so viel schiefgehen.«

»Zum Beispiel?«

»Sie können abrutschen, das Fundament kann fehlerhaft sein, was auch immer. Das häufigste Problem ist, dass sie umkippen. Den meisten Leuten ist nicht klar, dass Mörtel kein Klebstoff ist, er dient nur dazu, die Unebenheiten in den Steinblöcken auszugleichen und den Druck überall konstant zu halten. Solche Mauern sind simple Schwergewichtskonstruktionen, deshalb muss man das Kippmoment genau berechnen.«

»Du kannst also vorhersagen, wann sie einstürzen wird?«

Sein Vater lachte erneut, diesmal mit einer Mischung aus Verachtung und Nachsicht. »Das ist damit nicht gemeint, du Dummkopf! Es geht um den Druck nach außen bei einer gegebenen Entfernung zum Fundament. Das Gewicht der Blöcke mal die horizontale Entfernung bis zur Vorderseite der Mauer ergibt das stützende Moment. Das muss natürlich größer sein als das Kippmoment, damit das Ding stehen bleibt.«

»Davon hatte ich bisher keine Ahnung«, bemerkte Rodolfo.

Sein Vater lachte zurückhaltend. »Du willst mich wohl verarschen, was? Machst dich über deinen dummen alten Vater lustig, der hier über Dinge plappert, die schon die Römer wussten!«

»Für mich ist es neu.«

»Das glaub ich dir gern, aber warum sollte es dich interessieren?«

»Warum geht denn dabei so viel schief?«, erwiderte sein Sohn.

»Das kann aus allen möglichen Gründen passieren. Ansteigen des Wasserspiegels, wenn es viel regnet, oder auch jahreszeitlich bedingtes An- und Abschwellen.«

»Also ist Scheitern der Schlüssel zu allem«, sagte Rodolfo.

»Wie meinst du das?«

»Nun ja, die Möglichkeit des Scheiterns. Das ist die Wahrheitsbedingung, wie die Philosophen sagen. Die einzig authentischen Aufgaben sind die, bei denen man scheitern kann.«

Schweigen breitete sich aus. Nein, das Rauschen des Meeres war zu hören, oder vielleicht war es auch das Rascheln des Windes in dem Eichenhain in der Nähe des Hauses. Dann glaubte er, dass sein Vater leise lachte. Doch je länger das Geräusch anhielt, desto stärker wurde Rodolfo bewusst, dass er weinte.

»Was ist denn los, Papa?«, rief er aufrichtig besorgt.

»Ich bin bloß einsam. Seit deine Mutter tot ist, bin ich ganz allein und hab so viele Probleme, beruflich und persönlich. Ich möchte dich hierhaben, aber das Einzige, was ich kriege, ist eine Geisterstimme aus dem Telefonhörer. Ich hasse Telefone, ich hasse Computer, ich hasse diese ganze Technologie, die uns unsere Seele raubt! Lach mich ruhig aus, ich möchte dich trotzdem hierhaben. Hier in Apulien, hier zu Hause. Dich, meinen einzigen Sohn.«

Es folgte ein weiteres Schweigen.

»Verstehst du es jetzt?«, fragte sein Vater.

»Ich bin mir nicht ganz sicher. Ich meine, was genau stellst du dir denn vor?«

»Nein, du verstehst es nicht«, entgegnete sein Vater, der sich nun eindeutig schämte, dass er zum ersten Mal so offen seine Gefühle gezeigt hatte. »Dein Problem ist, Rodolfo, dass du mehr Bildung bekommen hast, als für deine Intelligenz gut ist. Worum zum Teufel gehts in dieser *semiotica* überhaupt? Kannst du mir das so erklären, wie ich dir gerade erklärt hab, was eine Stützmauer ist? Wenn du unbedingt noch mehr von deiner Zeit und meinem Geld an der Universität verschwenden musst, warum machst du dann nicht etwas Ganzes und studierst *ottica*? Dann könntest du zumindest ein bisschen Geld als Augenarzt verdienen, wenn du endlich fertig wirst, falls das überhaupt je passiert. Die Leute haben immer Probleme mit den Augen. Ich selbst kann ohne Brille einen Spannungsriss nicht mehr von einem Haarriss unterscheiden.«

Absurderweise begann Rodolfo genau die Position zu verteidigen, die er in Ugos Seminaren wiederholt angegriffen hatte. »Du bringst da die Etymologie durcheinander, Dad. Das lateinische Präfix ›semi‹ ist vom sanskritischen ›Sami‹ abgeleitet, was eine Hälfte oder ein Teil bedeutet, während Semiotik aus dem Griechischen von ›Semeion‹

kommt, was Zeichen heißt. Semiotik ist also die Lehre von den Zeichen.«

»So was wie Verkehrszeichen?«

»Nun ja, es ist ein bisschen komplexer als das. Wenn man es genau betrachtet, ist alles ein Zeichen.«

Ein dumpfer Schlag ertönte.

»Das ist kein Zeichen. Das ist ein verdammter Tisch, um Himmels willen!«

Rodolfo sah sofort die massive Platte voller Brandflecken und Kerben vor sich, als ob der Tisch vor ihm stünde. Doch er war von Meistern geschult worden.

»Aus sich heraus ist er nichts. Doch nachdem du ihn so benannt hast, ist sein Signifikant tatsächlich ›ein Tisch‹ für den Zweck dieses Textes.«

»Was soll das heißen, er ist nichts?« Die Stimme seines Vaters hatte jetzt einen wütenden Unterton angenommen, der Rodolfo nur zu vertraut war. »Ich habe das Scheißding mit meinen eigenen Händen aus Balken von dem Haus gebaut, in dem ich geboren wurde. Hartes, abgelagertes Holz von Steineichen, mindestens vierhundert Jahre alt. Meine Güte, ich konnte es selbst mit dem kräftigsten Werkzeug kaum schneiden oder hobeln. Und du willst mir erzählen, dass das nichts ist?«

»Kein Wort oder irgendein anderes Zeichen hat eine Bedeutung außerhalb des Kontexts eines festgelegten Diskurses. Dieser Tisch ist für dich offenkundig mit Bedeutung beladen, bedingt durch seine physische Herkunft aus Baumaterial aus deinem Elternhaus, der Vorstellung vom ›Familientisch‹ und in Analogie dazu dem Altar in der Kirche, an dem das Abendmahl eingenommen wird. Doch nichts davon gehört immanent oder notwendigerweise zu dem physischen Objekt, auf das du eben geschlagen hast. Das ist doch wohl offensichtlich.«

Sein Vater seufzte. »Ich weiß nur, dass ich diesen Tisch

gebaut habe und dass meine Firma heutzutage Mauern, Brücken, Straßen, Bürogebäude, Wohnhäuser und was auch immer baut. Und die bleiben entweder stehen oder stürzen ein.«

»Das ist doch nicht der Punkt. Wenn jemand sagt ›Dieses Buch ist wirklich gut‹, dann meint er nicht ein Objekt, das so und so viel wiegt und so und so groß ist. Er redet von dem Text, dem Diskurs und der unendlichen Vielfalt an Interpretationsmöglichkeiten, die darin stecken.«

»Du und deine verdammten Bücher!«

Es folgte ein lakonisches Klicken. Der Hörer war aufgelegt worden.

Du und deine verdammten Bücher. Rodolfo betrachtete die vollgestopften Regale an seiner Schlafzimmerwand. Ja, sie würden verschwinden müssen. Flavia im Übrigen ebenfalls. Am besten gleich einen konsequenten Schlussstrich ziehen. Abgesehen von allem anderen würde sein Vater ausrasten, wenn er erführe, dass sein einziger Sohn nicht nur von der Universität verwiesen worden war, sondern praktisch mit einer illegalen Einwanderin aus einem osteuropäischen Land zusammenlebte, von dem niemand je etwas gehört hatte, und deren wirklicher Name ganz bestimmt nicht Flavia war.

Blieb also nur noch Ugo. Am liebsten hätte er auch da einen Schlussstrich gezogen, er konnte sich nur nicht vorstellen wie. Er begann, die schweren Bände auszuräumen und auf dem Nachttisch zu stapeln. Als er Umberto Ecos *La struttura assente* herauszog, bemerkte er hinter dem nächsten Buch im Regal etwas, das stumpf metallisch glänzte. Er starrte einen Augenblick darauf, dann streckte er die Hand aus und zog eine halbautomatische Pistole hervor. Auf dem Holzgriff prangte ein kunstvolles Emblem aus Metall, gekrönt von einem großen roten Stern, und auf dem Lauf waren die Worte »Tony Speranza« eingraviert.

13

Die Tür flog krachend auf, und ihr Aufpasser kam herein.

»Hier hast du dich also versteckt!«

»Ich verstecke mich nicht«, erwiderte Flavia mit ruhiger Stimme. »Ich räume die Putzsachen weg. Meine Arbeit ist zu Ende.«

Der Gnom mit dem schütteren Haar starrte sie boshaft an. Er schwitzte, und die zahlreichen Poren auf seiner Nase erinnerten an die Oberfläche eines nicht mehr frischen Steinpilzes. Da sie sich aufgrund ihres Aussehens und ihrer Größe einer unverdienten Überlegenheit bewusst war, empfand Flavia neben Gleichgültigkeit ein gewisses Mitleid mit ihm, obwohl sie ihn, wenn nötig, ohne nachzudenken getötet hätte.

»Nein, ist sie nicht! Die Montageleute sind gerade mit den Aufbauten in B1 fertig geworden, aber alles ist schmutzig, und die Veranstaltung ist bereits morgen früh um zehn, und die anderen Mädchen sind schon nach Hause gegangen.« Er stützte den Kopf in die Hände und seufzte tief. »Gott, war das ein Tag! Da beschließen die in letzter Minute, diese dämliche Show abzuhalten, und rat mal, wer das Ganze in weniger als vierundzwanzig Stunden organisieren muss? Ich habs geschafft, mir die Herde und Pfannen und den ganzen Rest von den Ausstellern hier zusammenzubetteln, zu borgen oder zu stehlen, doch dann mussten die Herde angeschlossen werden, und das ganze beschissene Bühnenbild musste in weniger als acht Stunden aus dem Nichts aufgebaut werden. Ich bin fast wahnsinnig geworden! Jedenfalls steht jetzt alles, aber es ist ein einziges Chaos, und morgen in aller Frühe kommt das Fernsehteam, um aufzubauen. Also setz deinen illegalen Arsch sofort in Bewegung«, blaffte er, während er aus dem Zimmer stapfte, »oder ich lass ihn dorthin zurückverfrachten, wo auch immer du zum Teufel herkommst.«

Aus Ruritanien, dachte sie. Ich bin Prinzessin Flavia, und das ist ein ruritanischer Arsch.

Sie packte Mopp, Eimer, Lappen, Flaschen mit Reinigungsmitteln und weitere Utensilien auf den Trolley und schob diesen und den Staubsauger in die riesige Ausstellungshalle hinaus, deren Decke mit einem Gewirr gelber Rohre überzogen war, das an ein riesiges Molekularmodell erinnerte. Nach einem weiteren halben Kilometer an Ständen vorbei, die alles Erdenkliche an Lebensmitteln, Wein und Küchengeräten ausstellten, stand sie endlich vor der Doppeltür zur Halle B1. Sie schob die Tür mit ihrem ruritanischen Arsch auf und zog die Gerätschaften hinein, dann schaute sie sich um, um das Ausmaß der bevorstehenden Aufgabe einzuschätzen.

Doch jeder Rest von Verärgerung und Selbstmitleid war sofort wie weggeblasen. Der riesige Raum lag im Dunkeln bis auf den hell erleuchteten Bühnenbereich, wo man zwei Küchen aufgebaut und dazwischen durch Trennwände abgeteilt ein Esszimmer eingerichtet hatte. Flavia war schlagartig entzückt. Das sah ja aus wie eine überdimensionale Version des Puppenhauses, mit dem sie als Kind gespielt hatte, bevor es mit allen anderen Habseligkeiten der Familie und sogar der Familie selbst in alle Winde zerstreut worden war! Sie hatte es das Haus der Freude genannt und diesen Namen dann auf das staatliche Waisenhaus übertragen, in das man sie geschickt hatte, als ob die Betonwände und das Dach dieser strengen Institution ebenfalls weggeklappt werden könnten, sodass eine Vielzahl von Ecken und Winkeln sichtbar würde, wo man alle möglichen Geheimnisse sicher vor den Augen anderer verstecken könnte. Zum Beispiel die Erinnerung an die Bücher, die sie so oft gelesen hatte, dass sie sie praktisch auswendig kannte. Als sie eine italienische Ausgabe eines dieser Bücher an einem Marktstand in Triest entdeckte, erkannte sie, dass dies ein Schlüssel war, der ihr diese merkwürdige Abart ihrer eigenen wunderschönen Sprache erschließen könnte. Letztlich hatte das Buch sogar eine Vermittlerrolle bei ihrer ersten Begegnung mit Rodolfo gespielt.

Wie er ihr später erzählte, war er an diesem Abend zum ersten Mal in die Pizzeria La Carrozza gegangen, und das auch nur, weil es angefangen hatte, in Strömen zu regnen, und er sich gerade von einer schweren Erkältung erholte. Bis hierher hatten ihm die Arkaden Schutz geboten, doch das nächste Stück seines Heimwegs war nicht überdacht, und er wäre bis auf die Haut nass geworden, wenn er weitergegangen wäre. Da kein anderer Platz frei war, hatte er die junge Frau, die allein an einem Tisch saß, ihre Mahlzeit beendet hatte und in einem Buch las, gefragt, ob er sich zu ihr setzen dürfe. Die Pizzeria war ein einfaches Lokal, wo Fragen wie diese reine Höflichkeit waren, und Flavia hatte zustimmend gemurmelt und auf den leeren Stuhl gedeutet, ohne auch nur aufzublicken. Rodolfo hatte ein Schälchen *olive ascolane* und ein Bier bestellt. Flavia hielt sich an einer Tasse mittelmäßigen Kaffees fest und arbeitete sich mühsam durch ein zerlesenes Taschenbuch, auf dessen Cover in grellen Buchstaben der Titel *Il Prigioniero di Zenda* prangte.

»Entschuldigen Sie die Frage«, hatte der junge Mann schließlich gesagt, »aber was lesen Sie da?«

»Ich lerne Italienisch«, hatte sie geantwortet. »Das ist mein Lehrbuch.«

Er hätte es ohne Weiteres dabei belassen oder irgendeine dumme Bemerkung machen können, die die ganze Sache auf der Stelle beendet hätte. Stattdessen hatte er weise genickt, als hätte sie etwas Tiefsinniges gesagt.

»Bücher sind zwar gut, aber um eine Sprache richtig zu lernen, brauchen Sie einen Lehrer.«

Das hatte sie verwirrt, und sie hatte nicht gewusst, wie sie reagieren sollte, aber nur für einen Moment. »Solchen Luxus kann ich mir nicht leisten. Außerdem finde ich es ganz gut, aus meinen eigenen Fehlern zu lernen.«

Sein darauf folgendes Lachen hatte so spontan gewirkt, dass sie ihm die Impertinenz seiner nächsten Bemerkung nicht übel nahm.

»Allmächtiger, eine Frau, die mich zum Lachen bringen kann! Wo bist du mein ganzes Leben lang gewesen?«

Sein Name war ihr natürlich genauso vertraut wie ihr eigener, was vielleicht die Leichtigkeit erklärte, mit der die Dinge ihren Lauf nahmen, als ob alles bereits in einem Buch geschrieben worden wäre, das sie auswendig kannte. Aber alle Bücher kommen irgendwann zu einem Ende. Nun, zwei Monate später, hatte sie das Gefühl, dass die Zahl der ungelesenen Seiten immer kleiner wurde.

Doch wie dem auch sei, jetzt hatte sie reichlich zu tun. Sie stieg auf die Bühne und begann eifrig zu arbeiten. Dabei dachte sie darüber nach, was – wie sie zufällig von einer anderen Reinigungskraft gehört hatte – am nächsten Tag hier stattfinden sollte. Anscheinend handelte es sich um eine Art Duell wie das zwischen dem Schwarzen Michael und König Rudolfs Double, bloß mit Töpfen und Pfannen statt mit Schwertern und Pistolen.

Etwa zehn Minuten später kamen ein Mann und eine Frau von der Seite auf die Bühne und trampelten genau durch den Bereich, den Flavia gerade geputzt und gebohnert hatte. Sie starrte sie wütend an, sagte aber nichts.

»Hier ist es also«, sagte die Frau zu dem Mann. Sie war etwa dreißig, hatte modisch verstrubbelte Haare, trug einen beigefarbenen Hosenanzug und schleppte einen imposanten Aktenkoffer mit sich herum. »Das hier wird deine Küche sein, Ugo ist auf der anderen Seite. Beide Küchen sind für das Publikum einsehbar, aber nicht gegenseitig und auch nicht für die Preisrichter, die an einem Tisch im ...«

»Delia!«

Der Mann berührte sie am Arm und zeigte auf Flavia. Er war korpulent, hatte einen dichten Bart und wirkte wie jemand, der gerne Spaß haben wollte, aber nicht wusste wie. Diese penetrante Krähe, mit der er dort stand, konnte ihm dabei gewiss nicht helfen, dachte Flavia und nahm Lo Chef instinktiv unter ihre ramponierten Fittiche. Solche Aasgeier waren, wie sie gehört hatte, auch über ihr Land hergefallen. Vielleicht war Viorica inzwischen ja auch so eine. Man musste schon über viel Geld und Einfluss verfügen, um so ein Lebensmittelpaket, wie sie es gerade erhalten hatte, unbeschädigt über so viele Grenzen zu verschicken.

Die Frau kam zu Flavia herüber, die über ihren Mopp gebeugt dastand.

»Ich muss Sie leider bitten zu gehen. Ich habe hier eine sehr wichtige Besprechung mit Signor Romano Rinaldi wegen dieser Veranstaltung morgen, und wir können keinerlei Störung gebrauchen.«

Flavia zuckte die Achseln. »No capire. Di Ruritania.« Sie machte eine vage Handbewegung, als wollte sie auf ein großes, aber unbestimmtes Gebilde im hinteren Teil der Kulissen zeigen.

Delia schüttelte entnervt den Kopf und kehrte zu ihrem Begleiter zurück. »Ist schon in Ordnung, sie ist bloß irgend so eine Asylbewerberin. Versteht kein Italienisch. Also, wie ich gerade sagen wollte, die Jury wird im zentralen Essbereich sitzen, sichtbar für das Publikum, aber nicht für die beiden Wettstreiter.«

Der Mann stieß mehrere sehr kurze und sehr laute Atemzüge aus, nahm ein Tablettenfläschchen aus der Tasche und drehte an dem glänzenden Wasserhahn in der Küche. Nichts passierte.

»Das Wasser ist noch nicht angeschlossen!«, kreischte er.

»Wird es morgen sein. Hier, ich hab ein bisschen Ferrarelle.«

Sie reichte ihm eine Plastikflasche, und er spülte die Tabletten mit verzogenem Gesicht hinunter.

»Also, wie viele sind auf unserer Seite?«, krächzte er.

»Paleotti, Aldrovandi, Sigonio, Colonna und Gentileschi«, antwortete Delia. »Zappi und Giovio tendieren in unsere Richtung, könnten sich aber so oder so entscheiden, wogegen Orsini ganz sicher für Ugo stimmen wird. Sie sind beim gleichen Verlag, abgesehen von allem anderen. Aber dadurch wird es nur noch überzeugender aussehen. Die Hauptsache ist, egal was passiert, du wirst in jedem Fall gewinnen. Also entspann dich, okay? Du brauchst dir keine Sorgen zu machen.«

»Du hast gut reden! Du musst dich nicht vor weiß Gott wie viele Millionen Zuschauer hinstellen und es tatsächlich machen.«

Flavia schob eifrig ihren Mopp über die Vinylfliesen auf dem Fußboden, doch in Wirklichkeit hörte sie aufmerksam zu. Ihr gesprochenes Italienisch war zwar noch nicht perfekt, wenn auch keineswegs so rudimentär, wie sie der Krähe gegenüber getan hatte, aber sie verstand die Sprache sehr gut. Wenn man als junge Frau arm, machtlos und allein in einem fremden Land ist, lernt man schnell.

Die Frau namens Delia gab ein entnervt klingendes Schnauben von sich. »Hör mal, Romano, alles wird gut. Vertrau mir. Du machst das prima, du wirst fantastisch aussehen, und vor allem wirst du ein für alle Mal deinen Namen von dieser lächerlichen Verunglimpfung reinwaschen. Wenn du nervös bist, verdopple einfach deine normale

Dosis Betablocker.« Sie hielt inne und sah ihn vielsagend an. »Aber sonst nichts, okay? Kein Koks, kein Speed und keine von diesen Pillen, die du die ganze Zeit eingeworfen hast. Nicht bevor die Veranstaltung vorbei ist. Verstanden? Danach kannst du machen, was du willst.«

Der Mann nickte widerwillig. Delia zeigte auf einen großen Bildschirm, der nach vorn geneigt über dem Bühnenbild hing.

»Dort wird die Liste der Zutaten angezeigt werden. Wirf einen kurzen, aber offenkundig interessierten Blick darauf. Denk daran, du siehst sie angeblich zum ersten Mal. Betrachte sie mit einem nonchalanten, entspannten Gesichtsausdruck, als ob du in Gedanken alle Möglichkeiten durchgehst, was du daraus machen kannst, bevor du spontan eine Entscheidung triffst. Dann wende dich entschlossen ab, geh zum Herd und setz das Nudelwasser auf, bevor du mit der Sauce anfängst. Mach alles mit Schwung und *naturalezza*. Sing vielleicht ein bisschen. Aber nicht zu viel, okay?«

Sie zeigte auf die Arbeitsplatte.

»Die ganzen Zutaten werden dort liegen. Nimm nur die, die wir mit Righi durchgesprochen haben, und lass den Rest liegen. Keine Improvisationen in letzter Minute, bitte. Ich sorge dafür, dass eine Literflasche Lo Chef Che Canta e Incanta-Öl bereitsteht. Einem Starkoch wie dir würde es natürlich nicht im Traum einfallen, ein minderwertiges Produkt zu verwenden. Außerdem ist das eine schöne Werbung für unsere Marke.« Sie schaute sich um. »Was sonst noch? Messer sind hier, neben dem Hackbrett. Pfannen hängen da drüben. Wenn das Essen fertig ist, drück auf diesen Summer. Es wird jemand kommen, die Nudelschüssel von dir entgegennehmen und sie hinter den Kulissen in den Essbereich tragen, sodass die Preisrichter theoretisch nicht wissen können, aus welcher Küche das Essen kam. Allerdings hat deine Schüssel ein unverkennbares, orangefarbenes Muster am Rand, das leicht anders ist als das an Ugos Schüssel. Für unsere Leute wird keinerlei Zweifel bestehen, was von wem kommt.« Sie sah ihn an. »Noch Fragen?«

»Irgendwas wird schiefgehen«, erwiderte der Mann mit dumpfer Stimme. »Ich weiß es einfach.«

»Um Gottes willen, Romano! Es wird nichts schiefgehen. Es kann nichts schiefgehen. Ich hab alle Eventualitäten bedacht. Du brauchst nichts weiter zu tun, als pünktlich da zu sein, mit klarem Kopf, und ein einfaches Pastagericht zusammenzuhauen, das selbst ich mit verbundenen Augen hinkriegte. Außerdem ist es egal, ob es gut ist oder nicht. Hast du das immer noch nicht kapiert? Du wirst in jedem Fall gewinnen! Es ist alles arrangiert.« Sie sah auf ihre Uhr. »Okay, wir müssen ins Hotel zurück. Die Pressekonferenz beginnt in einer halben Stunde.«

Nachdem sie fort waren, putzte Flavia zu Ende und brachte die Utensilien zurück in den Lagerraum. Dann verließ sie die Betonwüste des *Fiera*-Komplexes und ging zur Bushaltestelle. Die elektronische Tafel zeigte an, dass man Smogalarm gegeben hatte und alle Fahrzeuge mit ungeraden Nummernschildern nicht fahren durften und dass ihr Bus in sechs Minuten kommen würde. Sie nahm ihr Handy heraus und wählte.

»Ich bins. Ich musste Überstunden machen wegen diesem Kochduell, das morgen stattfindet. Wo bist du? Oh. Ich hab furchtbaren Hunger. In einer halben Stunde in La Carrozza? Ja, ich weiß, dass du im Moment Probleme hast, aber es wird dir guttun, mal rauszukommen. Ah, da ist mein Bus. A presto, caro.«

Flavia stieg mit einem Lächeln auf den Lippen in den Bus, das nichts mit den dummen Intrigen zu tun hatte, die sie heimlich belauscht hatte. Gleich werde ich meinen Prinzen treffen, dachte sie.

14

Aurelio Zens Gedanken schweiften ab, und er ließ sie gern gewähren. Die Luft war bitterkalt und die Nacht gleißend hell. Weit unter ihm, auf einem gefrorenen, von Flutlicht erleuchteten Spielfeld, standen Männer in Anzügen und dunklen Mänteln mit respektvoll gesenktem Kopf hintereinander und warteten darauf, dass sie an der Reihe waren, auf das Podium zu steigen und eine Rede über die diversen Verdienste von Lorenzo Curti zu halten, ihr persönliches Gefühl eines schmerzlichen Verlustes auszudrücken sowie ihre Einschätzung der unbeschreiblichen Tragödie, die dieser vorzeitige Tod für alle hier Versammelten bedeutete, für die große Fußballgemeinschaft, die in diesem Augenblick in Trauer und Gedenken vereint war, für die Stadt Bologna, für die Nation und überhaupt für die ganze Welt.

Die Umgebung bestand aus Beton, Stahl und Reihen blauer Schalensitze aus Plastik, die die Zuschauer mit Zeitungspapier ausgelegt hatten, um ihre Kleidung vor den Schmutzpartikeln zu schützen, die sich aus der verpesteten Luft dort niedergelassen hatten. Neben den Lobesreden aus den Lautsprechern kam das einzige Geräusch von einer Gruppe harter Ultra-Fans am anderen Ende des Stadions, die ein ununterbrochenes dumpfes Geheul ausstießen, vermutlich eine spontane Respektsbezeugung.

»Wir treffen uns in der Bar«, sagte Zen zu Bruno Nanni, stand auf und ging durch die schmale Reihe zwischen den Sitzen auf den nächsten Gang zu.

Ein Unbekannter, dem Zen versehentlich auf den Fuß getreten hatte, sah ihn herausfordernd an. »Sie gehen schon? Sie könnten aber auch ein bisschen mehr Respekt zeigen.«

»Es tut mir leid«, erwiderte Zen und schüttelte den Kopf. »Ich kann es einfach nicht mehr ertragen. Es ist wie ein Todesfall in der Familie, verstehen Sie?«

Der Gesichtsausdruck des Mannes wurde mitfühlend, und er nickte.

Zen irrte durch die unterirdischen Gewölbe und Gänge des Stadions, bis er schließlich nach draußen auf die öde Piazzetta gelangte, deren verwahrloste Grünanlage mit ihren verkrüppelten Büschen und Bäumen unbarmherzig von den starken Lampen angestrahlt wurde, die hoch über seinem Kopf an Stahlpfählen angebracht waren.

Bei ihrer Ankunft am Stadion hatte Bruno ihn auf eine Bar in einer der angrenzenden Straßen hingewiesen, die als inoffizielles Clubhaus der fanatischen Bologna-Fans fungierte. Letztere waren zurzeit noch alle im Stadion, und die Bar war fast leer. Unter den Gästen fiel am meisten ein massiger Mann auf, der einen zweireihigen Trenchcoat, einen grauen Filzhut und eine Sonnenbrille trug. Er stand lässig gegen die rückwärtige Wand gelehnt, nippte an einem Whiskeyglas, rauchte eine filterlose amerikanische Zigarette – und war unschwer als Privatdetektiv zu erkennen. Außer ihm waren noch drei ältere Männer da, die im hinteren Teil des Lokals Karten spielten, sowie eine Frau im ungefähr gleichen Alter, die ein Glas Fernet Branca trank und einen leisen Monolog an einen Pekinesen richtete, der ein Meisterwerk taxidermischer Kunst war.

»... also ich möchte ja verbrannt werden, wenn es so weit ist, auch wenn sich herausstellt, dass man sowieso das Gleiche bezahlt, nun ja, man selber bezahlt das natürlich nicht, aber ...«

Die Decke war mit Bannern und Fahnen in den Vereinsfarben Rot und Blau behängt, und überall an den Wänden hingen Fotos von erfolgreichen Mannschaften, deren Siege bei Pokalwettbewerben und Meisterschaften bis vor den Zweiten Weltkrieg zurückreichten. Zen bestellte einen Kaffee mit einem Schuss Grappa und trug ihn zu einem Tisch.

Es verging noch fast eine halbe Stunde, bevor die Menge allmählich aus dem Stadion strömte. Kurz darauf füllte sich die Bar mit jungen Männern, die Baseballkappen trugen, weite Jacken und noch weitere Hosen, dazu Turnschuhe aus Kunststoff, die wie die Schichten eines Clubsandwichs konstruiert schienen. Sie stellten sich breitbeinig hin, um so viel Raum wie möglich einzunehmen, taten eigentlich nichts Schlimmes, wirkten aber trotzdem leicht bedrohlich, redeten, starrten, tranken und fuchtelten herum.

Da er sich leicht bedrängt fühlte, stand Zen auf und stellte sich neben die ellbogenhohe Ablage an der verspiegelten Säule mitten in der Bar. Der als Privatdetektiv verkleidete Mann hatte inzwischen seine Sonnenbrille abgesetzt und starrte angestrengt auf eine Meute besonders unangenehmer Neuankömmlinge, die rechts von Zen Stellung bezogen hatten. Er führte immer wieder die rechte Hand ans Gesicht, als ob er etwas in seiner Handfläche betrachten wollte, ein Handy vielleicht. Diese Überlegung veranlasste Zen, sein eigenes zu checken, das er im Stadion aus Respekt vor dem Anlass abgeschaltet hatte. Eine SMS erschien: *morgen mittagessen in bo?* Er drückte die Kurzwahltaste für die Nummer in Lucca, doch es antwortete niemand.

Einer der Fans kam mit einem großen Glas, das mit irgendeinem gelben Likör gefüllt war, torkelnd von der Bar. Er trug eine Mütze, eine schwarze Lederjacke mit dem Vereinsemblem auf dem Rücken, zerrissene Jeans und Turnschuhe und lief schnurstracks gegen die verspiegelte Säule, wobei er den größten Teil seines Drinks über Zens Mantel verschüttete.

»*Cazzo!*«, fauchte er. »Was hast du hier verloren, *vecchione?* Kauf mir 'nen neuen Drink, du ...«

Doch Zen wurde anscheinend plötzlich von einem heftigen Hustenanfall geschüttelt, der ihm das Gleichgewicht nahm und ihn gegen den jungen Mann taumeln ließ. Eine Sekunde später schrie Letzterer auf und klappte dann auf dem Fliesenboden zusammen. Genau in diesem Moment kam Bruno herein.

»Er hat mich geschlagen!«, brüllte der Mann auf dem Fußboden und schlug wild um sich. »Er hat mir in die verdammten Eier getreten! Scheiße, tut das weh!«

Jegliches Gespräch in der Bar erstarb, aber niemand griff ein. Mühsam rappelte sich der laut Jammernde auf und wandte sich an Bruno. »Gehört der zu dir, Nanni?«, fragte er aggressiv.

Bruno nickte.

»Wer ist der alte Drecksack?«

»Ein Bekannter.«

Einen Augenblick lang hätte alles Mögliche passieren können, dann kamen drei von den Begleitern des Mannes herüber und führten ihn weg.

»Tut mir leid, Dottore«, sagte der Polizist.

»Er kennt Sie also, Bruno?«

Nanni zuckte die Schultern. »Ich gehöre nicht gerade zum harten Kern, aber wir alle kennen uns mehr oder weniger. Die Leute, die zu Auswärtsspielen fahren, meine ich.«

»Weiß er, dass Sie bei der Polizei sind?«

»Halten Sie mich für verrückt?« Er beugte sich zu Zen hinüber. »Das ist übrigens derjenige, den Sie sich ansehen sollten.«

»Der, der damit prahlt, er hätte Curti umgebracht?«

Bruno nickte.

»Wer ist er?«

»Sein Name ist Vincenzo Amadori. Sein Vater ist Anwalt,

und die Mutter arbeitet für die Bezirksregierung. Eine von den besseren Familien in der Stadt, wie man hier so sagt. Doch der Junge spielt gern den verzweifelten *emarginato*, der nichts zu verlieren hat. Tut so, als wäre er einer der härtesten Typen im Stadion.«

»Und die anderen akzeptieren ihn?«

Bruno zuckte die Schultern. »Sie tolerieren ihn. Es schadet natürlich nicht, dass er Geld hat. Alles, was diese Clique heute Abend trinkt, geht beispielsweise auf ihn. Er gibt dem Barmann einfach seine Kreditkarte.«

»Aber er ist nicht wirklich beliebt?«

»Ich habe nicht bemerkt, dass ihm vorhin irgendwer zu Hilfe geeilt wäre.« Er sah Zen fragend an. »Haben Sie ihm wirklich in die Eier getreten?«

Doch Zen zog vor, das zu überhören. »Warum steht im Zwischenbericht zum Fall Curti nichts über ihn?«, fragte er stattdessen.

Bruno tat die Frage mit einer wegwerfenden Handbewegung ab. »Außer mir weiß das niemand. Im Übrigen ist das eh nur Stadiontratsch.«

»Oder mutwillige Fehlinformation, die von irgendeiner rivalisierenden Gruppe von Fans verbreitet wird, denen das Gehabe und der Einfluss dieses Vincenzo Amadori nicht passen und die ihm Ärger machen wollen.«

»Kann sein«, räumte Bruno ein. »Doch es gibt ein möglicherweise stichhaltiges Detail. Zu den Auswärtsspielen mietet sich die Meute immer einen Bus, damit sie zusammen fahren und sich mit Alkohol und Gott weiß was zudröhnen können, bevor sie von den Polizisten am Eingang zum Stadion durchsucht werden. Ich hatte an dem Abend, an dem Curti erschossen wurde, Dienst und konnte deshalb nicht zum Spiel, doch ich habe gehört, dass Vincenzo zwar wie üblich mit den anderen nach Ancona gefahren ist, aber auf der Rückfahrt nicht im Bus saß.«

Zen bemerkte, dass der Mann mit dem Trenchcoat und dem Filzhut zur Tür ging. Er gab Bruno etwas Geld.

»Holen Sie uns was zu trinken. Für mich einen Grog. Und ein feuchtes Tuch, um dieses Klebezeug von meinem Mantel zu wischen.«

15

Nervoso? Macché? Für mich das Kochen ist das Leben! Ich warte auf morgen wie ein Bräutigam auf sein Mond von Honig! Glauben Sie, nervös, das sein nur diese feige Gegner von mir! Ha, ha, ha, ha, ha!«

Der holländische Journalist nickte verblüfft und begann, mit seinem Nachbarn zu flüstern. Romano Rinaldi blickte mit seinem berühmten strahlenden Lächeln, bei dem seine sehr weißen Zähne aus dem Bart zum Vorschein kamen, in die Runde und gab sich jovial und entspannt. Dabei konnte er es höchstens noch fünf Minuten aushalten, dachte er und sah bedeutungsvoll zu Delia. Sie antwortete mit einem kaum erkennbaren Nicken, und Romano lächelte noch breiter und verschwand in Richtung Toilette.

Hinter einer sicher verschlossenen Tür nahm er eines der Origamitütchen heraus, die er reichlich in seiner Brieftasche gebunkert hatte, und schnupfte den Inhalt vom Handrücken. Nur die eine, dachte er und genoss das sofortige und überwältigende Gefühl von Klarheit und Selbstsicherheit. Nun ja, vielleicht noch eine, was solls? Die Hauptsache war doch, dass der Abend ein Erfolg wurde. Mehr als das, ein Triumph! Alles funkelte und sprühte: die Teller, die Gläser, die Lichter, die Anwesenden und vor allem er selbst, der Star! Er hatte von den verschiedenen köstlichen Kanapees, die das Hotel aufgetischt hatte, nichts probiert, da er auf nichts Appetit hatte außer auf das kristalline Pulver – na schön, noch eine Linie mehr konnte nicht schaden –, aber sogar das passte perfekt, war ein genialer Akt, der der hier versammelten Gruppe von ausländischen Lebensmittelpornografen zeigte, dass Romano Rinaldi selbst die Produkte der besten Küche von Bologna verschmähte. Nichts war gut genug für Lo Chef außer seinen eigenen Gerichten.

Die Pressekonferenz war eilig organisiert worden mit dem Ziel, für eine Version seiner Show zu werben, die im Ausland gesendet werden sollte. Der inländische Markt war mittlerweile ziemlich gesättigt, aber anderswo gab es ein riesiges potenzielles Publikum, vor allem in den USA. Italienische Küche war der Renner. Und Romano hatte, so locker, wie er an alles heranging, innerhalb weniger Monate perfekt Englisch zu sprechen gelernt, wie er gerade demonstriert hatte. Die anwesenden Journalisten waren offensichtlich erstaunt, ja irritiert über seine sprachliche Gewandtheit gewesen. In Europa verstanden die meisten Leute zumindest ein bisschen Englisch, und wenn nicht, mussten sie sich mit Untertiteln oder Kommentaren zufriedengeben. Aber das Konzept an sich war solide, fuhr er fort, den Presseleuten in rasantem Italienisch zu erklären, als er zurück in den separaten Raum geschwebt kam, den Delia gemietet hatte.

»Für uns Italiener ist Kochen nichts Isoliertes. Es ist nicht bloß eine Fertigkeit oder ein Beruf, es ist das Leben selbst! Das ist für euch Ausländer nicht zu verstehen. Ihr esst einfach was, irgendetwas, um am Leben zu bleiben, schlingt eure ekelhaften Mahlzeiten hinunter wie ein Haufen wilder Steinzeitmenschen in einer Höhle! Für uns Italiener ist das ganz anders. Wenn wir *un piatto autentico, genuino e tipico* kreieren, geht es nicht nur darum, unsere leiblichen Bedürfnisse zu befriedigen. Nein! Wir wollen ganz Italien in uns aufnehmen, seine Geschichte, seine Kultur, seine Sprache, seine unvergleichlichen Städte und Landschaften. Wir wollen gleichsam das Herz und die Seele dieses Paradieses auf Erden verinnerlichen, das unser Heimatland ist! Für euch Barbaren ist Essen nichts weiter als eine physische Substanz mit so und so vielen Kalorien und Gramm Fett, so viel Vitamin C und Ballaststoffen. Das ist für uns ein Sakrileg! Für uns Italiener ist Essen wie das heilige Abendmahl einnehmen, wir schmecken den Leib und das Blut unserer heiligen Kultur, die wir in dieser täglichen häuslichen Messe zu uns nehmen!«

Seinem instinktiven Gespür für die Erwartungen des Publikums folgend, das ihn nie im Stich ließ, legte Rinaldi mit einer freien Version von Verdis »*Va, pensiero*« los. Dann brach er plötzlich mitten in einer Phrase abrupt ab. Sein Gesicht verdüsterte sich.

»Es ist allerdings nicht immer leicht für mich gewesen. Ganz im Gegenteil! Meine Feinde behaupten, ich mache das nur wegen des Geldes, des Ruhmes, der Frauen, der schnellen Autos, des Jetset-Lifestyles. Und wie jede talentierte und erfolgreiche Persönlichkeit in diesem Land habe ich natürlich viele Feinde. Man könnte sogar sagen, *ausschließlich* Feinde. Alle wollen mich fertigmachen. Und ihr dummen Ausländer kommt nach Italien und denkt: ›Schöne Villen, herrliche Landschaften, großartige Kunst, Küche und Kultur, ein wahrhaft zivilisiertes Land, ein Paradies auf Erden.‹ Ihr blinden Dummköpfe! Ihr seht nur das hübsche Äußere und habt nicht den Verstand zu erkennen, dass dieses beschissene Land nichts als eine aufgedunsene Leiche ist, deren scheinbare Lebenszeichen nur beweisen, dass im Innern bereits die Maden wüten! Paradies? Ich lach mich tot. Das ist eher ein Dritte-Welt-Scheißhaus, wo bösartige und neidische Schweine leben, deren einziges Ziel es ist, mich auf ihre eigene erbärmliche Ebene der Bedeutungslosigkeit herunterzuziehen!«

Er atmete mehrmals tief durch, dann lächelte er jeden der am Tisch Sitzenden an, um zu verstehen zu geben, dass jeder derartige Versuch vollkommen sinnlos wäre.

»Und nun wagt Professor Edgardo Ugo zu behaupten, ich

könne nicht kochen! Ha, ha, ha, ha, ha! Was weiß der schon über italienisches Essen und italienische Kultur? Er hat so viel Zeit eingesperrt mit seinen modrigen Büchern verbracht, dass er nicht besser ist als ihr Ausländer! Er will mich herausfordern, mich zu beweisen? Das ist doch lächerlich! Er lebt in einem Elfenbeinturm wie alle Akademiker. Ihm bedeutet das *bel paese* nichts, aber ich, ich liebe es mit Leib und Seele. Deshalb habe ich mein Leben der Aufgabe gewidmet, die Menschen mit den unsterblichen Meisterwerken unserer italienischen Küche vertraut zu machen, damit unsere lange, stolze und ungebrochene Tradition noch viele Generationen fortdauern möge!«

An dieser Stelle brach er vollkommen aufrichtig in Tränen aus. Unterdessen begannen mehrere Journalisten, ihre Sachen zusammenzupacken, und sahen immer wieder zur Tür.

»An ihm ist alles Kopf, nichts ist Herz!«, fuhr Lo Chef fort und trocknete sich ungeniert die Tränen, da er sich seiner ehrenwerten Gefühle nicht schämte. »Er ist ein Denker, aber Romano Rinaldi ist ein Liebender. ICH KOCHE MIT MEINEM SCHWANZ!«

Delia hatte längst jeglichen Versuch aufgegeben, die Rede zu übersetzen, sondern eilte jetzt geschäftig hin und her und redete mit den aufbrechenden Journalisten. Rinaldi, der die nun herrschende Stimmung erkannte, wechselte mühelos in sein perfektes Englisch.

»Ugo wagt mit mir streiten? Na ja! Bald kriegt er, was er will! Dieser Schweinehund sagt, ich kann keinen Scheiß, aber er irrt, meine Freunde. Morgen werde ich euch hier, meinem Publikum und der ganzen Welt ein für alle Mal demonstrieren, dass ich JEDEN SCHEISS kann!!!«

In der Eingangshalle drückte Rinaldi fleißig Hände, während Delia ein wachsames Auge auf das Geschehen warf.

»Was ich jetzt mache?«, antwortete er auf eine nicht gestellte Frage. »Ich gehe spazieren! Ich atme die Luft ein, ich mische mich unter die Menschen, ich nehme die einzigartige Kultur Italiens in mir auf, die überall herumliegt, und ich hole mir Inspiration für den morgigen Wettstreit. Buona notte a tutti!«

Er verließ das Hotel, ging die Straße hinauf und bog mehrmals willkürlich ab, dann überquerte er die Via Rizzoli und trat unter die gewaltige Arkade aus dem neunzehnten Jahrhundert, ignorierte das näselnde Gejammer eines dort kauernden Bettlers und ging zielstrebig durch eine Tür unter einem Neonschild, auf dem zwei goldene Bögen abgebildet waren.

»Einen Big Tasty, einen McRoyal Deluxe, einen Crispy McBacon und fünf große Portionen Pommes«, erklärte er dem Mädchen hinter der Theke.

»Zum Hieressen oder zum Mitnehmen?«

»Zum Mitnehmen. Alles einpacken!«

16

Die ganze Sache ist also offensichtlich manipuliert! Es ist angeblich ein Wettstreit, und das Essen soll unparteiisch und blind probiert werden, aber die Jury ist bestochen. Sie wissen, in welcher Schüssel das Zeug von Lo Chef ist, und werden dafür stimmen, egal wie es schmeckt. Ich fürchte also, dass dein Professor Ugo verlieren wird.«

Während er Flavias Geplapper zuhörte, wünschte sich Rodolfo, er könnte sein Gefühl von Macht stärker genießen. Mörder konnten das doch angeblich, nach allem, was man so hörte. Das machte die Sache überhaupt nur der Mühe wert.

»Er wird in jedem Fall verlieren.«

Seine auf der Abschussliste stehende Freundin hatte bereits ihre ganze Pizza samt Kruste verschlungen und machte sich nun über ein großes Stück von einer der *semifreddo*-Torten her, die hinter Glas in dem Kühlschrank neben der Tür standen.

»Außerdem hat Lo Chef die Liste der Zutaten im Voraus bekommen«, fuhr sie in Unkenntnis des Schicksals, das sie erwartete, munter fort. »Er hat sich bereits ein Rezept ausgesucht und es immer wieder geübt, genau wie meine Schwester mit ihren Klavierstücken für die Prüfungen am Konservatorium. Da stand übrigens manches auch schon immer im Voraus fest.«

Rodolfo blickte von dem Stück Pizza auf, an dem er schon länger missmutig herumknabberte, als es gedauert hatte, die ganze Pizza zuzubereiten. »Ich wusste ja gar nicht, dass deine Schwester Pianistin ist«, bemerkte er in einem gestelzten, theatralischen Tonfall. »Hat sie denn was daraus gemacht?«

»Wie bitte?«

»Du weißt schon, Karriere gemacht. So was wie ein Job, nur glamouröser.«

Flavia schien allmählich zu spüren, dass etwas nicht stimmte, obwohl sie sich natürlich selbst in ihren wüstesten Träumen nicht hätte vorstellen können, dass sie gleich mitten ins Herz getroffen werden würde.

»Ich weiß nicht«, erwiderte sie vorsichtig. »Wir haben praktisch keinen Kontakt mehr.«

»Man macht sich immer zu viele Gedanken über diese kreativen Leute. Zum Beispiel dass der Ehrgeiz eines Mädchens seine Fähigkeiten übersteigt – oder ist es umgekehrt? Hochfliegende Träume, die krachend zu Boden stürzen, das unvermeidliche brutale Erwachen in der harten Realität des Lebens und dieser ganze Scheiß.«

Flavia machte einen Schmollmund, den er geküsst hätte, wäre es nicht an der Zeit gewesen, den Abzug zu ziehen und es hinter sich zu bringen.

»Für meine Leute ist das normal«, sagte sie.

Der Kellner kam mit einer nicht etikettierten Literflasche und zwei Gläsern, alles aus dem Gefrierschrank und ganz beschlagen. Dieser hausgemachte Likör war eine Spezialität von La Carrozza, reiner Alkohol, aromatisiert mit einer Mischung aus wild wachsenden Beeren, Zitrone und diversen Gewürzen. Er wurde auf den Tisch gestellt, ohne auf der Rechnung zu erscheinen, eine Tradition des Hauses für seine Stammgäste. Die oberen zwei Drittel des Inhalts hatten einen sehr hellen pinkvioletten Farbton, während darunter die aufgeweichten Beeren schwammen.

»Hast du eigentlich Geschwister?«, fragte Flavia. »Du redest nie über deine Familie.«

Rodolfo schenkte ihnen beiden ein Glas ein und stürzte seins in einem Zug hinunter, um seine Nerven zu beruhigen.

»Nur einen Vater. Er hat mich heute angerufen, und wir haben viel geredet, zum ersten Mal seit ewigen Zeiten. Vielleicht zum ersten Mal überhaupt.«

Flavia lächelte warmherzig. »Das ist schön. Worüber habt ihr denn geredet?«

»Übers Scheitern. Professor Ugo hat mich heute Morgen aus seinem Kurs geworfen. Aber ich habe beschlossen, dass er mir damit unabsichtlich einen Gefallen getan hat. Scheitern ist der Schlüssel zu allem. Das ist es, was diesen postmodernen Wichsern nicht klar ist, oder was sie nicht akzeptieren wollen. Für sie ist alles relativ. Es gibt kein Scheitern, nur alternative Interpretationen. Es ist alles eine Frage des Bewusstseins. Ich habe diesen Blödsinn eine Zeit lang selbst geglaubt, doch nun sind mir die Augen geöffnet worden. Ich bin definitiv gescheitert. Schade um meine akademische Karriere, schade um dich, aber so ist es nun mal. Ich muss nur noch ein paar Dinge erledigen – das war übrigens eins davon –, und dann gehts ab nach Hause.«

Flavia nippte an ihrem Likör.

»Ah, nach Hause«, sagte sie.

»Ja, aber mein Zuhause ist ein wirklicher Ort.«

Flavia trank den Likör aus, schenkte sich sogleich noch einen ein und zündete sich eine Zigarette an. Eine Zeit lang rauchte sie schweigend und schaute sich im Raum um, betrachtete die anderen Gäste, den kräftigen *padrone,* der die Pizzas machte, und die beiden Kellner, die wie dieses amerikanische Stummfilmduo aussahen.

»Ich musste heute in die Universitätsbibliothek, um ein paar überfällige Bücher zurückzubringen«, sagte Rodolfo mechanisch. »Bei der Gelegenheit habe ich in den Index der neuesten Ausgabe des *Times*-Atlas gesehen. Kein Ruritanien.«

Er hielt inne, sah sie immer noch nicht an, aber es kam auch keine Reaktion. »Also bin ich an ein Computerterminal gegangen und habe recherchiert. Offenbar ist es der Name eines fiktiven Landes, das irgendein unbekannter englischer Autor als Schauplatz für eine kitschige Mantel-und-Degen-Romanze erfunden hat. Genauer gesagt ist es das Buch, in dem du gelesen hast, als wir uns kennenlernten. Dein ›italienisches Lehrbuch‹ hast du es genannt. Tatsache ist jedoch, dass Ruritanien nicht existiert.«

Flavia stiegen Tränen in die Augen. Sie senkte den Kopf und blickte auf das schmutzige Tischtuch. »Doch, es existiert! Ganz bestimmt!«

Rodolfo lächelte überheblich und zuckte die Schultern. »Wenn du das sagst. Einige Leute würden natürlich meinen, du wärst verrückt, aber ich gehe lieber davon aus, dass du mich die ganze Zeit belogen hast. Und das behagt mir überhaupt nicht.«

Er legte einige Geldscheine auf den Tisch.

»Okay, ich muss gehen. Ich habe morgen einen wichtigen Tag vor mir. Das sollte für das Essen und einen Kaffee reichen, falls du einen willst. Addio.«

17

Am nächsten Morgen beschloss Aurelio Zen, einen Überraschungsangriff auf die Familienresidenz der Amadori zu starten. So nannte er es zumindest scherzhaft für sich, während er fast gegenüber von seinem Hotel in einer Bar auf der Via D'Azeglio bei einem Kaffee und den *sfrappole* genannten knusprig frittierten Waffeln saß.

Das Frühstücksbüfett im Hotel war ein wenig verlockendes Zugeständnis an nordeuropäische Geschäftsleute, die die berühmten Handelsmessen der Stadt besuchten und erwarteten, den Tag mit Käse, Wurst und hart gekochten Eiern zu beginnen und das Ganze mit wässrigem Kaffee oder Tee herunterzuspülen. Im Gegensatz dazu war *Il Gran Bar* beinahe aufdringlich monokulturell. Der Espresso war erstklassig und wurde mit einem Glas Mineralwasser serviert. Das Gebäck war hausgemacht und frisch, die Kellner ungeheuer aufmerksam, die Stammkundschaft gut gekleidet und ruhig, doch am bemerkenswertesten waren die Plaketten und Flaggen, die als Dekoration an den Wänden hingen und jeweils das Emblem einer Division der Antiterrortruppe DIGOS oder einer anderen Eliteeinheit der Polizia di Stato trugen. Im Hinblick auf das traditionellerweise »rote« Bologna war die Botschaft klar: Dies war ein unverhohlen rechtes Etablissement in der reichen »schwarzen« Gegend südlich der Piazza Nettuno und in beruhigender Nähe zur zentralen Polizeiwache und zur Prefettura, die eher Bastionen der Staatsmacht als der städtischen Behörden waren.

Zen war natürlich ein Vertreter jener Macht und amüsierte sich seit letzter Nacht bei dem Gedanken, zum ersten Mal seit Monaten ein wenig davon einzusetzen. Nachdem er mit Bruno Nanni im Fußballstadion gewesen war, hatte er einen öden und entmutigenden Abend allein verbracht – den ersten von zweifellos vielen –, gefolgt von einer unruhigen Nacht, während der er den schriftlichen Bericht über den Fall Curti überflogen hatte, mit dem Salvatore Brunetti ziemlich offensichtlich versucht hatte, ihn abzuspeisen. Das war noch durch die Bemerkungen unterstrichen worden, mit denen sich der Bologneser Beamte von ihm verabschiedet hatte. »Ich muss mir unbedingt die Zeit nehmen und mich mit der Frage beschäftigen, wo wir ein geeignetes Büro für Sie finden, Dottor Zen. Im Augenblick ist anscheinend nichts frei. Ich bitte vielmals um Entschuldigung, aber Ihre Versetzung hierher kam sehr plötzlich. Sämtlicher Urlaub wurde natürlich gestrichen, und die gesamte Belegschaft arbeitet in drei Schichten rund um die Uhr, deshalb ist die Situation ein bisschen schwierig. Ich hoffe, Sie haben dafür Verständnis.«

Das hatte Zen, und unter normalen Umständen wäre er nur zu gern bereit gewesen, sich aus allem herauszuhalten und den Kopf einzuziehen, bis sich die anfängliche Aufregung über den Fall Curti gelegt hatte. Doch die Umstände waren nicht mehr normal, wie er recht plastisch und auf beunruhigende Weise letzte Nacht erkennen musste. Als er nämlich in seinem Gepäck nach der reichhaltigen Auswahl an Tabletten suchte, die er in unterschiedlicher Anzahl alle vierundzwanzig Stunden nehmen sollte, hatte er einen Umschlag gefunden, den der Arzt in Rom ihm bei seinem letzten Besuch mit den Worten überreicht hatte, dass darin einiges über Zens Therapie stünde, das für ihn »von Interesse« sein könnte.

Da er fürchtete, dass sich der Inhalt des Schreibens für

ihn in seinem gegenwärtigen Geisteszustand oder eher Zustand von Hirnlosigkeit als viel zu interessant erweisen konnte, hatte Zen den Umschlag prompt vergessen, bis er in einer Seitentasche der Aktenmappe, in die er seine Medikamente gepackt hatte, darauf stieß. In der Hoffnung, die vagen Ängste zerstreuen zu können, die ihn immer noch quälten, hatte er den Umschlag geöffnet und angefangen, das darin enthaltene Dokument zu lesen, einen ärztlichen Bericht über seine Operation. Das war ein Fehler gewesen. Innerhalb von Sekunden fühlte er sich wieder in den Zustand eines hilflosen Objekts versetzt, eines abgenutzten und häufig missbrauchten Maschinenteilchens, das zur notdürftigen Reparatur in die Werkstatt gebracht worden war.

»... weiche Gewebe wurden entfernt, und die Faszie wurde auf allen Seiten des nekrotischen Gewebes freigelegt ... mit einer feinen 11-er Klinge wurde dann die Grenzschicht eingeschnitten ... es wurde eine Stelle von dem betroffenen Bereich entfernt gewählt, das Gekröse daneben entfernt ... wovon eine Probe an die Pathologie geschickt wurde ... man hielt es für nicht ratsam, Netzmaterial zur Reparatur des Defekts zu verwenden ... der Blutverlust während des Eingriffs war ... die Anzahl der Tupfer, Nadeln und Instrumente war korrekt, und der Patient hat den Eingriff ziemlich gut überstanden ...«

Die restliche Nacht war entsetzlich gewesen, und aus dem Bedürfnis heraus, wenigstens wieder ein bisschen Initiative und Kompetenz zu zeigen, hatte er den Plan gefasst, die Familie Amadori zu Hause aufzusuchen. Zwar hatte er Salvatore Brunetti gegenüber versichert, dass er nicht in den Fall Curti eingreifen, sondern lediglich als Vermittler zum Ministerium in Rom fungieren würde, doch die Kriminalbeamten in der Questura bezogen Vincenzo Amadori ja offenbar nicht in ihre Ermittlungen ein – entweder weil sie nichts von ihm wussten oder das Ganze als Stadiontratsch abtaten. Deshalb fühlte Zen sich berechtigt, zumindest eine kleine Voruntersuchung anzustellen. Außerdem musste er ohnehin irgendwie aus seinem angenehmen, aber sehr kleinen Hotelzimmer herauskommen, dessen hohe Decke durch das nachträglich eingebaute Badezimmer, verglichen mit den übrigen Zimmermaßen, absurd unproportional wirkte. Dieser selbstverordnete Auftrag gab ihm zumindest ein Ziel und das Gefühl, etwas halbwegs Sinnvolles zu tun.

Nach dem Frühstück ging er die Straße hinunter zu dem riesigen, gepflasterten zentralen Platz der Stadt, der völlig menschenleer war. Er wurde gesäumt von der plumpen, rot gemauerten Kathedrale, die massig über ihrer unvollendeten Marmorfassade aufragte, dem bescheidenen, aber gut proportionierten Palazzo del Podestà, dem ornamentreichen Palazzo dei Banchi, wo unter einer imposanten Arkade luxuriöse Läden lockten, sowie der schmucklosen mittelalterlichen Fassade des Palazzo Communale, deren ursprünglich erlesenes Gleichgewicht durch einen monumentalen barocken Auswuchs verunstaltet wurde, den man zu Ehren eines der vielen Päpste, die über die Jahrhunderte hinweg die Stadtkasse geplündert hatten, auf die Fassade geklatscht hatte. Eigentlich war das alles gar nicht schlecht, doch für Zens snobistische Betrachtungsweise als Venezianer war es einfach nicht gut genug. Der riesige Raum schien Anforderungen zu stellen, die die einzelnen Gebäude nicht erfüllen konnten.

Die Temperatur war immer noch unter null Grad, und er ging schnellen Schrittes in ein Labyrinth aus schmalen Gassen, wo sich offenbar seit Jahrhunderten das zentrale Marktviertel der Stadt befand. Hier drängten sich Händler und ihre Kunden, die meisten von ihnen kleine, untersetzte, füllige Frauen, die in zweckmäßige Pelzmäntel gekleidet waren, aus denen Kopf und Beine wie stummelige Anhängsel herausragten und die sie wie eine Vielzahl haariger Hülsen aussehen ließen. Zens Überheblichkeit verpuffte sofort angesichts der vielen kleinen Geschäfte auf beiden Seiten, die eine überwältigende Auswahl an Obst, Gemüse, Käse und Wurst anboten, die sehr viel verlockender war als alles, was seine Heimatstadt oder gar Lucca zu bieten hatte. Nach Wochen äußerst strenger Diät übten die ausgestellten Köstlichkeiten eine fast sexuelle Anziehungskraft auf Zen aus, und er konnte das Mittagessen kaum noch erwarten.

Glücklicherweise war der junge Mann, der einen Karren mit Kisten voller sizilianischer Blutorangen den Bordstein entlangschob, stark und flink und hatte seine Sinne beieinander, als der Signore, der bisher zielstrebig vor ihm hergegangen war, plötzlich genau an der Stelle stehen blieb, an der er den schweren Karren hatte absetzen wollen. Er schaffte es, den Karren gerade noch weit genug herumzureißen, um einen Zusammenstoß zu verhindern, der möglicherweise die interessante Gelegenheit geliefert hätte, den Saft der Orangen mit der Flüssigkeit zu vergleichen, nach der sie benannt waren.

Zen zog sich rasch unter den üblichen Entschuldigungen zurück, war aber mit den Gedanken ganz woanders. »*morgen mittagessen in bo?*« Er schaltete sein Handy ein. Zu Hause ging niemand ans Telefon, doch nach dem zehnten Klingeln meldete sich Gemma am Handy.

»Kann jetzt nicht reden, wir gehen gerade in die Halle.«

Ihre Stimme war aufgrund der Lärmkulisse im Hintergrund kaum zu hören.

»Ich habe versucht anzurufen!«, blaffte Zen zurück. »Ich hab es mehrmals versucht, aber du warst nie da!«

Er erwartete, einer weiteren ungeheuerlichen Lüge beschuldigt zu werden, doch es war nur das Stimmengewirr im Hintergrund zu hören. Tatsächlich hatte er nach dem einen Versuch in der Bar in der Nähe des Fußballstadions Gemma nicht mehr wegen der Nachricht angerufen, die sie ihm hinterlassen hatte. Es war ihm sogar völlig entfallen, dass er das eigentlich hatte tun wollen.

»Es fängt gleich an, ich meld mich später«, glaubte er noch jemanden sagen zu hören, bevor die Verbindung getrennt wurde.

Das Haus der Amadori, dessen Adresse Zen sich zuvor aus den Unterlagen der Questura herausgeschrieben hatte, lag in einer ruhigen Straße westlich der beiden mittelalterlichen Türme, von denen einer sich bedenklich zur Seite neigte und die zu den berühmtesten Wahrzeichen der Stadt zählten. Die Bürgersteige lagen hier etwa einen halben Meter über der Straße und wurden durch eine Reihe höchst unterschiedlicher und dennoch harmonischer *portici* vor den Elementen geschützt. Das Haus selbst wirkte von außen recht bescheiden und fügte sich mit Anmut und Takt in die geschwungene Linie des gesamten Häuserblocks ein, während es gleichwohl eine individuelle architektonische Note setzte. Es musste weit über eine Million Euro wert sein.

Bruno Nanni hatte Amadori senior als Anwalt bezeichnet, und nur ein äußerst unkluger Polizist würde einen solchen Mann ohne einen sehr überzeugenden Vorwand ungeladen aufsuchen. Deshalb hatte Zen seinen Überraschungsangriff sorgfältig geplant. Selbstverständlich würde nicht von Lorenzo Curti die Rede sein, außer in Zusammenhang mit der Gedenkfeier, die am gestrigen Abend im Fußballstadion stattgefunden hatte und in deren Anschluss Zen von einem jungen Mann, bei dem es sich sicheren Quellen zufolge um Vincenzo Amadori handelte, körperlich angegriffen und verbal beschimpft worden war. Zu diesem Zeitpunkt hätte er nicht die Absicht, Anzeige zu erstatten oder den Zwischenfall anderweitig aufzubauschen, doch er hätte es für das Beste gehalten, Vincenzos Eltern darüber zu informieren, damit sie die Maßnahmen ergreifen könnten, die sie für angemessen hielten. Zumindest würde es interessant sein zu beobachten, welche Reaktion er auf diese Behauptungen erhielt.

Die Haustür wurde von einer Frau um die sechzig geöffnet, die vorsichtig, aber nicht ängstlich wirkte. Sie trug eine gestärkte weiße Bluse über einem Büstenhalter, der an ein größeres Bauprojekt denken ließ, eine Baumwollschürze und rosa Gummihandschuhe. Zen zückte seinen Polizeiausweis und bat, Dottor Amadori sprechen zu dürfen.

»L'Avvocato ist nicht da«, antwortete die Frau.

»Wissen Sie zufällig, wann er zurückkommt?«

»Das kann ich Ihnen nicht genau sagen. Er ist geschäftlich unterwegs. Am besten erkundigen Sie sich im Büro.«

»Und la Signora?«

»Auch nicht zu Hause.«

Zen lächelte zwar freundlich, aber mit einem winzigen Anflug von beruflicher Härte. »Für niemanden oder nur für die Polizei nicht?«

Die Hausangestellte wirkte leicht pikiert. »Worum geht es denn?«, fragte sie.

»Um eine persönliche Angelegenheit. Ich muss mit jemandem aus der Familie sprechen. Was ist denn mit dem Sohn, mit Vincenzo?«

Ein Kopfschütteln. »Der wohnt nicht mehr hier.«

»Und wo wohnt er?«

Die Frau schüttelte in einer Weise den Kopf, die zu verstehen gab, dass das eine lächerliche Frage war. »Signora Amadori wird ungefähr in einer Stunde zurück sein.«

Zen nickte. »Dürfte ich vielleicht auf sie warten, wäre Ihnen das recht? Es ist zwar eigentlich eine Routineangelegenheit, aber wir müssen die Sache so schnell wie möglich klären, und ich habe viel zu tun. Und wo ich schon einmal hier bin ...«

Er machte eine vielsagende Geste. Die Hausangestellte

zögerte einen Augenblick, dann zog sie die Tür ganz auf und bedeutete ihm einzutreten.

Von der Straße aus hatte das Haus – ganz wie sein Schutzengel – angenehm schlicht und normal gewirkt, mit dieser stillen Würde von älteren Menschen, die nichts mehr zu beweisen haben oder nichts mehr zu beweisen brauchen. Das Innere hingegen war irgendwann im späten achtzehnten oder frühen neunzehnten Jahrhundert umgestaltet worden, sodass man sich beim Eintreten sofort, aber unmerklich in einen Raum hineinbewegte, der sich nicht nur seines Platzes in der Geschichte und im großen Plan der Dinge bewusst, sondern auch eine Spur eleganter und förmlicher war. Die gegenwärtigen Besitzer hatten die schlichte Harmonie zu schätzen gewusst und nur einige dezente, abstrakte Ölgemälde an die ansonsten bewusst neutralen Wände gehängt.

»Hier entlang, Signore«, sagte die Haushälterin und streifte ihre Arbeitshandschuhe ab.

Sie begleitete ihn eine steile Marmortreppe mit abgerundeten Stufen hinauf, die von kunstvollen schmiedeeisernen Geländern gesäumt wurde. Vom Treppenabsatz im ersten Stock gingen drei Türen ab. Zen wurde in einen Raum geführt, der auf der Vorderseite des Hauses lag und bei dem es sich offensichtlich um den formellen *salotto* handelte, der nur zu seltenen Anlässen als eindrucksvoller, aber unpersönlicher »Empfangsraum« benutzt wurde. Es war ein großer Raum, dessen Decke noch höher war als die in Zens Verschlag im Hotel, und er war mit diesen speziellen Siebzigerjahre-Möbeln ausgestattet, die eher zum Bewundern als zum Wohlfühlen gedacht waren. Außerdem war es in dem Zimmer bitterkalt.

»Möchten Sie vielleicht einen Kaffee?«, fragte die Frau.

Zen dachte einen Augenblick nach, dann schenkte er ihr sein warmherzigstes Lächeln. »Das ist sehr freundlich von Ihnen, Signora. Ich würde sehr gern einen trinken, wenn es nicht zu viel Mühe macht. Hätten Sie was dagegen, wenn ich mit nach unten komme und ihn bei Ihnen in der Küche trinke?« Er lachte, als ob er leicht verlegen wäre. »Hier im Zimmer ist es ein wenig kühl, und in meinem Alter ...«

»Äh, die Heizung ist hier immer ausgeschaltet, außer wenn Gäste da sind. Ja, natürlich, Signore, kommen Sie mit nach unten. Da ist es zwar nicht so eindrucksvoll wie hier, aber Sie werden es schön warm haben, und ich werde Sie melden, sobald Signora Amadori zurückkommt.«

Sie stiegen zusammen die Treppe hinunter, deren Stufen, wie Zen beim Hinaufgehen bemerkt hatte, aus altem, stark abgenutztem Marmor bestanden, der auf Hochglanz gebohnert war. Er beharrte darauf, dass seine Begleiterin voranging, und etwa auf halber Höhe inszenierte er einen sorgsam kontrollierten Sturz nach hinten, begleitet von einem eindrucksvollen und überzeugenden Schmerzensschrei.

Die Haushälterin drehte sich um und starrte ihn entsetzt an. »Jesus, Maria und Josef!«

Sie kam zu Zen zurück und beugte sich besorgt über ihn. Er ächzte und stöhnte ein bisschen, dann lächelte er, rappelte sich unsicher hoch und setzte dabei eine Miene auf wie jemand, der ein qualvolles Erlebnis auf die leichte Schulter nimmt. Schmerzen vorzutäuschen fiel ihm leicht nach dem Crashkurs in echten Schmerzen, den er in jüngster Zeit durchgemacht hatte.

»Alles in Ordnung?«, rief die Donna.

»Nichts gebrochen!«, antwortete Zen und gab sich dabei den Anschein, als würde er sich tapfer bemühen, munter und unbeschwert zu klingen. »Es geht gleich wieder. Aber ...« Er sah ihr in die Augen. »Wie heißen Sie, Signora?«

»Carlotta.«

»Könnten Sie mich vielleicht bis zum Fuß der Treppe am Arm festhalten, Carlotta?«

»Aber natürlich!«

»Es ist beunruhigend, wenn man plötzlich so einfach das Gleichgewicht verliert. Da kommt einem der Gedanke, wie es sein muss, wenn man eines Tages auch alles andere verliert, was?«

»Ja, ja!«

Die beiden bewegten sich vorsichtig Stufe für Stufe die Treppe hinunter. Am Fuß der Treppe entzog Zen Carlotta nicht seinen Arm, und sie ließ ihn auch nicht los. Stattdessen schlurften sie gemeinsam durch den Flur im Erdgeschoss bis zu einer Tür am anderen Ende, die offen stand und in einen schwach beleuchteten Raum mit niedriger Decke führte, der von Wärme und angenehmen Gerüchen erfüllt war. Carlotta ließ Zen einen Augenblick allein stehen, zog einen Stuhl heran und half ihm beim Hinsetzen.

»Sie bleiben hier sitzen«, ermahnte sie ihn. »Ich bereite Ihnen jetzt ein Stärkungsmittel zu. Danach wird es Ihnen viel besser gehen.«

Sie hantierte geschäftig in der Küche herum, öffnete Schränke, nahm Behälter heraus, maß Zutaten ab und fing dann an, zu schütten, zu zermahlen und zu rühren. Carlottas Reich war offensichtlich der einzige in seiner ursprünglichen Form erhaltene Teil des Hauses, der aus Kostengründen – schließlich braucht man Dienstboten nicht zu beeindrucken – von der Renovierungswut der Aufsteiger etwa zwei Jahrhunderte früher verschont geblieben war. Obwohl die Küche makellos sauber war, wirkte alles dennoch abgenutzt, uneben, minderwertig und irgendwie gedrungener, als es von den tatsächlichen Abmessungen her eigentlich sein konnte. Die einzelne Fünfzig-Watt-Birne war ihr zweifellos von ihren Arbeitgebern aus den gleichen wirtschaftlichen Gründen aufgenötigt worden, die dafür gesorgt hatten, dass der ganze Raum unangetastet geblieben war, doch wie ihr trüber Schein sanft und einschmeichelnd von den Fliesen am Boden reflektiert wurde, war unbezahlbar.

»Was ist das?«, fragte Zen, als Carlotta ihm schließlich ein Glas mit einer bräunlichen Flüssigkeit brachte.

»Trinken Sie es einfach. Und zwar alles in einem Zug.«

Das tat er. Nachdem der erste Schock wegen des starken Alkoholgehalts abgeklungen war, konnte er Muskat, Orangenschale, Kardamom und rohen Knoblauch herausschmecken. Er nickte mehrere Male und reichte ihr dann das Glas mit einem strahlenden Lächeln zurück.

»Sie sind ein Wunder, Carlotta!«

»Jetzt bleiben Sie noch fünf Minuten sitzen, dann sind Sie wieder putzmunter.«

Sie trug das Glas zum Spülbecken und schüttelte dabei bekümmert den Kopf. »Es ist meine Schuld. Wenn ich mir vorstelle, dass ich diese Treppe nur fünf Minuten, bevor Sie gekommen sind, gebohnert habe.«

»Nein, nein, nein!«, insistierte Zen. »Es ist allein meine Schuld, weil ich nicht aufgepasst habe, wo ich hintrete. Und diese alten Ledersohlen sind so glatt wie …«

Ihr Gespräch wurde zunehmend vertrauter, und Zen glaubte schon, er könnte Carlotta, bevor er ging, vielleicht noch ein paar interessante Informationen entlocken, als plötzlich von Weitem das Geräusch einer Tür zu hören war, die ins Schloss fiel.

»Das wird die Signora sein«, erklärte die Haushälterin. »Sie bleiben hier. Ich seh mal nach, ob sie etwas braucht, dann melde ich Sie, als ob Sie gerade erst gekommen wären.«

Sie ging in den Flur hinaus, aus dem sogleich ein Duett von Stimmen zu Zen herüberschallte, der untätig dasaß. Carlottas Stimme konnte er erkennen, und der Neuankömmling hörte sich tatsächlich weiblich an, doch es lag ein jammernder und klagender Ton in der Stimme, der nicht zu der Vorstellung passte, die er sich von Signora Amadori gebildet hatte. Die Worte wurden mal lauter, mal leiser, wie von entgegengesetzten Winden getragen, wobei sie jedoch immer vernehmlicher wurden und immer näher kamen, bis Carlotta in Begleitung eines jungen Mannes, den Zen nicht sofort erkannte, wieder in der Küche erschien.

»Dann hättest du mich darauf aufmerksam machen müssen!«, sagte die Hausangestellte gerade. »Woher soll ich denn wissen, dass du Nasenbluten hattest? Ich hab das für einen Weinfleck gehalten. Wenn du mir gesagt hättest, dass es Blut ist, hätte ich es niemals in warmem Wasser gewaschen, aber wie sollte ich das denn wissen?«

»Warum hast du nicht gefragt?«

»Red nicht so mit mir, Vincenzo! Ich hab schon deine Windeln gewaschen, und jetzt sind es eben deine Designerhemden. Bring deine kostbaren Sachen doch in die Wäscherei, wenn du so pingelig bist.«

Sie hörte auf zu reden, weil sie merkte, dass der junge Mann gerade den Polizisten entdeckt hatte, aber anscheinend nicht wusste, wie er auf diese unerwartete soziale Konfrontation reagieren sollte.

»Was machen Sie denn hier?«, fragte Vincenzo und ging in drohender Haltung auf Zen zu.

Seine Absicht war klar, doch an der Ausführung haperte es. Seine Stimme schwankte immer noch zwischen dem jammernden, weinerlichen Ton, den er der Haushälterin gegenüber angeschlagen hatte, und dem Stadiongebrüll, das er unter seinesgleichen verwendete, und er blieb vor dem Stuhl, auf dem Zen saß, abrupt stehen und wusste anscheinend nicht, wie er weitermachen sollte. Zen ignorierte ihn.

»Ihre Medizin hat wahre Wunder gewirkt«, sagte er zu Carlotta und stand auf. »Ich fühle mich sogar noch besser als vorhin, als ich herkam!«

Vincenzo fuhr herum und schrie die ältere Donna an. »Was hat der hier zu suchen? Was geht hier vor, verdammte Scheiße!«

»Hüte deine Zunge!«, schoss Carlotta zurück. »So eine Sprache, und das vor einem Gast im Haus deiner Eltern!«

Zen sah auf seine Uhr. »Es sieht so aus, als sei Signora Amadori aufgehalten worden, und ich habe noch andere Dinge zu erledigen. Die Angelegenheit ist eigentlich auch nicht so dringend.«

»Einen Moment, Sie!«, rief Vincenzo aggressiv, blieb aber auf Distanz. Carlotta blickte von einem zum anderen und wusste verständlicherweise nicht, was sie davon halten sollte. Zen grinste ihr spitzbübisch zu.

»Vielleicht wäre es sogar besser, wenn Sie gar nicht erwähnen, dass ich hier war«, vertraute er ihr mit leiser Stimme an. »Sie wissen doch, wie Anwälte sind. Wenn Avvocato Amadori erfährt, dass ich auf dieser rutschigen Treppe hingefallen bin, liegt er vielleicht die ganze Nacht wach und macht sich Sorgen, dass ich ihn verklagen könnte.«

»Hey, so einfach kommen Sie nicht davon ...«, begann Vincenzo.

»Und was Sie betrifft«, sagte Zen, der ihn nun zum ersten Mal eines Blickes würdigte, mit lauter Stimme, »behandeln Sie Ihre Mutter mit etwas mehr Respekt!«

Vincenzo und Carlotta antworteten im Chor.

»Sie ist nicht meine Mutter!«

»Er ist nicht mein Sohn!«

Zen seufzte, dann schüttelte er offensichtlich verblüfft den Kopf und ging hinaus.

18

Gemma Santini betrat vierzig Minuten vor Beginn der Veranstaltung das Messegelände von Bologna und nahm an, dass ihr noch reichlich Zeit bliebe, um die für sie reservierte Eintrittskarte abzuholen und einen Platz zu finden. Sie irrte sich.

Um die Ticketschalter standen Trauben von Menschen, von denen einige den Eindruck machten, als hätten sie die ganze Nacht dort verbracht. Die meisten warteten mehr oder weniger gesittet, bis sie an der Reihe waren, die Freikarten in Empfang zu nehmen, die in strikt limitierter Anzahl ausgegeben wurden, doch einige zeigten ein Verhalten, das Gemma insgeheim als neapolitanische Großmuttertaktik bezeichnete. Sie riefen den Leuten am Schalter lauthals ihre Wünsche, Bedürfnisse und besonderen Umstände zu, in der Hoffnung, dass man ihnen geben würde, was sie wollten, schon allein damit sie den Mund hielten und verschwanden.

Als Gemma von dem Kochwettstreit zwischen ihrem Lieblingsfernsehstar und dem Ehrfurcht einflößenden Edgardo Ugo erfahren hatte, der in genau der Stadt ausgetragen werden sollte, in die sie ohnehin fahren wollte, hatte sie sofort an Luigi Piergentili gedacht. Obwohl dieser nun genau das psychische und physische Wrack war, für das der gute Aurelio sich gerne hielt, hatte Luigi in seiner früheren Funktion als wichtigster *consigliere* der Bank *Monte dei Paschi* eine Macht in der Toskana und darüber hinaus gehabt, die nur von den Machtfantasien gewisser längst vergessener

Politiker übertroffen wurde. Seine einflussreiche Phase war – nicht ganz zufällig, wie einige meinten – durch einen üblen Unfall mit Fahrerflucht beendet worden, von dem das Opfer, wie es selbst freimütig zugab, die Sucht nach einem starken schmerzstillenden Mittel auf Morphiumbasis zurückbehalten hatte. Leider hatten die zahlreichen Ärzte, die Luigi konsultiert hatte, sich schließlich geweigert, dieses Medikament weiterhin zu verschreiben, indem sie sich auf die pharmazeutischen Bestimmungen und die Gesundheitsrisiken bei Langzeiteinnahme beriefen und vor allem auf ihre Angst, sie könnten ihre Lizenz verlieren, als Arzt praktizieren zu dürfen. An diesem Punkt hatte sich Signor Piergentili an Gemma gewandt.

Luigi war viel zu clever, um an ihr Mitleid zu appellieren, oder gar an ihre Käuflichkeit. Stattdessen hatte er mit einer Raffinesse, die sie fast genauso beeindruckt hatte wie die dahintersteckende *delicatezza,* bei einer Tasse Tee im Caffè di Simo raunend zu verstehen gegeben, dass ein guter Freund von ihm, der Professor an der Universität Florenz war, ihm gegenüber erwähnt hatte, dass Gemmas Sohn Stefano dort Maschinenbau studierte.

»Wie kommt er denn voran?«, fügte er mit einem heiteren etruskischen Lächeln hinzu.

Unglaublich schlecht, lautete die Antwort, doch das Lächeln ließ erkennen, dass Luigis Freund das ebenfalls erwähnt hatte. Wenige Minuten später war eine für beide Seiten vorteilhafte Übereinkunft erzielt worden. Beide Parteien hatten sich bisher daran gehalten, doch nachdem Stefano sein Studium cum laude abgeschlossen hatte, hatte Gemma, die natürlich gebührend dankbar für die Fürsprache gewesen war, viel mehr für Luigi getan als dieser für sie. Deshalb hatte sie keine Skrupel gehabt, Luigi am Vortag anzurufen und ihn zu bitten, seine Beziehungen spielen zu lassen und ihr eine Freikarte für den kulinarischen Showdown zwischen Lo Chef und Il Professore zu besorgen. Er hatte in aller Frühe zurückgerufen, nach »einer herrlich traumlosen Nacht, dank Ihnen, meine Liebe«, und ihr erklärt, sie brauche an diesem Morgen nur an Ticketschalter 7 im *Fiera*-Komplex in Bologna zu gehen, und alles wäre geregelt.

Das stimmte grundsätzlich auch, doch womit Gemma nicht gerechnet hatte, war der ungeheure Menschenandrang, den dieses einzigartige Event auslöste. Es machte ihr zwar nichts aus zu warten, doch da die Sendung live im Fernsehen übertragen wurde, war ihr wie allen anderen klar, dass die Frage des Timings von größter Bedeutung war. Sobald die Sendung begonnen hatte, würden die Türen verschlossen und verriegelt sein, und selbst Luigis Einfluss könnte sie nicht mehr dort hineinkriegen.

Letztlich schaffte sie es mit einem diskreten Ellbogenstoß hier, ein bisschen Gedrängel da und reichlich altmodischem Rumdiskutieren etwa eine Minute vor Beginn bis zum Eingang, und ausgerechnet in dem Moment klingelte ihr Handy. Es war Aurelio, der irgendwelchen Unsinn faselte. Sie fertigte ihn kurzerhand ab, dann ging sie mit den übrigen Nachzüglern in die Halle.

Drinnen waren mindestens fünfhundert Leute, schätzte Gemma. Viele trugen Namensschilder mit den Logos ihrer Arbeitgeber an einer Schnur um den Hals und waren mit Tonbandgeräten, Kameras und Notebooks beschäftigt. Aber es waren auch viele ganz normale Bürger da, die sich seit dem Morgengrauen angestellt hatten, um eine Karte für diesen Wettstreit zu ergattern, der ganz Italien beschäftigte, seit er angekündigt worden war. Es stellte sich heraus, dass sie einen guten Platz hatte, noch fast im ersten Drittel des Zuschauerraums, mit einer ausgezeichneten Sicht auf beide Küchen und den zentralen Essbereich.

Punkt zehn Uhr gingen die Lichter im Saal aus, und ein Mann mit blank polierten Schuhen, enger schwarzer Hose und einem gemusterten Seidenhemd, das bis zum Bauchnabel aufgeknöpft war, sodass man die goldene Kette sehen konnte, die auf seine spektakulär behaarte Brust herabhing, trat an den Rand der Bühne. Nicht sonderlich überrascht, außer über die Tatsache, dass er so viel kleiner war, als sie ihn sich vorgestellt hatte, erkannte Gemma in ihm den Moderator einer Fernsehshow, die auf dem gleichen Kanal gesendet wurde wie *Lo Chef Che Canta e Incanta*. Er hieß das Publikum überschwänglich willkommen, dann stellte er das Event und die Teilnehmer in seiner üblichen wahnwitzig lustigen Art vor. Gemma fiel jedoch auf, dass – sobald er zur eigentlichen Sache kam – der Text, den er offensichtlich von einem Bildschirm unter einer der Kameras auf der Bühne ablas, sehr sorgfältig formuliert worden war, höchstwahrscheinlich mithilfe eines Teams von Anwälten, durch das jede Partei im Saal vertreten wurde.

Kurz gesagt hieß es darin, dass Professor Edgardo Ugo, der angesehene Bologneser Hochschullehrer und weltberühmte Autor, in seiner Kolumne für *Il Prospetto* unabsichtlich etwas geschrieben hatte, das von unaufmerksamen oder böswilligen Lesern möglicherweise als Zweifel an Romano Rinaldis Kochkünsten ausgelegt werden könnte. So etwas war natürlich nicht im Entferntesten Ugos Absicht gewesen. Sein Kommentar war aus einer rein humorvollen und – das nächste Wort schien dem Moderator einige Schwierigkeiten zu bereiten – metonymischen Perspektive verfasst worden, und er weise uneingeschränkt jede wörtliche Interpretation zurück, die man daraus ableiten könnte. Um jedoch die Angelegenheit ein für alle Mal zu klären und die Herrlichkeiten der italienischen Küche und der renommierten Lebensmittelmesse von Bologna zu feiern, werden die beiden Männer nun vor Ihnen hier im Saal und den Zuschauern zu Hause unter gleichen Bedingungen »als Sklaven an einem heißen Herd« antreten *[Pause für Gelächter]*, um alle

Misshelligkeiten, die fälschlicherweise in diese Sache hineininterpretiert worden sein könnten, endgültig aus dem Weg zu räumen.

»Und nun begrüßen Sie bitte ...«

Der Moderator deutete auf die linke Küche, die Edgardo Ugo gerade von der Außenseite betrat. Der Professor trug ein Tweedjackett in englischem Stil, eine khakifarbene Cordhose und ein verknittertes dunkelgrünes Hemd mit einer hellgrünen Krawatte, die farblich überhaupt nicht dazu passte, und machte den Eindruck, als würde ihn die ganze Veranstaltung kein bisschen interessieren. Der Beifall war respektvoll, aber verhalten.

»Und in der anderen Ecke ...«

In seiner wohlbekannten weißen Uniform samt Kochmütze trat Lo Chef lässig und entspannt auf die Bühne, grinste zuversichtlich und winkte dem Publikum zu. Der Applaus war stürmisch und so anhaltend, dass der Moderator nach einiger Zeit um Ruhe bitten musste.

Dann kamen die Preisrichter herein und wurden kurz als Spitzenköche, Kochbuchautoren und Gastrokritiker vorgestellt, bevor sie ihre Plätze an dem Esstisch im mittleren Bereich einnahmen. Danach begann der Moderator, die Regeln des Wettbewerbs zu erklären, und Gemma spürte, wie ihr Interesse nachließ. Alles drehte sich ums Essen, und sie hatte kein bisschen Hunger, schon allein deshalb, weil sie dabei an Aurelio denken musste, dem sie unklugerweise gestern Abend in einem überschwänglichen Moment per SMS eine Einladung zum Mittagessen geschickt hatte, samt der darin enthaltenen Aussicht auf Versöhnung. Nun war ihr beides nicht mehr ganz geheuer, und außerdem war sie von Stefano und Lidia zum Abendessen eingeladen worden, die einen mangelnden Appetit ihrerseits ganz sicher persönlich nehmen würden. Während sie gedankenverloren in der Broschüre zur Enogastexpo-Messe blätterte, die sie mit ihrer

Freikarte bekommen hatte, fiel ihr eine Werbung für eine sich schick anhörende Snackbar im Zentrum auf, und sie schickte Aurelio eine Nachricht mit Name und Adresse der Bar. Das war die Lösung, entschied sie. Ein bedeutungsloses Treffen, ein Häppchen essen, *e poi via.*

Auf der Bühne breitete der Moderator die Arme weit aus, und sein Gesicht nahm einen Ausdruck von Erstaunen und Ehrfurcht an. »Lasst uns nun die Schlacht beginnen!«

Gemma legte die Hochglanzbroschüre beiseite und betrachtete die beiden äußerst unterschiedlichen Wettstreiter. Auf der linken Seite hatte Edgardo Ugo sich offenkundig mit seiner unvermeidlichen Niederlage abgefunden. Im gleißenden Licht der Scheinwerfer schlenderte er planlos in seiner Küche umher und wirkte in seinen entsetzlich biederen Klamotten wie eine Parodie des langweiligen und unfähigen Junggesellen, der sich fragt, wo alles steht und womit er denn anfangen soll.

Romano Rinaldi hätte keinen größeren Kontrast zu ihm bilden können. Vom ersten Augenblick an war klar, dass er den Raum beherrschte, der ihm zugeteilt worden war. Er warf einen Blick auf die Anzeigetafel, dann ging er rasch zum Herd, um die Flamme unter einem Topf mit Wasser für die Nudeln anzudrehen, und wandte sich schließlich den Zutaten und dem Hackbrett zu. Während Ugo Zuschauer und Kameras demonstrativ ignorierte, indem er ihnen die ganze Zeit den Rücken zuwandte und kein Wort sagte, bezauberte Lo Chef sein Publikum ununterbrochen, indem er ihm laut plaudernd seine Gedanken und originellen Witze mitteilte.

Plötzlich erstarrte er einen Moment lang, als ob ihm eine spontane Inspiration gekommen wäre. »*Ci vuole una cipolla!*«, verkündete er. »Ich weiß es! Woher ich es weiß? Weil die Zwiebel es mir sagt!«

Er stimmte »*Recondita armonia*« an, kippte dabei reichlich

von dem Olivenöl mit seinem Markenzeichen in eine Pfanne und stellte sie auf eine große Flamme. Nun fing das Nudelwasser an zu kochen. Immer noch singend und grinsend, gab Rinaldi die Spaghetti hinein, rührte sie ein bisschen mit einem Holzlöffel um, dann wählte er aus den auf der Arbeitsplatte aufgereihten Zutaten eine Zwiebel. Er schälte und hackte sie, wandte sich dann theatralisch dem Publikum zu und ging zum Bühnenrand.

»Die Zwiebel hat zu mir gesprochen«, sagte er mit sanfter Stimme und tat so, als wische er sich Tränen aus den Augen. »Und was sie zu sagen hat, bringt mich zum Weinen.«

Das lieferte ihm zwangsläufig das Stichwort zu Donizettis *Una furtiva lagrima*. Im Verlauf dieser Arie kochte das Wasser mit den Nudeln über, überschwemmte die rechte Hälfte des Herds und löschte die Flamme aus.

Rinaldi schaffte es nicht, die Flamme wieder anzuzünden, obwohl er mehrfach auf den elektrischen Zünder schlug und sich schließlich vergeblich nach Streichhölzern umsah. Derweil stapfte Edgardo Ugo auf der anderen Bühne wie ein Bär im Käfig herum, an den er auch äußerlich erinnerte, tat noch etwas in die Sauce, behielt die Nudeln im Auge und zeigte sich dem gegenüber, was anderswo passieren könnte, völlig gleichgültig. Irgendwann kam eine geschäftsmäßig aussehende Frau um die dreißig in Rinaldis Küche gelaufen, setzte den Nudeltopf auf einen anderen Brenner, zündete die Flamme an und verschwand ganz schnell wieder.

Lo Chef wandte sich mit seinem strahlenden Zahnpastalächeln im bärtigen Gesicht an das Publikum. »Wie gut, wenn man eine Frau in der Nähe hat!«, erklärte er mit einer Stimme, die demütig und triumphierend zugleich klang.

Das Publikum brach in Gelächter aus und applaudierte. Rinaldi belohnte den Sinn der Zuschauer für seinen Witz und seine Gelassenheit mit einer Version der berühmten

Arie aus *Rigoletto,* bei der er den Text in »*La donna è mobile, ma indispensabile*« abwandelte. Dafür erhielt er noch mehr Applaus. Ganz im Einklang mit der Stimmung seines Publikums sang er das Stück zu Ende, fügte Textpassagen ein oder änderte sie nach Lust und Laune und endete schließlich mit einem lang anhaltenden, hohen Ton, der am äußersten Ende seines Stimmumfangs lag.

Genau in diesem Augenblick ging hinter ihm auf dem Herd die Pfanne mit dem Öl in Flammen auf.

19

Tony Speranza ging beschwingt die Via Oberdan entlang, ein zufriedenes Grinsen im Gesicht und eine glimmende Camel zwischen den Lippen. Er kam an einer ziemlich schicken Bar vorbei, wo man ihn sehr gut kannte, ging hinein und bestellte einen doppelten Espresso und einen Whiskey. Dieses feine Etablissement hatte nicht nur Jack Daniels auf der Karte, sondern auch Makers Mark, und aus gegebenem Anlass beschloss Tony, sich ein großes Glas von Letzterem zu gönnen, obwohl Designerbourbon streng genommen für einen wahren *investigatore privato* ein bisschen zahm war.

Aber der Auftrag war erledigt, auch wenn er noch nicht dafür bezahlt worden war. Das wurmte ihn allmählich, besonders angesichts der Kosten für den Ersatz der Minikamera, die man ihm zusammen mit seiner geliebten M-57-Pistole in Ancona gestohlen hatte. Jedenfalls hatte er die Fotos, das war die Hauptsache. Die Digitalaufnahmen, die Tony am gestrigen Abend nach der Curti-Gedenkfeier von Vincenzo und seinen Kumpanen in der Kneipe gemacht hatte, waren am Morgen auf schwerem A4-Papier ausgedruckt und mit einer detaillierten Rechnung persönlich an den Klienten geliefert worden.

Allerdings war sein Klient nicht im Büro gewesen, als Tony dort aufkreuzte, aber er hatte den versiegelten Umschlag, der mit dem Vermerk »Dringend, privat und persönlich« versehen war, der Empfangsdame, deren Aussehen und Benehmen vermuten ließen, dass ihre Preise jede Edelnutte in den Schatten stellen würden, mit der Anweisung ausgehändigt, ihn unverzüglich l'Avvocato zu übergeben, sobald dieser zurück wäre. Nur der Form halber hatte er dann noch ein bisschen mit der langbeinigen Schönen geflirtet, die kokett so getan hatte, als würde sie sich nur für ihre Arbeit interessieren, bevor er sich wieder in die finsteren Gassen begab.

Nach dem Mittagessen würde er Amadori senior anrufen und auf der sofortigen Zahlung des Honorars bestehen, das sie vereinbart hatten, plus der beträchtlichen Spesen, die er bis heute gemacht hatte, den Makers Mark, von dem er sogleich noch ein Glas bestellte, natürlich eingerechnet. Kurz gesagt, alles war großartig bis auf das nagende Gefühl existenzieller Leere, das ihn immer überfiel, wenn er einen Fall abgeschlossen hatte. Wie lange würde es noch dauern, bis der Tag kam, der zwangsläufig kommen musste, an dem er den psychischen und physischen Stress nicht länger ertragen konnte? Tony war nun schon über zwanzig Jahre Privatdetektiv, genau genommen seit dem Tag, an dem er bei der Polizei entlassen worden war, weil er zwei Passanten erschossen hatte, als er vergeblich versuchte, einen Dieb zu verhaften, der mit einer Jackentasche voller Rabattcoupons geflohen war, nachdem er einen Kassierer in einem Conad-Supermarkt mit einer Waffe bedroht hatte. Zwanzig Jahre waren eine lange Zeit in diesem schmutzigen Geschäft.

Er kippte sich den zweiten Bourbon hinter die Binde und zündete sich eine neue Camel an. Zum Teufel, er würde noch weitere zwanzig Jahre durchhalten, sofern sein Glück andauerte und ihn nicht eine Kugel von irgendeinem Ganoven in einer der Flüsterkneipen bei den Docks stoppte. In Bologna gab es zwar gar keine Docks, aber vielleicht führte ihn einer seiner Fälle eines Tages nach Ravenna. Das war ein heißes Pflaster. Aber so war das immer in diesem beschissenen Job, man wusste nie, was einen als Nächstes erwartete, außer dass es nichts Gutes sein würde.

Wie als Beweis dafür erspähte er etwas in dem großen

Spiegel an der Rückwand der Bar, in dem sich das Schaufenster und die Straße dahinter spiegelten. Er schmiss dem Barmann ein paar Münzen hin und eilte hinaus. Da, etwa zehn Meter vor ihm, ging unverkennbar die ramponierte schwarze Lederjacke mit dem Emblem des Bologneser Fußballclubs auf dem Rücken. Umsichtig nahm Tony die Verfolgung auf. Es war erfreulich, dass Vincenzo das verwanzte Kleidungsstück nun auch zu anderen Gelegenheiten als bei seinen Besuchen im Stadion trug. Das würde ihm das Leben sehr viel leichter machen, falls l'Avvocato beschloss, Tony für den langfristigen Service zu engagieren, den er seinen Klienten im Interesse eines dauerhaften Seelenfriedens immer empfahl.

Der Mann vor ihm bog links ab und schlängelte sich durch die Seitenstraßen zur Via Zamboni. Tony hielt einen konstanten Abstand von zehn Metern. Dann ging es erneut nach links, an der Kirche San Giacomo und dem Theater vorbei zur Universität, wo das beobachtete Subjekt die Treppe zum Hauptgebäude hinauflief und hineinging. Daraufhin zuckte Tony die Achseln und wandte sich um. Wie sollte er jemanden unauffällig in einem Labyrinth von Fluren beschatten, in denen sich lauter Leute tummelten, die halb so alt waren wie er? Und was hätte das auch für einen Sinn? Vincenzo hatte offenbar beschlossen, sein Studium wieder aufzunehmen. Schön. Mit dieser guten Nachricht könnte Tony dem Vater des Jungen die bittere Pille versüßen, wenn er ihn anrief, um sein Geld einzufordern. Außerdem würde die Tatsache, dass er das wusste, den eindeutigen Beweis dafür liefern, wie unermüdlich er bei der Arbeit war, um sein Versprechen zu erfüllen, dass er seinen Klienten die Sicherheit gab, alles zu wissen, und zwar immer!

20

Wenn ich vom Nachahmen der Mimesis spreche, gibt es dazu eine exakte Parallele in der modernen Kosmologie, wo viel über das Problem der offenbaren ›Feinabstimmung‹ unseres erkennbaren Universums diskutiert wird. Da jede Berufung auf einen göttlichen Autor, der unabhängig *hors du texte* existiert, eindeutig nicht infrage kommt, haben Wissenschaftler die Theorie vom Multiversum oder ›allen möglichen Welten‹ aufgestellt, die weitgehend akzeptiert wird. Diese postuliert eine unendliche Anzahl paralleler Universen, die jede denkbare Permutation der physikalischen Konstanten einschließen. Deshalb ist es nicht weiter überraschend, dass wir uns zufällig an dem statistisch zu vernachlässigenden Punkt befinden, wo diese Konstanten so sind, dass sie menschliches Leben ermöglichen. Das hier ist das einzige Universum, das wir erfahren können, doch um seine anscheinend sinnvolle Kalibrierung zu verstehen, müssen wir – ich wiederhole, müssen wir – die Existenz aller möglichen Varianten annehmen, da jede andere Schlussfolgerung a priori Unsinn wäre.

Analog dazu impliziert jeder Text notwendigerweise die Existenz einer unendlichen Anzahl anderer und in vielen Fällen widersprüchlicher Texte. Vor mehr als einem Jahrhundert hat Nietzsche erklärt: ›Es gibt keine Tatsachen, nur Interpretationen.‹ In dem einen oder anderen parallelen Universum würde Noam Chomskys berühmtes Beispiel für einen grammatisch korrekten, aber semantisch unsinnigen Satz – ›Farblose grüne Ideen schlafen wütend‹ – genauso banal klingen wie ›Die Katze saß auf der Matte‹. Daher die inhärente Instabilität jeder Interpretation, trotz der konkurrierenden Behauptungen der diversen Klassen-, Macht- und Geschlechtsstrukturen, die sie anscheinend unterstützt.«

Der Hörsaal war eine klassische Aula aus dem siebzehnten Jahrhundert, die an die Theater und Opernhäuser dieser Epoche erinnerte: schlicht, intim und mit einer perfekten Akustik. Professor Edgardo Ugos locker plaudernde Stimme war ohne Mühe oder Verstärkung bis zu dem Sitz hoch oben in der hintersten Reihe zu hören, wo Rodolfo Mattioli saß. Er wusste, dass Ugo ihn dort nicht sehen konnte, hatte aber für alle Fälle noch einmal Vincenzos abgewetzte Lederjacke angezogen, um nicht erkannt zu werden.

Professor Ego, wie er unter Studenten und Kollegen gleichermaßen bekannt war, kam nun zum Resümee seines Vortrags. In diesem kombinierte er in charakteristischer Weise geistreiche und gelehrte Anspielungen auf Eugenio Montale, das Videospiel *Final Fantasy X-2,* Roman Jakobson, Schrödingers Katzenparadoxon, Thomas von Aquin, *Invasion der Körperfresser,* transzendentale Zahlentheorie und den Bagdad-Blogger. Dann nahm er die Huldigungen seines Publikums mit einer ebenso charakteristischen Geste entgegen, die besagte, dass er genauso wie sie natürlich wüsste, dass das alles nicht wirklich wichtig sei, ihnen aber auch klar sein müsste, dass alles andere genauso unwichtig wäre. Oder wie Ugo es in Anlehnung an Oscar Wilde gerne ausdrückte: »Wir liegen alle in derselben Gosse, aber einige von uns tun schon gar nicht mehr so, als schauten sie zu den Sternen hinauf.«

Rodolfo ging mit den übrigen Zuhörern hinaus, von denen einige ihm verlegene Blicke zuwarfen und dann wegsahen. Die Nachricht, dass er aus Ugos Seminar verwiesen worden war, hatte sich eindeutig bei den anderen Fachstudenten herumgesprochen. Er war jetzt für sie tabu. Wenn sie nur wüssten, dachte er, während er die Pistole befingerte, die in der Tasche der Lederjacke steckte. Gestern Abend hatte Rodolfo sich die Waffe vorgenommen, die er hinter Büchern versteckt in seinem Zimmer gefunden hatte, und sie gründlich untersucht. Es war ein qualitativ hochwertiges Teil sowjetischer Herkunft, dem roten Stern auf dem Griff nach zu urteilen, und anscheinend fabrikneu, doch ein leichter Korditgeruch im Lauf und die Tatsache, dass nur sieben Patronen in dem Magazin steckten, in das eigentlich acht passten, deuteten darauf hin, dass die Waffe zumindest einmal abgefeuert worden war.

Rodolfo war kein Anfänger im Umgang mit Waffen. Im Verlauf seines mühsamen Aufstiegs aus den unteren Rängen des Baugewerbes in Apulien in der Nachkriegszeit war sein Vater gezwungen gewesen, die Wartung und den Gebrauch diverser Schusswaffen zu erlernen. Diese Kenntnisse hatte er zur Stärkung der Vater-Sohn-Beziehung an Rodolfo weitergegeben und war mit dem Jungen von ihrem Haus auf dem Land hinaus in die Wildnis gefahren, um Zielschießen zu üben. Angefangen mit Dosen und Flaschen, hatte er sich dann auf das Schießen von Ratten und Vögeln verlegt und war, weil er hoffte, seinem Vater damit eine Freude zu machen, zu einem recht geschickten Schützen geworden.

Heute würde er diese lange vernachlässigte Fertigkeit auf die Probe stellen. Während er mit den übrigen Studenten den Flur entlang- und die Treppe hinunterging, amüsierte er sich in abstrakter Weise mit dem Gedanken, dass er jederzeit sieben von ihnen töten könnte. Natürlich würde das nicht passieren. Abgesehen von allem anderen war das willkürliche, unmotivierte Verbrechen eine typische Sache des zwanzigsten Jahrhunderts, eines der großen Klischees des Modernismus sowohl in künstlerischer als auch in politischer Hinsicht. Jemand wie Vincenzo, der noch nicht begriffen hatte, dass die einzigen Sterne, die er sehen konnte, die Blitze in seinem Kopf waren, nachdem er in die Gosse gefallen war, mochte ja noch einen Kick von so etwas kriegen, aber Rodolfo bestimmt nicht. Sein *acte* würde weniger *gratuite* als vielmehr *in omaggio* sein. Die Rhetorik seiner Geste würde tadellos sein, und anschließend würde er den nächsten Zug Richtung Süden nehmen, im Morgengrauen an der Tür seines Elternhauses aufkreuzen, seine akademische Blamage und Demütigung eingestehen und seinen Vater bitten, ihm eine richtige Arbeit zu geben.

Nach seiner wöchentlichen Vorlesung verließ Edgardo Ugo, wie Rodolfo wusste, das Gebäude durch einen Seitenausgang, der zu dem Fahrradschuppen führte, der für Dozenten reserviert war. Dort holte sich der Professor sein Rad und fuhr das kurze Stück bis zu seinem Stadthaus, um sich zu entspannen und auf das Mittagessen vorzubereiten. Deshalb postierte sich Rodolfo neben dem Tor, das von diesem Hof auf die Hauptstraße führte. Er selber hatte kein Fahrrad, aber ihm war schon früher aufgefallen, dass Ugo im Einklang mit den Traditionen seiner Stadt auf zwei Rädern in einem zivilisierten, gemächlichen Tempo fuhr und kaum schneller als ein forscher Läufer war. Und angesichts der unvermeidlichen Verkehrsstaus hatte Rodolfo keinen Zweifel, dass er auf dem einen Kilometer, der zwischen der Universität und Ugos nettem kleinem Haus in der Via dell'Inferno lag, mit seinem Opfer würde Schritt halten können. Und dort, dachte er bei sich, werde ich dem eitlen Dreckskerl was zu interpretieren geben.

21

Schwankend und vor Schmerzen keuchend stand er auf, brachte die Reihe von Stühlen zum Umkippen, als wären es lauter Dominosteine, und riss sich das Hemd auf. Unter seiner verunstalteten Bauchdecke regten sich riesige Würmer. Die Haut leuchtete glühend rot und gelb und ließ die Narbe vom Skalpell wie ein schwarzes Fragezeichen über seinem Bauchnabel hervortreten. Dann rissen die überstrapazierten Nähte plötzlich auf, und eine siedend heiße Brühe aus übel riechendem Eiter und Blut quoll hervor und schwappte über die anderen Gäste, die alle ungerührt weiteraßen und plauderten, als wäre nichts geschehen, was in Wahrheit auch der Fall war.

»Caffè, liquore?«, fragte der Kellner.

Zen schüttelte kategorisch den Kopf.

Plötzlich war lautes Lachen zu hören, und einer der Leute an der Theke zeigte auf den riesigen Flachbildschirm, auf dem ein bärtiger Mann in Kochuniform zu sehen war, der wie wild in einer brennenden Küche herumrannte. Der in der Luft baumelnde Fernseher war Bestandteil des hochgestochenen Konzepts, das hinter diesem Lokal stand, bei dem es sich im Grunde um eine überteuerte Snackbar mit absichtlich unbequemen Möbeln handelte, die Wein per Glas zum Preis einer Flasche anbot und wo Leute verkehrten, denen es offenbar Spaß machte, sich gemeinsam mit dem Personal darum zu bemühen, eine vorgeblich gepflegte Atmosphäre gegenseitiger Verachtung zu schaffen. Und das Ganze versteckt in einer engen, kopfsteingepflasterten

Gasse, die praktisch nirgends hinführte, und von außen absolut nichtssagend. Zen sinnierte, dass Prostitution zwar das älteste Gewerbe der Welt sein mochte, die Gastronomie aber gleich dahinter kam und es noch weitere Ähnlichkeiten gab.

Doch das alles war bedeutungslos verglichen mit der Tatsache, dass er immer noch allein hier saß. Über eine Stunde war vergangen, und weit und breit kein Zeichen von Gemma. Er hatte mehrfach versucht, sie über ihr Handy zu erreichen, aber entweder war die Batterie leer, oder sie hatte es ausgeschaltet. Nachdem er eine halbe Stunde gewartet hatte, hatte er das Tagesgericht bestellt – er konnte sich schon nicht mehr erinnern, was es gewesen war – und es verdrießlich ohne Appetit gegessen. Er checkte noch einmal ihre SMS. Da standen der Name und die Adresse dieses scheußlichen Lokals, sogar die Telefonnummer. Ein Irrtum war ausgeschlossen. Wie dem auch sei, sie hatte schließlich die Nummer seines Handys, das er die ganze Zeit eingeschaltet gelassen hatte. Die einzig mögliche Schlussfolgerung war, dass sie ihn bewusst versetzt hatte. Etwas so Primitives hätte er zwar von Gemma nicht erwartet, selbst in ihren schlimmsten Momenten nicht, aber so war es wohl.

Er hatte bereits die Rechnung verlangt, als die Tür aufging und sie modisch, aber ziemlich streng gekleidet hereinkam. Ihr Gesicht hingegen war gerötet und völlig arglos, sie wirkte aufgekratzt und schien ihre Heiterkeit kaum unterdrücken zu können.

»Tut mir leid, dass ich zu spät bin«, rief sie, ließ sich auf einen Stuhl fallen und zündete sich eine Zigarette an. »Du errätst nie, was passiert ist! Oder hast du es gesehen?«

Sie fing schallend an zu lachen, bekam dann einen länger anhaltenden Hustenanfall, in den der hochnäsige Kellner hineinplatzte.

»Nichts, nein danke«, sagte sie und winkte ihn weg.

»Du willst nichts essen?«, fragte Zen.

»Ich hab in einer Bar in der Nähe der Messe ein *panino* gegessen, während ich gewartet habe. Man kriegte natürlich ewig lang kein Taxi.« Sie fing wieder an zu lachen. »Also, hast du nun gesehen, was passiert ist?«

Zen starrte sie an, immer noch halb mit einer Falle rechnend, aber sie war offenkundig völlig außer sich. Das einzige Problem war, dass er nach wie vor keine Ahnung hatte, wovon sie redete. »Was gesehen? Wo?«

»Im Fernsehen.« Gemma zeigte auf den Bildschirm, auf dem jetzt der Präsident der Republik zu sehen war, der in der pittoresken Hauptstadt irgendeines osteuropäischen Staates, der erst kürzlich dem Kalten Krieg entronnen war, eine Ehrengarde inspizierte.

»Caffè, liquore?«, fragte der Kellner, der erneut mit einer solchen Feindseligkeit auftauchte, dass sich beide genötigt sahen, einen Kaffee zu bestellen.

»Du hast keine Ahnung, wovon ich rede, was?«, sagte Gemma und musste schon wieder lachen. »Da bist du bestimmt der Einzige im ganzen Land!«

Sie beugte sich über den Tisch und berührte Zens Hand, nur ganz kurz, doch das reichte schon, um erneut ein Zucken in seinem Gedärm auszulösen, das ihn wieder an jene Szene aus einem Science-Fiction-Film erinnerte, den sie mal auf Video ausgeliehen hatten, wo ein Mitglied der Raumschiffbesatzung auf höchst unangenehme Weise feststellt, dass sich ein außerirdischer Parasit in seinen Eingeweiden niedergelassen hat.

»Weißt du, diese Fernsehshow, die du nicht ausstehen kannst?«, fuhr sie munter fort. »*Lo Chef Che Canta e Incanta?* Nun, ich hatte gehört, dass der Star dieser Sendung heute live hier auf der Lebensmittelmesse auftreten sollte, und da habe ich die Chance natürlich genutzt, zumal ich ohnehin hierherwollte.«

Zen nickte. »Um mich zu sehen«, murmelte er.

Gemmas Miene trübte sich für einen Augenblick. »Nun ja, eigentlich hatte Stefano mich gebeten, an diesem Wochenende herzukommen. Irgendeine private Angelegenheit, über die er mit mir reden möchte. Du weißt doch von ihm und Lidia? Sie wohnen hier in Bologna, und offenbar ist irgendwas passiert. Ich kann mir schon denken, was es ist, aber sie wollen natürlich viel Aufhebens darum machen, und das zu Recht. Jedenfalls bedeutete das, dass ich mich mit dir treffen und außerdem bei diesem *mano a mano* zwischen Rinaldi und Ugo vorbeischauen konnte. Es hat natürlich niemand geglaubt, dass es einen echten Wettstreit geben würde. Ich meine, der berühmteste Starkoch im ganzen Land gegen einen völligen Amateur!« Sie lachte und warf den Kopf dabei so weit zurück, dass ihr schöner Hals zu sehen war. »Und stell dir mal vor, es gab tatsächlich keinen Wettstreit, weil er überhaupt nicht stattgefunden hat!«

Ihre Kaffees wurden unfreundlich serviert. Zen schlürfte seinen, zündete sich eine Zigarette an und versuchte sein Möglichstes, auf Gemmas Stimmung einzugehen, was auch immer die zu bedeuten hatte.

»Hat einer von ihnen in letzter Minute abgesagt?«, fragte er.

»Viel besser. Oder schlimmer. Ugo hat unverdrossen in seiner Küche herumhantiert und sich ohne jedes Theater mit seiner Aufgabe beschäftigt. Irgendwie war er mir sogar recht sympathisch. Er sah lieb und knuddelig aus und ein bisschen hilflos, überhaupt nicht, wie ich ihn mir vorgestellt habe, nachdem ich versucht hatte, diesen unmöglichen Roman zu lesen, den alle gekauft und dann so getan haben, als hätten sie ihn gelesen. Ich fänds gar nicht schlecht, wenn ich ihn zufällig treffen würde, solange ich hier in Bologna bin.«

»Das halte ich für nicht sehr wahrscheinlich.«

»Natürlich nicht, aber man darf ja schließlich träumen.

Wie dem auch sei, auf der anderen Seite der Bühne zog Lo Chef seine übliche Show ab, sehr theatralisch, so nach dem Motto ›Seht her, hier bin ich‹, plauderte die ganze Zeit mit dem Publikum und fing dann an, irgendeine Pseudo-Opernarie zu singen. Unglücklicherweise gerät er dabei so in Fahrt, dass er ganz vergisst, dass er eine Pfanne mit Öl auf dem Herd stehen hat, und mitten in einer seiner großen Nummern geht die in Flammen auf! Die Einrichtung war offenbar in letzter Minute aus dünnen Holzplatten zusammengezimmert worden, und die brannten lichterloh, bevor irgendwer etwas dagegen tun konnte. Schon bald ist der ganze Zuschauerraum voller Qualm, irgendwo geht der Feueralarm los, und alles muss evakuiert werden. Ich meine, das ganze Messegelände, die komplette Enogastexpo-Ausstellung! Tausende Menschen irren auf den Parkplätzen herum, jede Menge Feuerwehrautos kommen angefahren, über uns Polizeihubschrauber, das absolute Chaos!«

Zen ließ einige Sekunden verstreichen, bevor er sagte: »Heute Abend bist du also bei deinem Sohn und seiner ...«

»Ja.«

»Und worum gehts?«

Gemma sah ihn mit einem leicht verschämten Lächeln an. »Nun ja, Stefano wollte am Telefon nichts sagen, aber ich habe so das Gefühl, dass ich vielleicht Großmutter werden könnte.«

Zen brauchte einige Zeit, um diese Vorstellung zu verdauen. »Dann wäre ich ...«, begann er schließlich.

»Nichts.«

Sie sahen sich einen Augenblick frostig an.

»Absolut nichts«, sagte Gemma in härterem Tonfall. »Wir sind nicht verheiratet, und sie im Übrigen auch nicht. Also hat es keinerlei Konsequenzen. Zumindest nicht für dich.«

Zen suchte nach einer geeigneten Bemerkung. »Bleibst du über Nacht?«, brachte er schließlich heraus.

Gemma schüttelte den Kopf. »Sie können mich nicht unterbringen. Es ist nur eine Einzimmerwohnung, die Lidias Eltern ihnen vorläufig zur Verfügung stellen.«

Zen sah sie mit diesem Blick an, mit dem er so häufig Verdächtige bedacht hatte, die gerade mehr preisgegeben hatten, als ihnen klar war. »Also hat sie die Hosen an«, sagte er.

Ein weiterer frostiger Blickwechsel.

»Sie sind ein Paar«, sagte Gemma prononciert, als spräche sie mit einem Ausländer, der die Sprache nur beschränkt beherrscht.

»Aber sie hat das Sagen«, insistierte Zen.

»Davon weiß ich nichts.«

»Ihr gehört die Wohnung, cara. Genau wie bei uns.«

Ihre Blicke begegneten sich, und er wusste sofort, dass er zu weit gegangen war. Kurz darauf spürte er wieder ein heftiges Stechen in seinem Bauch und sah eine Möglichkeit, die Atmosphäre aufzulockern.

»Raus hier!«, befahl er dem imaginären außerirdischen Bewohner mit einer übertriebenen Schroffheit, die komisch wirken sollte. »Raus, raus!«

Doch Gemma hatte den Film vergessen, auf den er anspielte, und man hätte ohnehin nicht von ihr erwarten können, dass sie den Bezug verstand. In der Annahme, dass Zen sie meinte, sprang sie auf und lief zur Tür.

22

Während Edgardo Ugo mit dem Fahrrad nach Hause fuhr, geschah etwas.

Er fühlte sich unbeschwert und heiter, ganz im Einklang mit sich selbst, mit der Stadt, die er so gut kannte und so sehr liebte, und mit dem Leben insgesamt. Zu seiner völligen Verblüffung hatte er in dem Wettstreit gegen Rinaldi, über den so viel Wirbel in den Medien gemacht worden war, einen unbestreitbaren Triumph erzielt. Das hatte er zugegebenermaßen nur der unglaublichen Inkompetenz dieses Mannes zu verdanken, doch an dem Ergebnis war nicht zu rütteln. Jetzt sollte der Schweinehund doch mal versuchen, ihn zu verklagen! Hinterher hatte er den Journalisten, die sich vor dem evakuierten Messezentrum drängten, jeglichen Kommentar verweigert, war schnurstracks mit einem Taxi zur Universität gefahren und hatte mit seiner üblichen gelassenen Professionalität, als käme er gerade aus der Bibliothek, seine berühmte wöchentliche Vorlesung gehalten.

Nun war er auf dem Weg zu seiner kleinen städtischen Zweitwohnung, die er nicht weit von der Uni besaß, um seine nach Rauch stinkenden Sachen zu wechseln und sich frisch zu machen, bevor er sich mit einem Kollegen von der Universität Uppsala, der gerade zu Gast war, zum Mittagessen treffen wollte. Per Fahrrad natürlich. In Bologna assoziierte man Fahrräder mit einfachen Leuten: mit armen Studenten, Rentnern, die mühsam über die Runden kamen, Hausfrauen, die jeden Cent umdrehten, und so weiter.

Doch wenn ein weltbekannter Autor und Professor mit ungezählten Millionen auf der Bank auf einem Fahrrad gesehen wurde, transformierte das sein ramponiertes, aber formschönes 1923er Bianchi S24 von einem einfachen Transportmittel zu dem, was Semiotiker ein »Zeichenvehikel« nannten – auch so einer dieser obskuren Scherze, für die Ugo berühmt war. Gott, war er cool.

Und dann geschah etwas.

Hinterher war natürlich vollkommen klar, was da abgelaufen war, doch der fragliche Augenblick bestand für ihn nur aus einer Folge flüchtiger und verschwommener Eindrücke, gefolgt von einem unangenehmen Verlust des Gleichgewichts, einem klirrenden Aufschlag und Schmerzen an allen möglichen Stellen. Das Erste, woran er sich deutlich erinnerte, war ein Mann, der über ihm aufragte. Er selbst lag anscheinend auf der kopfsteingepflasterten Straße, und die Lenkstange seines Fahrrads drückte irgendwo gegen seine Nieren.

»Aurelio Zen, Polizia di Stato«, blaffte der Mann und hielt ihm irgendeinen Ausweis hin. »Sie sind wegen rücksichtslosen Fahrens verhaftet.«

Ugo versuchte etwas zu sagen, doch der Mann hatte sich bereits abgewandt und verlangte telefonisch nach einem Krankenwagen. In dem Moment erst sah Ugo die Frau, die sich benommen gegen ein parkendes Auto lehnte. Sie hatte Blut im Gesicht und atmete rasch.

»Sofort!«, brüllte der Polizist namens Zen. »Es ist eine Sache von höchster Dringlichkeit. Meine Frau ist überfahren worden.«

»Ich bin nicht deine verdammte Frau!«, entgegnete sie.

Der Mann klappte sein Handy zusammen und kam mit großen Schritten zu Ugo herüber, der mittlerweile wieder auf den Füßen stand. Er wirkte außer sich vor Wut oder vor Sorge oder beidem.

»Ich kann jetzt keine Verhaftung vornehmen«, erklärte ihm der Polizist, »da ich das Opfer ins Krankenhaus begleiten muss. Doch wenn sich herausstellt, dass sie schwer verletzt ist, werde ich weitere Schritte ergreifen müssen. Geben Sie mir Ihren Namen und Ihre Adresse.«

Ugo zog seine Brieftasche hervor und reichte Zen seinen Personalausweis, zusammen mit einem weiteren Dokument, aus dem Privatadresse und Titel, Position und Telefonnummern bei der Universität hervorgingen. Das könnte ihm vielleicht ein bisschen Respekt verschaffen, dachte er und hob sein Fahrrad auf. In der Ferne war eine Sirene zu hören.

»Entschuldigen Sie!«

Er drehte sich um. Die Frau, die er umgefahren hatte, sah ihn an.

»Sind Sie nicht Edgardo Ugo?«

Er nickte. Sie lächelte, und ihr blutverschmiertes Gesicht hellte sich auf.

»Ich habe Sie schon immer kennenlernen wollen«, fuhr sie fort. »Ich war heute Morgen bei Ihrem Kochwettbewerb mit Lo Chef. Ich fand, Sie waren wunderbar!«

Wahrscheinlich zum ersten Mal in seinem Leben fehlten Edgardo Ugo die Worte.

»Es tut mir ja so leid, dass das hier passiert ist«, sagte er schließlich. »Ich weiß gar nicht, wie ich mich entschuldigen soll.«

Die Frau lachte unbeschwert. »Überhaupt nicht, es war allein meine Schuld.« Sie zeigte mit dem Daumen auf Zen, der ungeduldig die Straße nach dem Krankenwagen absuchte. »Wir hatten uns gestritten, und ich konnte nicht schnell genug von dem Restaurant wegkommen. Ich bin über die Straße gerast, ohne zu gucken, ob jemand kommt. Da hätten Sie absolut nichts dagegen machen können.«

»Da kommt er!«, rief Zen.

»Und achten Sie nicht auf ihn«, sagte Gemma vertraulich zu Ugo. »Das ganze Gerede von wegen Sie zu verhaften. Alles nur Bluff und großes Geschrei.«

Dann war der Krankenwagen da, und die Sanitäter stiegen aus. Ugo stieg auf das Bianchi und wollte diskret weiterfahren, doch bei dem Zusammenstoß war die Kette abgesprungen. Da er sich weder die Finger schmutzig machen noch länger bleiben wollte, machte er sich zu Fuß auf den Weg und schob das Fahrrad.

An der Straßenecke unter dem Bogen, der den Eingang zum ehemaligen Ghetto markierte, schaute er noch einmal zurück. Offenbar hielten die Sanitäter den Zustand der Frau nicht für ernst genug, um sie auf eine Krankentrage zu legen. Ugo sah mit Erleichterung, dass sie in der Lage war, ohne Hilfe zu gehen, und dass man sie auf der Rückbank des Krankenwagens Platz nehmen ließ. Der Zwischenfall hatte bereits eine größere Menschenmenge angezogen, unter anderem einen jungen Mann, der eine schwarze Lederjacke mit dem Emblem des lokalen Fußballclubs trug. Ihm fiel außerdem auf, dass der Polizist, der ihm gedroht hatte, gar nicht in den Krankenwagen einstieg, wie er gesagt hatte, sondern dem Auto nachsah, als es losfuhr. Dann drehte er sich um und ging in Ugos Richtung.

Ugo bog schulterzuckend um die Ecke. Wenn der Polizist etwas von ihm wollte, hatte er ja seine Adresse. Derweil rekapitulierte er staunend die außerordentlichen Ereignisse dieses Tages. Jemanden auf der Straße umfahren, der einem dann erzählt, wie wunderbar man sei! Unglaublich. Er hoffte nur, dass sie keine Gehirnerschütterung hatte. Jedenfalls war das für ihn jetzt erst mal genug Aufregung gewesen. Eine heiße Dusche und saubere Sachen anziehen, dann zu einem geruhsamen späten Mittagessen mit Professor Erik Lönnrot. Er lehnte das Fahrrad gegen die Hauswand, zwischen die Eingangstür und die Marmorkopie von Marcel

Duchamps Readymade *Fountain* von 1917. Er zückte seinen Schlüssel und drehte sich zur Tür hin, um ihn in das klemmende Schloss zu zwingen.

Und dann geschah noch etwas.

23

Romano Rinaldi lief rast- und ziellos durch die zahlreichen Zimmer seiner Hotelsuite, bewegte sich pausenlos ohne jeden Zweck, außer um den unerträglichen Druck in seinem Schädel zu lindern, im Kreis herum. Ihm war hundertprozentig klar, dass er jeden Moment sterben würde. Wie nannte man das noch? Aneurysma, Schlaganfall, zerebrale Blutung? Im Wesentlichen hieß das, dass einem das Gehirn explodierte.

Er ging ins große Schlafzimmer, dann zu der isolierverglasten Tür, die auf den Balkon zur Straße hinführte. Die Versuchung, etwas frische Luft zu schnappen, war beinahe überwältigend, doch er konnte es nicht wagen, sich zu zeigen, nicht bei all den Paparazzi, die wie ein Exekutionskommando dort unten aufgereiht standen, den Finger am Auslöser, um das Foto zu schießen, das auf der ersten Seite unter der Schlagzeile »Seine grosse Schmach« erscheinen würde. Stattdessen trabte er ins Gästeschlafzimmer, dann durch die Diele ins Wohnzimmer, das sich über die gesamte Breite des Gebäudes erstreckte. Trotz aller Bemühungen war es unvermeidlich, dass er sich ab und zu in dem riesigen Spiegel sah, der die Rückwand beherrschte.

Ich bin im Arsch, dachte er und starrte auf seine schlaffen Gesichtszüge, absolut total im Arsch. Und es ist alles meine Schuld. Ich hätte die Finger davon lassen können, aber ich habe mich darauf eingelassen. Damit hatte ich die Chance, es zu vermasseln, und genau das hab ich getan, vor einem Millionenpublikum. Die Nachrichtensender im Fernsehen würden die Highlights immer wieder zeigen, bis das ganze Land Zeuge seiner abgrundtiefen Demütigung geworden war. Man würde ihn auf der Straße auslachen, und die Leute würden kichern, wenn er ihnen vorgestellt wurde. Und seine Karriere als *Lo Chef Che Canta e Incanta,* die konnte er vergessen. Er würde seine Schmach für den Rest seines Lebens mit sich herumtragen, wie diese Hunde, die man manchmal sah, denen ein Plastikbeutel mit ihrer eigenen Scheiße am Halsband hing.

Er umklammerte seinen Kopf und starrte in den Spiegel. Diese vorstehende Ader dort an seiner Schläfe war doch ganz offenkundig in den letzten fünf Minuten noch stärker angeschwollen. Lass dir von Delia einen Krankenwagen rufen. In Bologna hatte es schon im Mittelalter gute Krankenhäuser gegeben. Damals hatte man zur Ader gelassen, um den Druck zu lindern. Mit Blutegeln. So ähnlich wie dieses obszöne Ding, das man ihm im letzten Jahr in Tokio in einer Bento-Box offeriert hatte, irgend so eine rohe Schnecke ohne Häuschen. Eine elegant lackierte kleine Schale mit einem enthäuteten Penis darin. Nun ja, nach dieser Geschichte würde er zu keinem kulinarischen Gipfeltreffen mehr eingeladen werden, so viel stand fest.

Nachdem er den *Fiera*-Komplex verlassen hatte – zum Glück hatte seine Produktionsfirma einen Wagen im VIP-Bereich des Parkplatzes bereitstehen, sodass er der Meute vor dem Haupteingang nicht gegenübertreten musste –, war Rinaldi sofort in sein Hotel zurückgekehrt, hatte es durch die Küche betreten, wo sein plötzliches Erscheinen für reichlich Heiterkeit und spielerische Gags mit Feuerlöschern unter den verschwitzten und betrunkenen Hilfskräften gesorgt hatte. Dann war er über die Hintertreppe zu seiner Suite geeilt, wo er die Tür zweimal abgeschlossen und mit der Kette gesichert, den Hörer neben das Telefon gelegt und sein Handy ausgeschaltet hatte, bevor er sich seinen gesamten verbliebenen

Vorrat an Kokain reinzog. Leider war nicht mehr allzu viel übrig gewesen, und mittlerweile hatte die Wirkung nachgelassen. Er schaltete das Handy wieder an, ignorierte die aufgelaufenen Nachrichten und wählte Delias Nummer.

»Bring mir zwei Flaschen Wodka und einen Eimer mit Eis«, sagte er in den Vortrag hinein, mit dem sie sogleich loslegte. »Persönlich. Und zwar sofort.«

Fünf Minuten später klopfte es schüchtern an der Tür. Rinaldi linste durch den Spion, um sich zu vergewissern, dass es tatsächlich Delia war und dass sie allein war, bevor er seine Barrikade abbaute und sie hereinließ.

»Stell es da hin«, sagte er und deutete auf den Fußboden in der Eingangshalle.

Doch Delia ging schnurstracks ins Wohnzimmer und stellte die beiden Flaschen und den silbernen Eimer auf einen Tisch mit einer Glasplatte.

»Raus hier!«, brüllte Rinaldi, der hinter ihr herkam. »Ich brauche meine Ruhe.«

»Wir müssen miteinander reden, Romano.«

»Es gibt nichts zu bereden.«

Delia ließ sich auf ein Sofa von der Größe eines durchschnittlichen Mittelklassewagens sinken. »Carissimo, ich hab stundenlang versucht, dich anzurufen!«

Rinaldi warf vier große Eiswürfel in ein hohes Glas, füllte es bis zum Rand mit Wodka und nahm einen tiefen Schluck.

»Warum hast du nicht auf meine Nachrichten geantwortet?«, fuhr Delia in einem nervigen Kleinmädchentonfall fort. »Wie soll ich dir denn helfen, wenn du noch nicht mal mit mir sprichst?«

»Mir kann keiner helfen. Und ich kann deine Karriere auch nicht weiter fördern, also tu nicht so, als hättest du ein persönliches Interesse an mir. Es ist aus. Ich, du, die Serie, die Firma, alles vorbei.«

»Das ist absurd, Romano! Du kannst doch nicht wegen eines dummen Missgeschicks alles hinschmeißen.«

Er trank gerade wieder an seinem Wodka und verschluckte sich fast, weil er in ungläubiges Gelächter ausbrach. »Dummes Missgeschick! Ich hab fast das ganze Messezentrum von Bologna abgefackelt! Vielleicht ist sogar schon die Polizei hinter mir her.«

»Es war nicht deine Schuld. Woher solltest du denn wissen, dass die Knöpfe, mit denen die Brenner auf dem Herd reguliert werden, nicht richtig justiert waren? Die ganze Kücheneinrichtung wurde in letzter Minute bei den Herstellern, die auf der Enogastexpo ausstellen, zusammengesucht. Die haben zwar ein paar Demonstrationsmodelle hier, die tatsächlich funktionieren, aber die meisten Geräte sind reine Ausstellungsstücke. Eins von diesen Dummys wurde in deine Küche gestellt. Die Monteure haben zwar den Herd ans Gas angeschlossen, aber sie hatten keine Zeit, die vielen unterschiedlichen Funktionen genau zu überprüfen. Also hast du die Pfanne mit dem Öl auf eine, wie du glaubtest, kleine Flamme gestellt und dich dann umgedreht, um andere Dinge zu tun und deine Fans zu unterhalten. Die Flamme unter der Pfanne war aber sogar heißer, als es die Sicherheitsvorschriften selbst bei höchster Stufe erlauben! Das Ergebnis war unvermeidlich.«

Rinaldo trank seinen Wodka aus und schenkte sich sofort einen neuen ein. »Das wird uns niemand glauben.«

Delia stand auf und betrachtete ihn ganz ruhig.

»Das werden sie, wenn der Geschäftsführer der Firma, die diesen Herd produziert, das morgen früh bestätigt, nachdem er das fragliche Gerät persönlich untersucht hat.«

Ein verächtliches Schulterzucken. »Warum sollte der uns helfen wollen?«

»Jetzt frag ich mich aber, wo du eigentlich lebst. Vielleicht hatten die hunderttausend vom Sender was damit zu tun.«

Rinaldi starrte sie verblüfft an. »Die haben ihn bestochen?«

»Natürlich haben sie das. Du bist bis auf Weiteres eines ihrer gewinnbringendsten Produkte, Romano. Die werden dich nicht kampflos aufgeben.« Sie kam zu ihm herüber, trat ganz nah an ihn heran und blickte ihm unverwandt in die Augen. »Du brauchst nichts weiter zu tun, als dich die nächsten Tage bedeckt zu halten. Keine Interviews, keine Kommentare, keine Telefongespräche außer zwischen mir und dir. Das Beste wäre, du würdest dich überhaupt nicht in der Öffentlichkeit zeigen. Warum bleibst du nicht einfach hier?«

Rinaldi schüttelte vehement den Kopf. »Kommt überhaupt nicht infrage!«

Abgesehen von allen anderen Unannehmlichkeiten könnte er sich auf keinen Fall in irgendeinem Restaurant in der Stadt blicken lassen, wo die meisten Gäste ohnehin Besucher der Enogastexpo sein würden. Selbst Zimmerservice wäre riskant: »Tut uns leid, aber die Brandschutzbestimmungen von Bologna verbieten die Zubereitung flambierter Gerichte in Hotelzimmern, ha, ha, ha.«

Delia nickte. »In diesem Fall greifen wir zu Plan B. Einer der Direktoren unseres Fernsehsenders hat eine Villa in Umbrien. Sie ist luxuriös und sehr abgelegen. Ich schicke dir heute Abend um sieben einen Wagen zum Hintereingang des Hotels, der dich dorthin bringt. Speisekammer und Hausbar sind reichlich bestückt, außerdem gibt es eine gute Auswahl deiner Lieblingspartydrogen. Wenn alles vorbereitet ist, fahren wir dich nach Rom, wo eine gut einstudierte Pressekonferenz stattfindet. Du wirst darauf so vorbereitet, dass du auf jede erdenkliche Frage eine Antwort weißt. Und am Ende wirst du Edgardo Ugo öffentlich zu einer Wiederholung herausfordern.«

Rinaldi zuckte so heftig zusammen, dass er seinen Drink

fast völlig verschüttete. »Das soll ich noch mal durchmachen? Bist du verrückt?«

Delia legte ihm eine Hand auf den Arm. »Das brauchst du nicht, Romano. Ugos Anwalt hat bereits ein Dokument in Händen, in dem zugesichert wird, dass wir unabhängig vom Ergebnis des heutigen Wettstreits keinerlei Forderungen mehr an seinen Klienten stellen. Ugo hat daher nichts zu gewinnen, also wird er dein Angebot ablehnen. Aber du hast es gemacht, und das lässt dich gut dastehen. Danach geht es wie gewohnt weiter, und wir planen die Folgen der Show für den Sommer. Va bene?«

Rinaldi dachte eine Zeit lang darüber nach. Eigentlich klang es gar nicht so schlecht. Vielleicht bestand ja doch noch Hoffnung. »Va bene.«

Er brachte Delia zur Tür, verschloss sie hinter ihr und legte die Kette vor. Im Wohnzimmer füllte er sein Glas noch einmal auf und fing erneut an umherzugehen, diesmal allerdings in einem gemächlicheren Tempo. Wodka war guter Stoff, wenn man ihn in ausreichenden Mengen zu sich nahm, doch nach dem, was er an diesem Tag durchgemacht hatte, meinte Rinaldi, nur das Allerbeste verdient zu haben. Das würde er hier natürlich nicht bekommen, doch selbst ein relativ mäßiges Produkt wäre besser als gar nichts. Sobald es dunkel war und das Pressekorps aufgab, würde er sich hinausschleichen und in einigen Bars im Universitätsviertel herumfragen. Fragen kostete schließlich nichts.

24

Sobald sich die automatischen Türen des Policlinico Sant'Orsola zischend hinter ihm schlossen, fühlte Zen sich wie zu Hause. Es war gut, wieder in dieser stillen, zweckmäßigen und wohlgeordneten Welt zu sein, wo eine beruhigende Atmosphäre von Kompetenz herrschte und über Fragen von Leben und Tod in sachlich gemessenem Tonfall gesprochen wurde. Natürlich war das in Palermo oder Neapel nicht der Fall – noch nicht einmal in Rom, weshalb Zen dort in eine Privatklinik gegangen war –, doch die hohen städtischen Standards der Bologneser sorgten dafür, dass ihr öffentliches Krankenhaus mustergültig war.

Trotzdem bedeutete der niedere Status als Nichtpatient, dem das talismanartige Plastikarmband fehlte, dass es sehr viel länger dauerte, die diversen internen Schranken zu passieren. Zens Polizeiausweis half ihm zwar bis zu einem bestimmten Punkt, doch als er schließlich in den Warteraum vor dem Bereich gelangt war, in dem Gemma behandelt wurde, wurde ihm kategorisch jeder weitere Zutritt verwehrt. Und um die Sache noch schlimmer zu machen, erklärte ihm der zuständige Krankenpfleger, dass dies auf Wunsch der Patientin geschah.

»Unsinn«, entgegnete Zen. »Sie weiß doch noch nicht mal, dass ich hier bin.«

»Die Patientin hat bei der Aufnahme darum gebeten, falls jemand namens Aurelio Zen sie besuchen wolle, solle man ihm die Erlaubnis verweigern.«

»Aber das ist doch absurd! Wir leben zusammen!«

»Es entspricht den Grundsätzen des Krankenhauses, die Wünsche der Patienten in diesen Dingen zu respektieren.« Der Krankenpfleger drehte sich um und begann, einen Stapel Akten durchzusehen.

»Wie lange wird es denn dauern, bis die vorläufige Diagnose feststeht?«, fragte Zen.

»Das hängt vom Arzt ab.«

»Ich will es ja nur ungefähr wissen.«

»Mindestens eine halbe Stunde.«

Zen seufzte laut und trottete kopfschüttelnd zur Tür, wo er fast mit einer winzigen verhutzelten Frau zusammenstieß, deren abgetragener Mantel mindestens fünf Nummern zu groß war für einen Körper, an dem der Zahn der Zeit schon reichlich genagt hatte.

»Schweinehunde, die meinen, sie können mit einem machen, was sie wollen«, murmelte Zen.

Die Frau kicherte, was sich überraschend hell und perlend anhörte. Plötzlich erinnerte sich Zen, dass es die Frau war, die am gestrigen Abend in der Bar in der Nähe des Fußballstadions auf einen offensichtlich ausgestopften Pekinesen eingeredet hatte.

»O nein, nur der Bestatter kann mit einem machen, was er will!«, erwiderte sie.

Zen sah auf die Uhr und ging hinaus, um eine Zigarette zu rauchen. In Bologna wurde das Rauchverbot im Krankenhaus offensichtlich sogar von den Ärzten befolgt.

Ein Krankenwagen stand auf der Rampe vor der *Pronto-Soccorso*-Abteilung, und Sanitäter entluden unter der Aufsicht von zwei Beamten der Carabinieri eine Krankentrage. Einer weltweiten Polizeitradition gemäß hatten sie ihr Auto dort geparkt, wo es für sie am bequemsten war und alle anderen am meisten störte. In diesem Fall blockierte es den Behinderteneingang des Krankenhauses. Einer der Beamten ging los, um den Wagen wegzufahren, und als er zurückkam, trat Zen ihm in den Weg, zeigte seinen Dienstausweis und fragte mit zurückhaltender beruflicher Neugier, was denn passiert wäre.

»Schussverletzung«, antwortete der Carabiniere, als das Opfer gerade ins Gebäude gebracht wurde.

Zen starrte auf den vertrauten, prall gefüllten Plastikbeutel, den einer der Sanitäter hochhielt und der mit einer farblosen Flüssigkeit gefüllt war, die über einen Plastikschlauch in die Vene lief und einst endlose Tage lang seine einzige Nahrungsquelle gewesen war.

»Selbst zugefügt?«

»Das wissen wir noch nicht. Er war nicht in der Verfassung, Fragen zu beantworten.«

»Gehört alles zum Job«, kommentierte Zen mit kollegialer Solidarität.

»Es wird sogar in die Nachrichten kommen«, fuhr der andere Beamte fort, der sich anscheinend über die Unterstellung ärgerte, dies sei bloß eine Routineaufgabe.

»Wieso?«

»Wir haben im Krankenwagen seine Papiere überprüft. Professor Edgardo Ugo. Offenbar ein hohes Tier an der Universität.«

Zen runzelte die Stirn. Der Name kam ihm bekannt vor, doch er konnte ihn im Moment nicht einordnen. In den letzten paar Stunden war so viel geschehen.

»Nun ja, ich sollte wohl besser mal nachsehen, ob er jetzt vernehmungsfähig ist«, bemerkte der Polizist und rückte seine Kappe gerade.

»Ich komme mit«, sagte Zen. »Ich hab auch jemanden da drinnen.«

Er hoffte darauf, dass Gemma in einem der durch Vorhänge abgeteilten Bereiche in der Notaufnahme behandelt würde und dass er, wenn er unbemerkt an dem Pfleger am Empfangstisch vorbeikam, vielleicht mit ihr reden könnte.

Bei der Aufnahme musste irgendein Fehler gemacht oder etwas verwechselt worden sein. Gemma hatte höchstwahrscheinlich eine leichte Gehirnerschütterung. Ihn persönlich würde sie ganz bestimmt nicht abweisen.

Leider brachte die Effizienz des Bologneser Krankenhauses und dessen bedauerlich gute Personalausstattung seinen Plan zum Scheitern. Zen wurde von einer Krankenschwester abgefangen, die ihn fragte, was er hier zu suchen habe, und nachdem sein Name und seine Absicht festgestellt worden waren, wurde er an die Stationsschwester verwiesen, die ihn unmissverständlich aufforderte, das Krankenhaus zu verlassen. Als sie ihn zur Tür begleitete, kamen sie an der Kabine vorbei, vor der der Carabinieribeamte Wache stand und zusah, wie der zuletzt eingelieferte Patient eine Spritze erhielt, bevor die Ärzte ihm die Kleidung aufschneiden würden. Zen lächelte nostalgisch. Er hatte diese kurzen schmerzhaften Einstiche lieben gelernt, wie auch das Funkeln und Glänzen der Nadeln frisch ausgepackter Spritzen, besonders wenn Morphium im Spiel war.

»Das ist er! Das ist er!«

Der Patient hatte sich aufgerichtet und gestikulierte wild. Alle sahen sich um, doch da waren Zen und seine Aufpasserin bereits hinter der Stofftrennwand verschwunden, und einen Augenblick später verlor der Patient wieder das Bewusstsein.

25

»… der ursprünglich ausgehandelte Vertrag legt ausdrücklich fest, dass die Bezahlung nach Erhalt und Billigung – ich betone das Letztere – eines schriftlichen Berichts erfolgen würde, in dem Sie Ihre Mittel, Methoden und Ergebnisse detailliert erläutern.«

»Ich habe Ihnen doch gesagt, was Sie wissen wollten.«

»Die Unterstellung, dass Sie wissen, was ich ›wissen will‹, ist impertinent.«

»Aber …«

»Diese Fotografien beispielsweise«, fuhr Avvocato Amadori fort. »Ich muss wissen, wann und wo sie aufgenommen wurden, bestätigt durch eidesstattliche Erklärungen glaubwürdiger Zeugen.«

»Nun ja, das war in dieser Bar …«

»Hat der Besitzer des Etablissements seine schriftliche Zustimmung zur Aufnahme und anschließenden Reproduktion und Weitergabe von Fotos von Gästen seines Lokals gegeben?«

»Was?«

»Ich nehme an, das bedeutet nein.«

»Nun ja …«

»Also sind besagte Bilder juristisch wertlos.«

Am Anfang seiner Solokarriere hatte Tony den Werbeslogan »Die Hoffnung, alles zu wissen, und zwar immer« in Betracht gezogen, weil das so schön zu seinem Nachnamen passte. Außerdem hätte er dann zwei Konzepte zu unterschiedlichen Preisen anbieten können, das Modell Hoffnung und das Modell Sicherheit. »Lassen Sie es mich einmal so formulieren, Signora Tizia. ›Sicherheit‹ kostet Sie ein bisschen mehr im Voraus, aber betrachten Sie es doch als Investition. Langfristig gesehen werden sich die zusätzlichen Kosten ganz bestimmt bezahlt machen, insbesondere wenn Sie sich entschließen, diesen betrügerischen Schweinehund zu verklagen.« Letztlich hatte er die Hoffnungsoption jedoch als zu unverbindlich verworfen. Jetzt erschien ihm das äußerst anmaßend.

»Sie haben mir gesagt, Sie wollten Fotos von dem Gesindel, mit dem sich Ihr Sohn herumtreibt, Avvocato. Die habe ich Ihnen beschafft, zusammen mit seiner aktuellen Adresse und Informationen über seine Aktivitäten während der letzten Tage.«

»Das Einzige, was Sie mir beschafft haben, ist ein Satz Fotos von diversen unangenehm aussehenden jungen Männern, die sich offenbar in einem Zustand fortgeschrittener Trunkenheit befinden. Ohne objektiven Beweis, dass diese Männer, wie Sie behaupten, etwas mit Vincenzo zu tun haben, sind diese Fotos von rein anekdotischem Wert.«

Bei so einem Vater war es ja kein Wunder, dass der Sohn von zu Hause ausgezogen war, dachte Tony.

»Außerdem müssen wir noch über Ihre angeblichen Spesen reden. Sie behaupten nicht nur, Sie hätten mehr als dreihundert Euro für ›Erfrischungen und Nebenausgaben‹ ausgegeben, sondern besitzen auch noch die Unverschämtheit, weitere fünfhundertachtzig für den ›Verlust von Berufsinventar‹ in Rechnung zu stellen!«

»Im Rahmen meiner Ermittlungen wurde ich überfallen und einer sehr wertvollen digitalen Kamera beraubt, die ich ersetzen musste, um jene Fotos zu machen, und außerdem hat man mir eine ebenfalls sehr teure Pistole gestohlen.«

»Ich weigere mich, für Verluste aufzukommen, die Ihrer Inkompetenz zuzuschreiben sind.«

»Wenn Sie mich für inkompetent halten, Avvocato, warum haben Sie mich dann überhaupt engagiert?«

»Damit meine Frau Ruhe gibt. Die ganze Sache war ihre Idee. Mir persönlich wäre es lieber, wenn unser undankbarer Sohn zu gegebener Zeit und auf eigene Kosten seine Fehler einsieht, aber um den Anschein von Frieden im Haus zu wahren, hielt ich es für das Beste, pro forma ein Zugeständnis zu machen. Allerdings nicht zum Preis von fast fünfzehnhundert Euro. Bei Erhalt und Billigung des detaillierten schriftlichen Berichts, von dem ich bereits sprach, werde ich Ihnen einen Scheck über den Betrag schicken, den wir zu Beginn vereinbart haben, zuzüglich eines nominellen Tagessatzes von fünf Prozent, um Ihre Nebenausgaben zu decken.«

Die Leitung war plötzlich tot. Tony ebenfalls, für einen Augenblick. Dann griff er nach der Flasche Jack Daniels, die auf seinem Schreibtisch stand.

Das Büro von *Speranza Investigazioni SpA* befand sich in einem kleinen Raum im hinteren Teil eines Gebäudes, dessen juristischer Status derzeit ungewiss war, weil er vom Ausgang eines Scheidungsprozesses abhing, für den Tony selbst größtenteils die Beweise gesammelt hatte. Er hatte auf einen Teil seines Honorars verzichtet und durfte dafür vorübergehend diesen Raum als Büro des »Hausmeister- und Sicherheitsdienstes« benutzen, den er angeblich leistete, und das alles unter der strikten Vereinbarung, dass er, wenn er die Anweisung erhielt, das Zimmer zu räumen, bereits weg sein würde und eigentlich überhaupt nie da gewesen war. Derweil fand Tony, dass diese Absprache jeden Cent wert war, wie das neue europäische Kleingeld zu seinem Entzücken hieß. Sie gab ihm ein Gesicht in der Öffentlichkeit, einen Briefkopf mit einer Adresse in der Innenstadt, ein Fenster zur Welt und die Möglichkeit, all die Dinge zu tun, die er auch zu Hause in seinem Vorstadtapartment tun würde, nur halt in der Innenstadt.

Der Raum gab ihm außerdem eine Basis für seine Online-Operationen dank dem DSL-Anschluss, den er in einer Wohnung im zweiten Stock angezapft hatte. »Wenn ich nichts davon gehört habe, ist es nicht passiert«, pflegte Tony gern zu sagen. Wörtlich genommen hätte diese Maxime beinahe sämtliches dokumentierte menschliche Wissen ausgelöscht, doch in der Praxis steckte kaum mehr dahinter als ein freies Abo bei einem Dienst namens »Headline HeadUp«, der seine Klientel mit Nachrichtenfetzen bombardierte und als Gegenleistung deren E-Mail-Adressen an Spammer verkaufte, die Viagra ohne Rezept und zu Schleuderpreisen über die virtuelle Theke anboten.

Völlig niedergeschlagen von der Unfreundlichkeit und Arroganz seines Klienten, startete Tony den Computer, loggte sich auf seiner Überwachungswebsite ein und kontrollierte rasch Vincenzo Amadoris Aktivitäten am heutigen Tag, nur für den Fall, dass die Angelegenheit bei späteren Verhandlungen noch einmal zur Sprache käme. Alles war ziemlich vorhersagbar: bis elf Uhr zu Hause, eine halbe Stunde in einem Café, anschließend war er zur Uni gegangen, wie Tony persönlich beobachtet hatte. Eine halbe Stunde war er dort geblieben, dann auf einem anderen Weg durch die schmalen Gassen des ehemaligen Ghettos zurück zu der Wohnung gegangen, die er sich mit Rodolfo Mattioli teilte, dem Freund der süßen illegalen Rothaarigen.

»Neueste Nachrichten« blitzte auf dem Bildschirm auf; darunter war ein Bild von einem Mann, der die typische Aura einer Berühmtheit von heute ausstrahlte und im Betrachter automatisch ein leicht unbehagliches Gefühl auslöste, weil er ihn nicht sofort erkannte. »In Bologna wurde auf den weltberühmten Gelehrten und Autor Edgardo Ugo geschossen. Der Anschlag ereignete sich heute Mittag kurz nach ein Uhr vor dem Haus des Professors in der Via dell'Inferno, mitten im Herzen der Stadt. Das Opfer wurde sofort ins Krankenhaus gebracht, doch bisher ist über seinen Zustand nichts bekannt. Heute Morgen war Professor Ugo in einem Kochwettstreit gegen Romano Rinaldi angetreten, den Star der Show *Lo Chef Che Canta e Incanta,* in der Absicht, die Frage einer möglichen Diffamierung Rinaldis durch einen Kommentar, den Ugo in seiner Kolumne in der Wochenzeitschrift *Il Prospetto* abgegeben hatte, ein für alle Mal zu klären. Die Carabinieri haben mitgeteilt, dass sie dringend herauszufinden versuchen, wo sich Signor Rinaldi gegenwärtig aufhält, um ihn von den laufenden Ermittlungen ausschließen zu können.«

Tony spürte, wie sich in seinem betäubten Gehirn träge ein Gedanke regte. Eigentlich interessierte es ihn natürlich einen Dreck, wenn irgendein Professor von diesem Starkoch erschossen worden war. Da steckte für ihn kein Geld drin. Doch irgendetwas an dieser Nachricht hatte seine Aufmerksamkeit erregt. Via dell'Inferno – die Straße der Hölle im mittelalterlichen Ghetto – heute Mittag kurz nach ein Uhr ... Er klickte rasch zu der Online-Überwachungssite zurück und verglich sorgfältig die Orts- und Zeitangaben. Sieh mal einer an, dachte er. Na, so was!

Zehn Minuten später war er in Amadoris Anwaltskanzlei. Die Empfangsdame versuchte tapfer, so zu tun, als hätte sie seit seinem letzten Besuch nicht Tag und Nacht von Tony geträumt, dann erklärte sie mit eindeutig unaufrichtiger Stimme, dass l'Avvocato »nicht an seinem Schreibtisch« wäre.

»Von mir aus kann er auch unterm Schreibtisch sitzen, Schätzchen«, entgegnete Tony. »Hol ihn einfach, aber schnell.«

Mittlerweile sichtlich schwach in den Knien vor kaum unterdrückter Lust, brachte die Empfangsdame stammelnd hervor, dass ihr Chef nicht gestört werden dürfe, und fragte, ob Tony nicht vielleicht einen Termin für nächsten Monat machen wolle.

Tony Speranza musterte sie anerkennend. Genau das richtige Alter, dachte er. Nicht dieses glänzende, unfertige Fleisch, wie es die jungen Frauen hatten, das an ungekochte Würstchen erinnerte. Diese Puppe war gerade lange genug abgehangen. Das Fleisch war schön fest, ohne dass die Umhüllung schon schrumplig war.

»Wie viel kriegst du gezahlt?«, fragte er.

»Mi scusi?«

»Egal. Aber wenn du dir noch extra was verdienen willst, hauche deinem Chef den Namen Edgardo Ugo in die Ohrmuschel.«

»Edgardo Ugo?«

Tony nickte. »Der große und möglicherweise jüngst verstorbene Professor Ugo.«

»Welche Bewandtnis sollte das für ihn haben?«

»Wenn du anfängst, im Konditional mit mir zu reden, sind die Möglichkeiten unendlich. Sagen wir einfach mal, dass Vincenzo Amadori, ein junger Hooligan, der in einer gewissen verwandtschaftlichen Beziehung zu deinem Chef steht, zu der Zeit, als auf Professor Ugo geschossen wurde, in der Via dell'Inferno war und dass ich das mit Dokumentationsmaterial beweisen kann, das vor jedem Gericht bestehen wird. Hast du das kapiert, Wanda?«

Verdammt, nun wurde die Empfangsdame auch noch rot. »Woher wissen Sie meinen Namen?«

Um den geheimnisvollen Nimbus seiner Zunft aufrechtzuerhalten, verkniff es sich Tony, auf die gerahmte Fotografie zu zeigen, die auf dem Aktenschrank stand und über die mit krakeligen Buchstaben: »Für Wanda, mit meiner ganzen Liebe, Nando«, geschrieben war. Irgendein muskelbepackter Fleischkloß mit einem Huhn auf der Schulter.

»Hey, manchmal hat man einfach Glück! Und diesmal trifft es uns, Wanda. Denn was ich dir gerade erzählt habe, ist wahr, aber bisher sind wir beide die Einzigen, die davon wissen. Ich könnte mir gut vorstellen, dass l'Avvocato möchte, dass das auch so bleibt, was uns ein gewisses Druckmittel gibt. Kannst du mir folgen? Du gehst also jetzt los und zerrst ihn zurück an seinen alten Schreibtisch, wenn nötig mit Gewalt, und machst ihm unmissverständlich klar, dass nur einer von uns beiden die Carabinieri in unser exklusives Wissen einzuweihen braucht, und schon werden diese Herren dem guten Vincenzino die dringende Aufforderung erteilen, ihnen bei ihren Ermittlungen zu helfen.« Er lächelte und ging zur Tür. »Du machst deinen Deal, ich mach meinen.«

»Mein Mann ist Polizist«, erwiderte sie provokativ.

Tony lachte nur. »Super! Sag mir Bescheid, wenn er das nächste Mal Nachtschicht hat, dann essen wir zusammen und tauschen Erfahrungen aus.«

Er saß wieder in der Bar, in der er bereits am Morgen gewesen war, und trank gemächlich einen vierstöckigen Makers Mark, als Amadori anrief. Das Gespräch verlief nicht ganz so, wie Tony erwartet hatte. Nicht nur, dass l'Avvocato es kategorisch ablehnte, irgendeine Summe für Tonys Schweigen anzubieten, und erst recht nicht bereit war, über einen angemessenen Betrag zu verhandeln, er ging sogar so weit, seinen gemieteten Schnüffler auf der Stelle und mit sofortiger Wirkung zu entlassen, und drohte damit, Speranza wegen versuchter Erpressung die Lizenz entziehen zu lassen.

Tony wechselte für die zweite Runde zu Jack Daniels über, weil er glaubte, etwas Härteres zu brauchen, um sich seine weitere Vorgehensweise zu überlegen. Das dauerte weniger als fünf Minuten. Er kippte den Bourbon in sich hinein und ging dann die Straße bis zur Kreuzung mit der Via Rizzoli hinunter, wo man eines dieser Museumsstücke aus einer fantasielosen primitiven Vergangenheit als Denkmal hatte stehen lassen, eine öffentliche Telefonzelle. Tony ging hinein und wählte die Nummer der Carabinieri. Es meldete sich eine auf Band aufgenommene Frauenstimme.

»Willkommen beim Carabinieri-Informationsdienst der Provinz Bologna. Wenn Sie die Durchwahl der Person kennen, mit der Sie sprechen wollen, können Sie diese jederzeit wählen. Um ein Verbrechen zu melden, drücken Sie bitte die 1. Oder legen Sie jetzt auf, und wählen Sie 112, die Rufnummer unserer *Pronto-Intervento*-Abteilung. Für Informationen über unsere Produkte und Dienstleistungen drücken Sie bitte die 2. Um etwas über die beruflichen Möglichkeiten bei der Truppe zu erfahren, drücken Sie bitte die 3. Wenn Sie mit jemandem persönlich sprechen wollen, drücken Sie bitte die 4 oder bleiben Sie am Apparat.«

Das tat Tony Speranza und wurde mit einem endlosen Schweigen belohnt, das ab und zu von einer zweiten Stimme unterbrochen wurde, die ihm erklärte, dass sein Anruf wichtig für sie sei, derzeit aber alle Mitarbeiter beschäftigt seien, und dass die voraussichtliche Wartezeit neun Minuten betrage. Er knallte den Hörer auf und rief bei der Polizia di Stato an. Beinahe sofort meldete sich eine mürrische Männerstimme. Tony hielt sich das Revers seines Trenchcoats vor den Mund und sprach rasch in einem halbwegs authentisch klingenden lokalen Dialekt.

»Hören Sie, ich weiß, wer heute Mittag auf diesen Professor geschossen hat. Sein Name ist Vincenzo Amadori, Sohn von dem Anwalt. Meinen Namen kann ich Ihnen nicht nennen, aber er ist hundertprozentig euer Mann. Ich habe Beweise dafür.«

Er verließ die Telefonzelle und ging rasch davon. Die Polizei würde zwar irgendwann herausfinden, woher der Anruf gekommen war, doch dank seiner Handschuhe würde es keine Fingerabdrücke geben. Und wenn die juristische Maschinerie erst einmal in Gang gesetzt war, könnte *il grande avvocato Amadori* durchaus zu der Einsicht gelangen, dass es unbesonnen von ihm gewesen war, Tonys erstes Angebot abzulehnen. Wenn die Zeit gekommen war, würde er vielleicht sogar die ursprüngliche Summe erhöhen, nur um dem selbstgefälligen Dreckskerl zu beweisen, dass Tony Speranza sich nicht verarschen ließ.

26

Die dreißig Minuten, die es schätzungsweise hätte dauern sollen, bis man Zen etwas über Gemmas Gesundheitszustand sagen konnte, dehnten sich zu einer Stunde und noch länger aus. Er vertrieb sich die Zeit mit diversen Espressi in einer Bar gegenüber dem Krankenhauskomplex, unterbrochen von Rauchpausen draußen vor der einen oder anderen Tür, wo es allmählich immer dunkler wurde. Als er das fünfte Mal zum Empfangstisch zurückkehrte, an dem mittlerweile ein anderer Pfleger den Dienst übernommen hatte, riss ihm der Geduldsfaden, und er verlangte, Gemma sofort sehen zu dürfen. Da teilte man ihm mit, dass sie nicht mehr da wäre.

»Was soll das heißen?«

»Sie hat das Krankenhaus auf eigene Verantwortung verlassen.«

»Wo ist sie denn hingegangen?«

Der Pfleger zuckte die Achseln. »Keine Ahnung.«

»Dann lassen Sie mich mit jemandem sprechen, der Bescheid weiß.«

»Und wer sind Sie, Signore?«

Zen beschloss, dass dies nicht der Augenblick war, um sich über die Feinheiten seines Familienstands Gedanken zu machen. »Ihr Mann.«

»Un momento.«

Es vergingen etwa zwanzig Minuten, bis man Zen in ein Büro auf der zweiten Etage des Gebäudes schickte, wo ihn ein müde aussehender junger Mann in weißem Kittel begrüßte.

»Signor Santini?«, sagte er.

Zen nickte.

»Ihre Frau hat das Krankenhaus vor zwanzig Minuten verlassen.«

»Und das haben Sie zugelassen?«

Der Arzt zuckte die Achseln. »Wir haben nicht die Befugnis, Patienten gegen ihren Willen hierzubehalten. Ich hätte gern noch einige zusätzliche Tests durchgeführt, doch sie hat das abgelehnt.«

»Wo wollte sie denn hin?«

»Keine Ahnung. Vermutlich nach Hause.«

»Nach Hause?«

Der Arzt sah ihn seltsam an. »Zurück nach Lucca, Signore. Wo sie wohnt.«

»War sie denn fit genug, um zu fahren?«

»Darüber kann ich keine qualifizierte Aussage machen.«

Zen warf zornig den Kopf in den Nacken. »Wenn es Ihre Frau gewesen wäre, hätten Sie sie dann ans Steuer gelassen?«

»Nein.«

Mit dem Gefühl völliger Verlorenheit ging Zen hinaus. Er wählte Gemmas Handynummer. Keine Antwort. Er stieg gerade die Treppe ins Foyer hinunter, als er erfreut das gedämpfte Trällern seines eigenen Handys hörte. Doch es war nur Bruno Nanni.

»Buona sera, *capo*. Das mit dem Unfall Ihrer Frau tut mir ja so leid. Diese verdammten Fahrräder können genauso gefährlich sein wie ein Auto. Ich bin neulich selbst fast umgefahren worden. Ich hoffe, es geht ihr gut.«

»O ja, nur ein paar Prellungen und Kratzer. Sie ist sogar schon wieder nach Hause gefahren.«

»Wirklich? Haben Sie denn dann zufällig heute Abend Zeit?«

»Warum?«

»Gerade ist eine interessante Information hereingekommen. Ich möchte nicht am Telefon darüber reden, aber es könnte ein wichtiger Hinweis sein, und ich meine, Sie sollten so bald wie möglich davon erfahren. Können wir uns vielleicht später noch treffen?«

»Warum nicht? Ich hab weiß Gott nichts Besseres zu tun.«

»Im Universitätsviertel gibt es ein Lokal namens *La Carrozza*. Fünf Minuten zu Fuß von Ihrem Hotel. Nichts Besonderes, bloß gute Pizzas und einfache Gerichte, aber wir können dort ungestört reden.«

»Klingt gut.«

»Gegen neun?«

»Ich bin dabei.«

Doch schon bald sah es so aus, als würde er das nicht sein. Als er nämlich durch das Krankenhausfoyer auf den Taxistand zuging, wurde er von einem jungen Mann angesprochen, der in verräterisches Zivil gekleidet war und sich als Beamter der Carabinieri vorstellte.

»Sie sind Vice-Questore Aurelio Zen.«

Das war keine Frage, also antwortete Zen nicht.

»Ich habe den Befehl, Sie vorläufig festzunehmen und ins regionale Hauptquartier zum Verhör zu bringen.«

Zen war so überrascht, dass er nur stammeln konnte: »Weswegen?«

»Verdacht auf versuchten Mord.«

27

Es war bereits unangenehm dunkel, als Romano Rinaldi sich auf den Weg machte, um Nahrung für seine Seele zu suchen. Die Kälte, die die Stadt seit einer Woche fest im Griff hatte, schien noch eisiger geworden zu sein, sodass es ganz natürlich war, dass er sich einen Schal bis über die Nase gezogen hatte, um gefährliche Krankheitserreger und eine mögliche Lungenentzündung abzuwehren, und damit auch zufällig sein nur allzu bekanntes Gesicht verbarg. Er hatte befürchtet, dass es schwierig sein würde, unbemerkt das Hotel zu verlassen, doch ironischerweise hatte sich in der Eingangshalle die gesamte Aufmerksamkeit auf zwei Reporter gerichtet, die sich als Polizisten ausgaben und den stellvertretenden Geschäftsführer dazu zu bringen versuchten, ihnen einen Hauptschlüssel zu Signor Rinaldis Suite zu geben, und er war einigermaßen zuversichtlich, dass keiner der Passanten, die scheinbar ziellos durch die Straßen trotteten, ihn erkennen würde. Die Lokale, die er aufsuchen wollte, würden schwach beleuchtet und gerammelt voll sein mit Studenten, Drogensüchtigen, Künstlern, Anarchisten und sonstigem demografischem Strandgut, das ganz gewiss nicht zum Hauptpublikum von *Lo Chef Che Canta e Incanta* zählte. Und wenn er erst mal seine Geister wiederbelebt hatte, würde er in diese Villa in Umbrien fahren und nie wieder in diese verfluchte Stadt zurückkehren.

Er schlenderte langsam durch die engen Straßen des Universitätsviertels und inspizierte sorgfältig mehrere Lokale.

Einen Moment war er versucht, in ein größeres Pizzarestaurant namens *La Carrozza* zu gehen, wo auf einem handgeschriebenen Schild im Fenster »Aushilfe in der Küche dringend gesucht« stand und wo offenbar genau die Sorte von Leuten verkehrte, die er suchte. Doch es wurde nur am Tisch bedient, und wenn er erst einmal saß, wäre es schwierig, jemanden auf diskrete Weise anzusprechen. Außerdem müsste er, um etwas zu essen oder zu trinken, seinen Schal ausziehen. Zu riskant, beschloss er.

Ein oder zwei Bars sahen auch recht vielversprechend aus, insbesondere eine dunkle, verräucherte Spelunke, wo Jugendliche diversen Geschlechts, die folkloristisch aussehende Strickmützen mit Ohrenschützern trugen, unter Postern, die *Il popolo di Seattle* feierten und die Welthandelsorganisation verurteilten, auf Barhockern saßen und amerikanische Folksongs hörten. Doch das Lokal hatte beinahe die Atmosphäre eines Privatclubs, und Rinaldi würde bei Weitem der Älteste im Raum und viel zu auffällig sein.

Letztlich fand er, was er suchte, auf der Via Zamboni, der Hauptstraße des Viertels. Es war eines dieser »Irish Pubs«, wie sie zurzeit überall in Italien aus dem Boden schossen. *Cluricaune,* wie sich das hier nannte, war ein geräumiges Lokal auf zwei Ebenen, und es wimmelte von Leuten, die er ansprechen könnte. Rinaldi kämpfte sich zur Bar durch und bestellte einen Wodka Martini. Auch wenn das Lokal mit Postern und Figürchen von Kobolden vollgestopft war, beschränkte sich der Gebrauch der irischen Sprache auf den Namen. Angaben über die angebotenen Cocktails und Biere sowie über die »Happy Hour« des Etablissements, die gerade im Gange war, waren alle auf Englisch.

Mit seinem Drink in der Hand schob Rinaldi sich durch die Menge von Gästen und sah sich gründlich um. Nach wenigen Sekunden entdeckte er einen jungen Mann, der mit aufgestützten Ellbogen am anderen Ende der Theke saß, ein leeres Glas vor sich und den Kopf gesenkt. Er trug eine schwarze Lederjacke mit irgendeinem Emblem auf dem Rücken und sah betrunken und sehr deprimiert aus. Rinaldi drängte sich durch die Menge und stellte sich links neben den Mann, nahe genug, um seine Aufmerksamkeit zu erregen, aber nicht so nah, dass es als aufdringlich aufgefasst werden könnte. Er schob seinen Schal, unter dem er allmählich erstickte, aus dem Gesicht, leerte seinen Drink in einem Zug und gab der Barfrau ein Zeichen.

»Einen großen Wodka Martini«, erklärte er ihr. »Und bringen Sie meinem Freund hier auch einen.«

Der junge Mann blinzelte ihn kurz von der Seite an, ohne sich aufzurichten. »Sono rovinato«, sagte er mit tonloser Stimme.

»Ruiniert?«, wiederholte Rinaldi. »Vielleicht kann ich dir ja helfen.«

Er wartete, bis die Barfrau die Getränke gebracht hatte und wieder weg war, dann wedelte er kurz mit ein paar großen Geldscheinen vor dem jungen Mann herum.

»Richtig gutes *coca*«, sagte er. »Das beste, das auf dem Markt ist, je mehr, desto lieber. Wenn dus nicht besorgen kannst, geb ich dir hundert, wenn du mir jemanden vorstellst, ders kann.«

Zunächst reagierte der junge Mann überhaupt nicht. Ich hab mir den Falschen ausgesucht, dachte Rinaldi, zog seinen Schal wieder zurecht und machte Anstalten zu gehen. Da richtete sich sein Nachbar mit einem matten Seufzen auf, kippte seinen Drink hinunter und lachte schroff.

»Klar kann ich das! Ist jetzt eh schon alles egal. Ich mach schnell ein paar Anrufe.«

Er trat von der Bar zurück und geriet sofort ins Taumeln, verlor völlig das Gleichgewicht und griff mit beiden Armen nach Rinaldi. Sie hielten sich eine volle halbe Minute wie ein Liebespaar umklammert, bis es dem jüngeren Mann endlich gelang, aufrecht auf seinen beiden Füßen zu stehen, auch wenn er immer noch bedenklich schwankte.

»Ich bin gleich zurück«, verkündete er trotzig.

Rinaldi hatte seine Zweifel daran, doch da der Junge kein Geld im Voraus verlangt hatte, hätte ihn dieser Vorstoß schlimmstenfalls ein bisschen Zeit und einen Drink gekostet. Er legte die Hände um sein glitzerndes Cocktailglas und blickte gelangweilt auf den Fernseher, der an Eisenwinkeln über der Bar angebracht war. Es lief gerade irgendeine Gameshow, während am unteren Rand des Bildschirms in Laufschrift über die neuesten Nachrichten informiert wurde. Rinaldi schlürfte seinen Drink und sah unbeteiligt zu, wie Meldungen über Gräueltaten im Mittleren Osten, innenpolitische Fehden und den Wechsel irgendeines Fußballstars zu einer anderen Mannschaft sinnspruchartig über den Bildschirm tanzten. Dann hätte er beinahe sein Glas fallen lassen. Er meinte, er hätte seinen eigenen Namen gelesen. Doch die kurze Meldung war bereits nach links von der Bühne abgetreten, und er musste warten, bis die ganze Buchstabenrevue von vorne anfing und sie erneut auftauchte.

Als sie schließlich wiederkam, wickelte er sich den Schal ums Gesicht und ging, so schnell das Gedränge es erlaubte, zur Tür. »Nach dem Kochduell mit dem Star von *Lo Chef Che Canta e Incanta* wurde heute in Bologna auf den berühmten Autor Professor Edgardo Ugo geschossen. Die Polizei rechnet in Kürze mit einer Verhaftung.« Das kann doch nicht wahr sein, dachte Rinaldi, während er mit gesenktem Kopf und großen Schritten durch die lange Arkade eilte. Säulen und Wand waren mit handgeschriebenen »Gesucht«-Anzeigen bedeckt, die ihn nun an etwas ganz anderes denken ließen als an die harmlose Suche nach einer Wohnung oder nach Arbeit. Und vielleicht waren die beiden Männer, die im Hotel zu ihm gewollt hatten, gar keine Reporter gewesen.

Trotzdem sollte es doch kein Problem sein, seine Unschuld zu beweisen. Er war vom Messezentrum direkt in sein Hotel gefahren und den ganzen Nachmittag dort geblieben. Nicht nur hatte er tatsächlich nicht auf Ugo geschossen, er hätte es überhaupt nicht tun können. Also kein Grund zur Sorge.

Nur wenige Sekunden später wurde ihm klar, dass er gar nicht beweisen konnte, dass er die ganze Zeit in seinem Zimmer geblieben war. Er hatte die Tür abgeschlossen, das Telefon ausgeschaltet und die Geschäftsführung angewiesen, alle Besucher fortzuschicken, und niemand hatte etwas von ihm gesehen oder gehört, bis er sich schließlich von Delia den Wodka bringen ließ, was durchaus so aussehen könnte, als hätte er verspätet versucht, sich ein Alibi zu beschaffen. Aus Sicht der Bullen würde seine öffentliche Demütigung an diesem Morgen natürlich ein verdammt gutes Motiv darstellen. Hatte sonst noch jemand einen so guten Grund, ausgerechnet an diesem Tag auf Professor Ugo zu schießen? Wenn nicht, würde er unvermeidlich der Hauptverdächtige sein. Und egal wie die Sache letztlich ausging, seine Verhaftung würde in diesem entscheidenden Moment wirklich das Ende von allem bedeuten. Aus einer Mordanklage könnte ihn nicht einmal Delia herausreden.

28

Tja, Aurelino mio, da hast du uns mal wieder eine nette Suppe eingebrockt.«

Der das sagte, war ein Carabinieri-Major in voller Uniform, in dem Zen, ohne sich seine Überraschung anmerken zu lassen, Guido Guarnaccia erkannte, einen Landsmann aus Venedig, der bei den Carabinieri in Mailand gedient hatte, als Zen vor vielen Jahren dorthin versetzt worden war. Sie hatten damals beruflich miteinander zu tun gehabt, sogar eine Art Freundschaft entwickelt, doch als Zen abberufen wurde – ironischerweise nach Bologna –, hatten sie den Kontakt verloren.

Guarnaccia bedeutete dem Häftling, sich auf einen Stuhl zu setzen, und schickte dessen Begleiter weg. Er selbst blieb hinter seinem Schreibtisch stehen.

»Wie gehts den Kindern?«, fragte er nach einem verlegenen Schweigen.

»Ich habe keine Kinder.«

»Ach ja, richtig.«

»Allerdings werde ich vielleicht bald Großvater.«

Guarnaccia starrte ihn an.

»Stellvertretend«, erklärte Zen.

»Ah, stellvertretend. Stellvertretend. Soso.«

Ein weiteres Schweigen entstand.

»Und deinen?«, fragte Zen.

Guarnaccia ignorierte das. »Du hast mich in eine ziemlich schwierige Situation gebracht, Aurelio.«

»Tatsächlich?«

»Ja. Sogar äußerst schwierig.«

»Das tut mir leid.«

»Nun, wirklich schön, dass dir das leidtut ...« Guarnaccia verstummte. »Luisetta hat letztes Jahr geheiratet«, sagte er schließlich.

»Herzlichen Glückwunsch«, erwiderte Zen und fragte sich, wer zum Teufel Luisetta war.

»Einen Fotojournalisten aus Madrid.«

»Ah.«

»Sie werden Spanisch sprechen.«

»Zu Hause?«

»Die Kinder, meine ich.« Guarnaccia seufzte tief. »Ich nehme an, du weißt, dass heute Mittag auf Professor Edgardo Ugo geschossen wurde.«

»Davon habe ich gehört.«

»Die Kugel hat irgendeine Skulptur vor seinem Haus getroffen, ist davon abgeprallt und dem armen Mann in die linke Pobacke gedrungen. Er ist schwer verletzt und hat starke Schmerzen.«

»Was hat das denn mit mir zu tun?«

»Das Opfer behauptet, es sei kurz vor der Schießerei in der Straße gleich um die Ecke in einen Unfall verwickelt gewesen. Ugo fuhr nach einer Vorlesung in der Universität mit dem Rad nach Hause, als plötzlich eine Frau aus einem Restaurant gelaufen kam und mit ihm zusammenstieß. Beide landeten auf dem Boden. Er behauptet ferner, dass daraufhin ein Mann aus dem Restaurant kam, sich als Aurelio Zen von der Polizia di Stato vorstellte und drohte, Ugo wegen rücksichtslosen Fahrens zu verhaften. Ist das wahr?«

Zen beschränkte sich auf ein bestätigendes Nicken.

»Ugo sagt, du hättest dann einen Krankenwagen gerufen. Als der kam, hättest du ihm erklärt, du könntest jetzt keine Verhaftung vornehmen, da du deine Bekannte ins Krankenhaus begleiten müsstest, hättest aber gedroht, ›weitere Schritte zu ergreifen‹, falls sich herausstellen sollte, dass sie schwer verletzt ist. Seiner Aussage zufolge bist du dann jedoch nicht in den Krankenwagen gestiegen, bevor dieser losfuhr, sondern Ugo zu seinem Haus gefolgt, wo wenige Minuten später der Schuss fiel. Da er mit dem Rücken zu seinem Angreifer stand, konnte er diesen nicht identifizieren, doch die Folgerung ist klar.«

Zen lächelte. »Guido, ich bin Vice-Questore für besondere Aufgaben beim Ministerium in Rom. Ich laufe nicht Pistolen schwingend durch die Gegend.«

Guarnaccia setzte das gleiche sibyllinische Lächeln auf. »Ja, ich hatte schon gehört, dass du es ziemlich weit gebracht hast.«

»Du auch.«

»Nicht meine Schuld, ich hab bloß die Konkurrenz überdauert. Nun ja, um diesen Punkt klarzustellen, du bestreitest also, dass du zu der Zeit, als sich dieser Zwischenfall ereignete, bewaffnet warst?«

»Ich hab seit Jahren keine Waffe mehr getragen, und wenn ich aus irgendeinem Grund eine brauchte, würde ich sie mir bei der Materialstelle im Ministerium holen, wo sie ordnungsgemäß auf meinen Namen eingetragen wäre. Ein Anruf wird dir beweisen, dass ich das nicht getan habe.«

»Wo warst du an dem Abend, an dem Lorenzo Curti erschossen wurde?«

Zen erinnerte sich, dass sein früherer Bekannter trotz seines laschen Verhaltens über eine gewisse beharrliche Intelligenz verfügte. »Dienstagabend?«, erwiderte er. »Da kam ich gerade aus Rom zurück. Warum?«

»Weil es so aussieht, als ob die Kugel, die Ugo getroffen hat, aus derselben Waffe abgefeuert worden wäre wie die, die Curti tötete. Leider war die Kugel durch den Aufprall auf der Skulptur zu sehr beschädigt, um forensisch viel herzugeben, doch die ausgeworfenen Patronenhülsen stimmen völlig überein.«

Zen lächelte erneut, als versuche er tapfer, auf den seltsamen und leicht geschmacklosen Sinn für Humor seines Gastgebers einzugehen. »In dem Fall bin ich entlastet! Zu der Zeit, als Curti ermordet wurde, saß ich im Zug von Rom nach Florenz.«

»Kannst du dafür irgendwelche Zeugen beibringen?«

»Zeugen? Natürlich nicht. Ich meine, es waren noch andere Leute im Zug. Allerdings nicht viele. Ich hab mir im Speisewagen ein Schinkenbrötchen oder so was gekauft. Vielleicht erinnert sich die Bedienung dort an mich, was ich jedoch bezweifle. Kleine Brünette. Die Uniform stand ihr nicht, beziehungsweise sie passte nicht in die Uniform, die offenbar von einem misogynen Schwulen in Trastevere entworfen wurde, der beschlossen hatte, dass man in diesem Jahr keine Titten trägt. Ihren Namen hab ich nicht mitbekommen, aber ...«

»Aus meiner Sicht gibt es hier drei Probleme«, fiel Guarnaccia ihm ins Wort. »Erstens, auch wenn die forensischen Untersuchungen noch nicht abgeschlossen sind, deutet vieles darauf hin, dass die Waffe, die für den Mord an Curti und für den Anschlag auf Ugo benutzt wurde, höchstwahrscheinlich identisch ist. Zweitens, Ugos Aussage, die kohärent und belastend ist und von dir bestätigt wurde, liefert zumindest ansatzweise ein Motiv.« Er hielt inne, um sich eine Zigarette anzuzünden, möglicherweise auch nur um des Effektes willen.

»Und das dritte Problem?«, fragte Zen, während er sein zerdrücktes Päckchen Nazionali hervorkramte.

»Ah!« Guarnaccia verzog die Lippen erneut zu einem rätselhaften Lächeln.

Das schien er ja wirklich zu lieben, dachte Zen. Vielleicht übte er es jeden Morgen nach dem Duschen vor dem Spiegel im Badezimmer.

»Das dritte Problem ist, dass du Polizist bist.«

Zen gab sich einen Moment lang völlig dem Genuss seiner Zigarette hin, dann lachte er belustigt. »Treibst du da die Rivalität zwischen den Polizeikräften nicht ein bisschen zu weit, Guido?«

»Darüber macht man keine Witze«, entgegnete Guarnaccia leicht schroff. »Ich spreche von den Serienmorden, die zwischen 1987 und 1994 in Bologna und Umgebung stattgefunden haben, die sogenannten Uno-Bianca-Morde. Insgesamt vierundzwanzig Opfer, von denen sechs Angehörige dieser Truppe waren. Sie wurden offensichtlich unter rein opportunistischen Aspekten ausgewählt und von einer Bande von Männern niedergeschossen, die einen weißen Fiat Uno fuhren. Die Anhänger von Verschwörungstheorien hielten das natürlich für ein weiteres *segreto di stato* – wie die Bombenexplosion im Warteraum des Bahnhofs –, für ein Komplott der Rechten, um die politische Situation zu destabilisieren und das ›rote‹ Bologna zu bestrafen. Andere, und dazu gehöre ich, glaubten und glauben immer noch, dass es sich nur um einen Haufen mordgieriger Verrückter handelte, die sich auf diese Weise ihre Kicks holten. Was auch immer dahintersteckte, als die Bande schließlich geschnappt wurde, stellte sich heraus, dass fünf davon zu deiner Truppe gehörten. Der Anführer, Roberto Savi, war zu der Zeit sogar stellvertretender Polizeichef bei der Questura hier in Bologna. Deshalb ist es kaum verwunderlich, dass die Procura uns beauftragt hat, die Ermittlungen in diesem Fall zu übernehmen, und dass mir aufgrund der erwähnten Fakten nichts anderes übrig blieb, als dich zum Verhör holen zu lassen.«

Zen machte eine beschwichtigende Geste. »Ich verstehe das, Guido, und ich möchte mich auf jeden Fall kooperativ zeigen. Wir könnten sogar noch etwas viel Besseres tun. Ich wurde nämlich vom Viminale eigens hierhergeschickt, um über die Ermittlungen im Fall Curti zu berichten. Das passt doch perfekt zur Verschwörungstheorie der Procura.«

»Warum hast du deine Freundin Signora Santini nicht im Krankenwagen begleitet, wie du laut Ugo angeblich vorhattest?«

»Die Sanitäter sagten, es wäre kein Platz mehr, und ich sollte mir ein Taxi nehmen. Ich streite mich doch nicht mit Ärzten.«

Das klang glaubhaft, war aber die erste Lüge, die Zen Guarnaccia erzählte. Gemma selbst hatte nämlich darauf bestanden, dass Zen sie nicht im Krankenwagen begleitete. »Er ist nicht mein Mann!«, rief sie immer wieder, was alle Anwesenden peinlich berührte. »Das hab ich ihm auch im Lokal gesagt, und er hat mich angebrüllt, ich soll verschwinden! Deshalb ist das hier überhaupt nur passiert! Lassen Sie ihn bloß nicht in meine Nähe!«

»Ugo behauptet, du wärst ihm gefolgt.«

»Kann sein, dass ich in die gleiche Richtung gegangen bin. Ich hab nicht auf ihn geachtet. Es war einfach der schnellste Weg zum Taxistand an der Piazza Maggiore. Ich wollte bei meiner Frau sein, sonst nichts.«

»Laut dem, was man mir berichtet hat, hat Signora Santini bestritten – ziemlich vehement sogar –, dass sie deine Frau ist.«

»Nun ja, streng genommen ist sie das auch nicht ...«

Es entstand ein verlegenes Schweigen, da beide abwarteten, ob Guarnaccia diesen Punkt weiterverfolgen würde, doch letztlich entschied er sich für eine andere Richtung.

»Wie lange hast du gebraucht, um ein Taxi zu kriegen?«

»Ich weiß nicht. Zehn Minuten vielleicht.«

»Also hast du schon wieder kein Alibi für die Zeit, als der Schuss fiel.«

Zen zuckte unwirsch die Achseln, um anzudeuten, dass dieser Witz geschmacklos und mittlerweile auch überstrapaziert war. Das nachfolgende Schweigen wurde vom Klingeln des Telefons unterbrochen. Guarnaccia nahm den

Hörer ab und hörte schweigend eine Zeit lang zu. Dann sah er Zen mit seinem patentierten Lächeln an.

»Tja, Aurelino, du hast Glück. Das war Brunetti von der Questura. Die hatten anscheinend einen anonymen Anrufer, der den Namen des Mannes genannt hat, der Ugo angeschossen hat. Der Informant behauptet sogar, er hätte Beweise dafür.«

»Was für Beweise?«

»Das hat er nicht gesagt.«

»Und was bringt uns das?«

»Es verändert die Lage ein wenig zu deinen Gunsten. Ich persönlich habe dich natürlich keinen Augenblick lang für schuldig gehalten, aber nach Ugos Behauptungen hätte ich es mir nicht erlauben können, nichts zu tun. Doch aufgrund der neuen Situation liegt es wohl in meinem Ermessensspielraum, dich zu entlassen, allerdings unter der Bedingung, dass du Bologna vorläufig nicht verlässt. Einverstanden?«

Zen dachte an das kalte Bett, das ihn in Lucca erwartete. »Ich bleibe nur zu gerne so lange hier, wie du es wünschst«, antwortete er.

29

Rodolfo Mattioli saß auf einem unerbittlich harten Stuhl in einem Wartezimmer des Krankenhauses; neben ihm lag ein Stapel alter Zeitschriften. Er trug einen Anzug, sein bestes Hemd und eine Krawatte und hatte seine Schuhe geputzt.

Am Nachmittag war er stundenlang ziellos durch die Straßen gelaufen und Bus gefahren, bis er schließlich im *Cluricaune* landete, wo ihn ein bärtiger Opa angesprochen hatte, der Kokain kaufen wollte. Normalerweise hätte sich Rodolfo auf so etwas nicht eingelassen, schon gar nicht bei einem Unbekannten, der durchaus ein Rauschgiftfahnder sein könnte, doch nach dem, was er getan hatte, spielte das alles keine Rolle mehr. Er hatte an der Theke einen Beinahzusammenbruch vorgetäuscht, und während er scheinbar an dem potenziellen Käufer Halt suchte, hatte er diesem nicht nur die belastende Pistole in die Manteltasche geschoben, sondern ihm auch noch die prall gefüllte Brieftasche gestohlen. Darauf hatte er die Bar verlassen und war zurück zu der Wohnung gelaufen, die er mit Vincenzo teilte.

Von Letzterem war nichts zu sehen. Rodolfo zog die Lederjacke aus, die er sich geborgt hatte, und warf sie auf den Haufen bunt gemischter Kleidungsstücke, der in Vincenzos Schlafzimmer auf dem Boden lag, dann duschte er und zog seine ordentlichsten Sachen an. Er wusste jetzt ganz genau, was er tun musste, und es galt, keine Zeit zu verlieren. Er wollte gerade gehen, als sein Handy klingelte.

»Ich stecke ganz tief in der Scheiße, Rodolfo«, erklärte eine dumpfe, vor Selbstmitleid triefende Stimme. »Meine dämlichen Eltern haben gerade angerufen. Offenbar haben diese Blödmänner einen Privatdetektiv engagiert, der herausfinden sollte, wo ich wohne und was ich so mache. Jetzt versucht er sie zu erpressen, indem er behauptet, er hätte Beweise, dass ich irgendein Verbrechen begangen hätte.«

»Was für ein Verbrechen?«

»Das ist natürlich alles Blödsinn, aber bei meinem Sündenregister sind die Bullen in null Komma nix hinter mir her, wenn der denen seine angeblichen Beweise vorlegt. Deshalb muss ich eine Weile verschwinden.«

»Das hört sich aber etwas schwachsinnig an, Vincenzo. Bist du vollgedröhnt?«

»Nein! Das stimmt wirklich, verdammt noch mal! Und am meisten kotzt mich an, dass es einzig und allein die Schuld meiner widerlichen Eltern ist. Also, wie ich bereits sagte, ich werde eine Zeit lang untertauchen müssen, aber ich brauche ein paar Sachen und kann nicht riskieren, noch einmal in die Wohnung zu gehen. Können wir uns heute Abend treffen, und du bringst mir eine Tasche mit Klamotten und ein Paar Schuhen zum Wechseln mit?«

»Wo?«

»Egal.«

Rodolfo dachte einen Augenblick nach. »Kennst du das Lokal *La Carrozza?* Gegenüber von San Giacomo.«

»Das find ich schon.«

»Ich bin kurz nach neun mit deinem Kram da.«

Typisch Vincenzo, dachte Rodolfo, während er den Hörer auflegte. Auch wenn er es abstritt, war er ganz bestimmt mit irgendwas zugedröhnt, was ihm den Verstand nahm. Falls die Polizei tatsächlich hierher in die Wohnung kam und Fragen stellte, würden diese Fragen nicht Vincenzo betreffen, sondern ihn.

Doch das würde nicht passieren, denn er würde ihnen zuvorkommen, indem er ein vollständiges und ehrliches

Geständnis vor dem Opfer persönlich ablegen und sich dann der Polizei stellen würde, nachdem er Flavia noch einmal gesehen hatte. Am Telefon hatte sie reserviert geklungen, beinahe kühl, was durchaus verständlich war, so wie er sie am vorigen Abend behandelt hatte, doch sie war bereit gewesen, sich mit ihm im *La Carrozza* zu treffen. Es würde hart sein, ihr Lebewohl zu sagen, fast so hart wie die unvermeidliche Gefängnisstrafe, die er würde absitzen müssen, doch es gab keine andere Möglichkeit, diesen Wahnsinn, der ihn in den letzten Tagen erfasst hatte, ein für alle Mal zu beenden.

Im Nachhinein räumte Rodolfo ein, dass Flavia vielleicht recht mit ihrer Meinung hatte, dass Vincenzo einen schlechten Einfluss auf ihn ausübte. Jedenfalls hatte er sich in einer Weise verhalten, die ihm absolut unbegreiflich war und überhaupt nicht zu ihm passte: dass er die Pistole, die er hinter seinen Büchern gefunden hatte, überhaupt an sich genommen hatte und Edgardo Ugo dann auch noch von dem Vorlesungssaal in der Universität zu seinem Haus im ehemaligen Ghetto gefolgt war! Zunächst hatte es so ausgesehen, als würden seine Pläne durchkreuzt, als nämlich Ugo in einen Unfall mit einer Frau verwickelt wurde, die aus einem Restaurant gelaufen kam und in sein Fahrrad gerannt war. Am Ende jedoch war alles planmäßig verlaufen. Nun ja, fast alles.

Vor seinem Stadthaus hatte Edgardo Ugo ein Kunstwerk (re)rekreieren lassen, dessen wunderbares Konzept er jedem, der zuhören wollte – und dazu gehörten zwangsläufig all seine Studenten –, zu jeder passenden Gelegenheit immer wieder gern erzählte. Das Haus rechts von seinem stand etwas aus der Fluchtlinie vor, wodurch es eine dunkle Ecke neben Ugos Haustür gab, wo Betrunkene und Obdachlose häufig urinierten. Ein so einflussreicher Mann wie Ugo hätte ganz bestimmt die Stadtverwaltung überreden können, die Stelle mit einem Metallgitter zu versperren, wie man es normalerweise bei solchen illegalen Pissoirs handhabe, doch er hatte sich stattdessen eine für seinen Humor typische postpostkulturelle Lösung ausgedacht.

Marcel Duchamps Readymade *Fountain* von 1917, das aus einem in Massenproduktion hergestellten Urinal aus glasierter Keramik bestand, das um seine horizontale Achse gedreht war, war lange Zeit eine Ikone der modernistischen Bewegung gewesen. Ugos Geniestreich bestand nun darin, diesen Signifikanten selbst einer weiteren semiotischen Transformation zu unterwerfen (unter Berufung auf den Prozess der »unendlichen Semiose« und Lacans »Verschieben des Signikats«), indem er ihn aus feinstem weißem Carrara-Marmor reproduzieren und so stark auf Hochglanz bringen ließ, wie man das mit den Skulpturen von Antonio Canova verbindet – und natürlich auch mit in Massenproduktion hergestellter Keramikware. Wie Duchamps »Original« wurde das fertige Stück in einem Winkel von neunzig Grad gekippt, und das genau in der Schmutzecke, in die Penner heimlich pinkeln gingen. Doch dank ihnen funktionierte das Objekt nun im wahrsten Sinne des Wortes als Springbrunnen, da der Urin durch das Loch für die Wasserzufuhr wieder heraus und über Hose und Schuhe des Übeltäters lief.

Als Rodolfo die Pistole abfeuerte, während Ugo ihm den Rücken zuwandte, um seine Haustür aufzuschließen, hatte er diese Skulptur treffen wollen. Das war als rein symbolische Geste gemeint gewesen, um ihm zu sagen: »Du kannst mich mal mit deinen schlauen Witzchen und allem, wofür du stehst!« Stattdessen war die Kugel von dem polierten Marmor abgeprallt und musste irgendwo in Ugos Körper gelandet sein. Das Opfer war schreiend hingefallen, während Rodolfo sich rasch aus dem Staub gemacht hatte. Doch nun würde er nicht mehr weglaufen.

Eine Krankenschwester kam ins Wartezimmer und sprach ihn an. »Sie können jetzt zu Professor Ugo.«

Mit gesenktem Kopf wie ein Mann auf dem Weg zum Galgen folgte Rodolfo ihr den langen Flur entlang.

Die Schwester klopfte leise an eine der Türen. »Signor Mattioli ist hier.«

»Va bene«, sagte eine vertraute Stimme von drinnen.

Die Schwester zog sich zurück.

»Ah, Rodolfo«, sagte die Stimme matt. »Wie freundlich von dir, dass du mich besuchst. Ausgerechnet du.«

Das Zimmer lag in fast völliger Dunkelheit. Nach dem hellen Licht im Warteraum und auf dem Flur konnte Rodolfo nichts erkennen.

»Ganz im Gegenteil, Professore, es ist sehr freundlich von Ihnen, dass Sie mich empfangen«, erwiderte er stockend. »Ich störe Sie nur ungern, bloß … Nun ja, ich bin in dem hoffnungslosen, aber notwendigen Bestreben gekommen, mich zu entschuldigen für …«

Die Antwort war ein leises Lachen von der Gestalt auf dem Bett, die Rodolfo erst jetzt als solche erkennen konnte.

»Das ist doch alles Unsinn«, sagte Ugo.

Womit er meint, wen interessieren schon deine Entschuldigungen, wenn ich dich in dem Moment, wo du hier rausgehst, verhaften lasse, dachte Rodolfo.

»Setz dich doch hin!«, fuhr Ugo fort. »Dahinten in der Ecke steht irgendein Stuhl. Man hat mir von höchster Stelle befohlen, auf der rechten Seite liegen zu bleiben, deshalb kann ich mich nicht zu dir umdrehen, aber wir können trotzdem miteinander reden.«

Rodolfo holte den Stuhl und setzte sich.

»Giacometti«, sagte die Stimme aus dem Bett.

»Alberto?«, fragte Rodolfo völlig verständnislos.

»Was weißt du über ihn?«

Rodolfo kramte in seinem Gedächtnis. »Italienischsprachiger Schweizer, Bildhauer und Maler, um 1900 geboren. Irgendwann in den Sechzigerjahren gestorben, glaube ich. Berühmt für seine ausgezehrten Gestalten, die nach Meinung mancher Kommentatoren Lebensschmerz ausdrücken sollen.«

Ugos Lachen war wieder zu hören, diesmal lauter und länger. »Bravo! Du warst immer mein bester Student, Rodolfo, auch wenn ich dir das natürlich nie gesagt habe. Außer vielleicht, als ich dich von dem Seminar ausgeschlossen habe.«

»Dafür möchte ich mich auch entschuldigen. Absolut und ohne Einschränkungen. Ich glaube, ich muss in letzter Zeit ein bisschen durchgedreht sein, aber wissen Sie ...« Er verstummte.

»Ja?«, fragte Ugo.

Rodolfo zögerte einen Augenblick mit der Antwort. »Ich glaube, ich bin verliebt, Professore«, hörte er sich plötzlich sagen.

»Ah. In dem Fall möchte ich dich nicht lange aufhalten. Wie dem auch sei, eines wusstest du vielleicht noch nicht über Giacometti. Während seiner Zeit in Paris wurde er mal, als er die Straße überquerte, von einem Bus überfahren. Laut Bericht eines Freundes, der dabei gewesen war, waren die ersten Worte des Künstlers nach dem Unfall: ›Endlich ist mir mal was passiert!‹ Ich fand das immer eine gute Geschichte, obwohl ich nie so ganz verstanden habe, was Giacometti mit dieser Bemerkung meinte. Doch jetzt verstehe ich es, vielleicht weil mir selber endlich mal was passiert ist.«

Es entstand ein Schweigen, das Rodolfo nicht zu beenden wagte.

»Ich habe daran gedacht, ein Buch zu schreiben«, sagte Ugo schließlich. »Vor Jahren, meine ich. Cornell, im Staat New York, Anfang der Achtzigerjahre. Wunderbarer Campus, wunderbare Bibliothek. Irgendein Nachschlagewerk in Englisch. Ich hab mich später nie mehr erinnern können, welches es war.«

»Die *Anglo-American Cyclopedia*«, erwiderte Rodolfo, ohne nachzudenken.

Nach kurzem Zögern lachte Ugo herzhaft, dann stöhnte er. »Au! Ja, ja, sehr gut. Borges' Uqbar. Aber es war nicht der sechsundvierzigste Band von irgendwas. Viel früher in der alphabetischen Reihenfolge der *voci*. ›BACK to BOLOGNA‹ stand in Goldbuchstaben auf dem Rücken, die Überschriften des ersten und des letzten Artikels in diesem Band.«

»Eine vollkommen willkürliche Phrase.«

»Absolut. Du erinnerst dich vielleicht an den Ärger, den Zingarelli hatte, als in der elften Auflage von deren Wörterbuch *masturbazione* als Stichwort in Fettdruck oben auf einer Seite erschien. Jedenfalls hatten die meisten Bände dieses Werkes, das ich in Cornell auf dem Regal sah, ziemlich sinnlose Phrasen als Titel. ›HOW to HUG‹ zum Beispiel. Wie man sich umarmt. Lächerlich.«

»Da bin ich mir nicht so sicher.«

Ugos Schmunzeln war, wenn auch nicht zu sehen, so doch zu hören. »Vielleicht bist du da ja besser informiert als ich. Jedenfalls sind mir durch dieses Erlebnis zwei Dinge klar geworden. Zum einen die offenkundige Tatsache, dass ich Heimweh hatte und mit meinem Forschungsprojekt nicht vorankam, und zum anderen, dass die einzige Möglichkeit, etwas davon zu retten, darin bestand, dass ich nach Bologna zurückkehrte.«

»Was Sie auch getan haben.«

»Ja, ich bin nach Hause zurückgekehrt. Und schrieb dann das Buch, das, wie sich herausstellte, meine Karriere erst richtig in Gang gesetzt hat. Was ich allerdings nicht geschrieben habe, war das Buch, auf das mich dieses Nachschlagewerk in der Bibliothek von Cornell gebracht hatte, nämlich *Back to Boulogne,* einen Kriminalroman, in dem der Detektiv den Fall nicht löst. Als Protagonisten hatte ich einen gewissen Inspecteur Nez im Sinn, als Spiel mit dem französischen Wort für Nase, wie in ›eine Nase für etwas haben‹, aber auch ›sich an der Nase herumführen lassen‹. Kurz gesagt, eine Dekonstruktion des realistischen, vom Plot bestimmten Romans und zugleich eine Hommage an Georges Simenon, den Lehrer von Robbe-Grillet und deshalb in gewisser Weise von uns allen. Mit anderen Worten, ganz viel Atmosphäre und eine gute örtliche Verankerung, aber keine Lösung, nur eine starke Schlusszeile.«

Rodolfo warf einen verstohlenen Blick auf seine Uhr. »Kann man die örtliche Verankerung nicht auch weglassen?«, murmelte er.

Der Patient schwieg einen Augenblick. »Wie in den späten Romanzen von Shakespeare, meinst du?«

»Warum nicht?«

»Angesiedelt an einem fiktiven Ort wie Illyrien oder Bohemia oder ...«

»Rumänien.«

»Das gibt es schon.«

»Das ist ja gerade der Gag, dass alles schon mal da war.«

Professor Ugo schwieg eine Zeit lang. Als er wieder sprach, klang seine Stimme sehr viel forscher. »Vermutlich. Jedenfalls habe ich der Schwester deshalb erlaubt, dich hereinzulassen, Mattioli, weil ich dir die Entscheidung mitteilen wollte, die ich in Bezug auf das Geschehene getroffen habe.«

Rodolfo seufzte. Jetzt kommts, dachte er.

»Ich weiß einfach nicht, was ich sagen soll, Professore. Entschuldigungen sind ja offensichtlich sinnlos. Niemand könnte verzeihen, was ich Ihnen angetan habe.«

»Das scheint mir ein bisschen extrem«, erwiderte Ugo. »Doch selbst wenn ich es nicht verzeihen könnte, kann ich es zumindest vergessen. Im Grunde habe ich es bereits vergessen. Also komm zurück ins Seminar, schreib deine Hausarbeit und mach dein Diplom. Du bist ein intelligenter, wenn auch manchmal ein wenig zu direkter junger Mann, der sein Leben noch vor sich hat, ein Leben, in dem viele Dinge passieren werden. Eines ist vielleicht bereits passiert. Hast du nicht gesagt, du seist verliebt?«

»Ich glaube es jedenfalls.«

»Der Unterschied ist rein theoretisch. Und jetzt muss ich dich bitten zu gehen. Ich bin immer noch ziemlich schwach, aber der Arzt meint, ich könnte nächste Woche wieder auf den Beinen sein, wenn auch nicht auf dem Hintern. Also erwarte ich dich im Seminar. Verstanden?«

Rodolfo verstand überhaupt nichts.

»Grazie infinite, Professore«, sagte er und ging.

30

Nach seiner bedingten Freilassung aus den Klauen der Carabinieri war Zen nach einem Drink zumute. Andererseits hatte er keine Lust, wieder in die Bar in der Nähe seines Hotels zu gehen, wo die Hälfte der Klientel, nach den ausgestellten Trophäen und Plaketten zu urteilen, hochrangige Beamte der Questura waren. Für heute hatte er genug von Polizisten.

Letztlich fand er das perfekte Refugium in einer Seitenstraße des Marktviertels. Die Gäste hier waren sozial viel gemischter als in der *Gran Bar* und weniger daran interessiert, ihren Status zur Schau zu stellen, als sich lebhaft zu unterhalten, genüsslich zu trinken und bei dem erstaunlichen Angebot an nichtfettfreien Appetithappen, die sich auf der Theke stapelten, reichlich zuzulangen. Da gab es glänzende Würfel aus frischer Mortadella, kräftige Happen knuspriger Schweinekruste und gezackte Stücke goldenen *stravecchio* Parmesans. Der Lambrusco war von der immer seltener zu findenden authentischen Sorte, ungefiltert und in der Flasche gegoren. An diesem düsteren Abend, wo der eiskalte Smog in den Straßen nicht bloß eine meteorologische Tatsache, sondern ein unheilvolles Wesen zu sein schien, verhieß dieser dunkelrot schäumende Wein, dass es mehr im Leben gab als Krankenhäuser, Polizeiwachen und treulose Freundinnen.

Die meisten Leute sind mit der vorübergehenden Euphorie vertraut, die durch ein paar Gläser Wein hervorgerufen wird, aber nur wenige können behaupten, dass durch diese

Erfahrung ihre Ehe gerettet wurde. Doch bei Zen könnte das glatt der Fall gewesen sein, denn als sein Handy klingelte, war er so umgänglich und guter Laune, dass er sich auf alles Mögliche eingelassen hätte und alles auf die leichte Schulter nahm.

»Ich bins«, sagte Gemmas Stimme.

»Na endlich! Wie geht es dir? Wo bist du?«

»In einer Bar.«

»Ich auch.« Er lachte. »Wir sollten unsere Treffen wirklich etwas besser regeln.«

Es kam keine Antwort, doch statt seine Schnoddrigkeit zu bedauern und sich ebenfalls in griesgrämiges Schweigen zu hüllen, bedeutete er dem Barmann, sein Glas noch einmal zu füllen, und redete weiter, als hätte es nur eine kurze Unterbrechung gegeben, ohne persönliche Absicht oder Bedeutung.

»In welcher Bar? Ich komme sofort.«

»Nein, nein, tu das nicht. Stefano ist hier.«

»Stefano?«

»Mein Sohn.«

»Oh, Stefano! Ja. Ja, natürlich. Ich dachte, du hättest gesagt ... äh ... ›sto telefono‹.«

»Du bist ein furchtbar schlechter Lügner, Aurelio.«

»Das kommt daher, weil ich keine Übung darin habe.«

»Jedenfalls, der Grund, weshalb ich anrufe ... ich bin, wie gesagt, bei den beiden zum Essen eingeladen. Danach wollte ich nach Hause fahren, aber nach dem, was passiert ist, weiß ich nicht, ob das eine so gute Idee wäre.«

»Kommt überhaupt nicht infrage, schon gar nicht im Dunkeln. Die Lastwagenfahrer auf der Autostrada rasen wie die Berserker. Der Arzt, mit dem ich im Krankenhaus gesprochen habe, war entsetzt, dass du gegangen bist. Er sagte, es hätten noch weitere Tests durchgeführt werden müssen, und ...«

»Das ist noch nicht alles. Ich brauche nämlich wirklich ein Bett für diese Nacht, doch wegen der Messe hier sind anscheinend keine Hotelzimmer mehr frei.«

»Willst du mit mir schlafen?«, erwiderte Zen in so unbeschwertem Ton, wie er es nie mehr fertigzubringen geglaubt hatte.

»Wenn das der Preis ist.«

»Es ist eher ein Bett plus ein halbes, kein richtiges Doppelzimmer.«

»Ich nehms.«

Er lachte erneut ganz natürlich. »Es gehört Ihnen, Signora. Jetzt brauchen wir nur noch eine Kreditkartennummer als Sicherheit. Ich war eigentlich heute Abend verabredet, aber das sag ich ab.«

»Tu das nicht. Ich komme eh erst später, vermutlich sogar ziemlich spät. Bei den beiden hat es nämlich einige Probleme gegeben. Deshalb wollte Stefano sich vor dem Essen hier mit mir treffen, um es mir allein zu sagen. Jedenfalls sieht es so aus, als würde das ein langer Abend in jeder Hinsicht.«

»Was ist denn passiert?«

»Das erzähle ich dir später. Aber Fazit ist, dass ich doch nicht Großmutter werde.«

Das war nun schon ein schwererer Schlag, doch Zen fuhr unbekümmert fort. »Das ist schade. Aber sie sind doch noch jung, haben noch viel Zeit.«

»Nicht unbedingt. Es hört sich so an, als ob das die Beziehung sehr stark infrage stellt. Ich hab ehrlich gesagt das Gefühl, dass Stefano erleichtert ist. Lidia hingegen ist natürlich völlig niedergeschlagen. Es wird also ein langer Abend werden, und ich bin vielleicht ein bisschen weinerlich, wenn wir uns sehen. Es war so oder so ein schwieriger Tag.«

Zen trank einen weiteren kräftigen Schluck von dem moussierenden Wein und begann, mit einem der Schweine-

ciccioli herumzuspielen. »Ja, die Sache heute Mittag tut mir leid. Du hast mich missverstanden. Ich hab mit meinem Bauch geredet.«

»Ich hatte mich schon darauf gefreut, Babyschuhe und kleine Jäckchen zu stricken.«

»Ich könnte einen neuen Pullover gebrauchen.«

»Das wäre nicht das Gleiche.«

Er fing wieder an zu lachen, mittlerweile ziemlich unempfindlich gegen alles, was sie ihm an den Kopf schmeißen könnte. »Das will ich aber auch hoffen! Sonst würde er ja niemals passen. Ich sage im Hotel Bescheid, dass du kommst. Frag einfach an der Rezeption nach, die geben dir einen Schlüssel, falls ich noch nicht zurück bin.«

»Danke.«

»Gehört alles zum Service, Signora. Wir wissen, dass Sie die Wahl haben. Wir bemühen uns, damit wir Ihre erste Wahl sind – und Ihre letzte.«

Mit einem breiten Grinsen legte er auf und schnappte sich ein Stück Parmesan von der Größe eines inoperablen Tumors.

31

Aber das ist doch Wahnsinn!«, protestierte der Friseur. »Sie haben wunderbare Haare und einen prächtigen Bart. Das braucht man nur behutsam ein bisschen in Form zu schneiden, hier ein Schnips und da ein Schnips ...«

»Tun Sie, was ich sage!«, blaffte Romano Rinaldi.

Einen Moment lang schien der Friseur, der im Spiegel gegenüber dem Drehstuhl zu sehen war, auf dem Rinaldi saß, sich weigern zu wollen. Der Mann musste über sechzig sein. Sein Mondgesicht hatte den Ausdruck eines Priesters, der mühsam einen reuelosen Sünder zum Fuß des Kreuzes schleppt, während sein Laden aussah, als sei er ungefähr zur Zeit der nationalen Vereinigung eingerichtet und seitdem so belassen worden. Der Inhaber betrachtete sich eindeutig als einen der Topprofis der Stadt und war es offenbar gewohnt, seine Kunden eher darin zu beraten, welche Eingriffe durchzuführen seien, statt schlicht ihre Wünsche auszuführen, besonders wenn diese überaus exzentrisch und eigensinnig waren. Dennoch griff er mit einem tiefen missbilligenden Seufzer zur Schere und machte sich an die Arbeit.

Den Blick starr auf das antike Waschbecken vor ihm gerichtet, saß Rinaldi teilnahmslos da, während seine geschorenen Locken auf den Umhang fielen, der seinen Oberkörper bedeckte. Die Polizei würde das Hotel, die Eisenbahn- und Busbahnhöfe sowie den Flughafen beobachten und außerdem sein Handy und das von Delia abhören. Er hatte den Friseur angewiesen, ihm den Schädel kahl zu rasieren, die Augenbrauen zu entfernen und den Bart zu einem ganz schmalen Schnurrbart zu stutzen. Das sollte verhindern, dass ihn jemand bei flüchtigem Hinsehen auf der Straße erkannte. Er hatte vor, sich ein kleines schäbiges Hotel zu suchen, wie es junge Rucksacktouristen benutzen, die knapp bei Kasse sind, sich als Ausländer auszugeben und dem Besitzer zu erzählen, ihm wäre der Pass gestohlen worden, er hätte aber bereits das Konsulat informiert und würde innerhalb einer Woche einen Ersatzausweis erhalten. Das plus eine saftige Anzahlung sollten fürs Erste reichen. Anschließend würde er in den Nachrichten verfolgen, wie sich die Angelegenheit entwickelte.

Der Friseur beendete seine Arbeit, verzog missbilligend das Gesicht und riss den mit Haaren bedeckten Umhang weg.

»Fünfzig Euro.«

Rinaldo stand auf und starrte sprachlos auf sein Spiegelbild, während der Friseur ihn wie ein Pferd striegelte. Selbst Delia würde ihn so nicht erkennen, dachte er. Er griff nach seiner Brieftasche, stieß aber stattdessen auf ein fremdartiges Objekt, das sich glatt, kühl und schwer anfühlte. Ungeduldig zog er es hervor und stellte verblüfft fest, dass er etwas in der Hand hielt, das wie eine automatische Pistole aussah.

Schlagartig wurde ihm klar, dass die kleine Ratte in der irischen Kneipe ihn doch reingelegt hatte. Er hatte den Zusammenbruch vorgetäuscht, um sich an Rinaldi festhalten zu können, dann hatte er seine Brieftasche geklaut und durch die billige nachgemachte Waffe ersetzt, die ungefähr gleich dick und schwer war. Grenzenlose Panik ergriff ihn, als ihm die Konsequenzen klar wurden. Sein gesamtes Bargeld und seine Kreditkarten waren weg, und da er von der Polizei gesucht wurde, konnte er den Diebstahl weder melden noch sich auf die übliche Weise Ersatz beschaffen.

Er sah den Friseur mit seinem strahlenden *Lo-Chef-*

Lächeln an. »Hören Sie, ich habe anscheinend meine Brieftasche zu Hause vergessen.«

Der Mann antwortete nicht. Er stand reglos da und starrte auf die Pistole in der Hand seines Kunden. Hastig steckte Rinaldi sie wieder ein.

»Ich lasse meine Uhr als Pfand hier, während ich meine Brieftasche hole«, fuhr er fort. »Es ist eine Vintage Rolex mit Platinband, mindestens tausend wert. Ich bin in etwa einer halben Stunde wieder da.«

»Ich schließe in zehn Minuten«, erklärte der Friseur mit einer Stimme, die sich anhörte, als käme sie vom Tonband.

»Dann morgen.«

Er drückte ihm die Uhr in die Hand und ging hinaus. Sobald er die nächste Ecke erreichte, bog er nach links und lief, bis er außer Atem war. Die Abendluft fühlte sich auf seinem frisch geschorenen Schädel furchtbar kalt an, doch zumindest war niemand unterwegs. Einige Meter vor ihm stand im Schatten der *portici* eine städtische Mülltonne. Rinaldi wühlte darin herum, bis er eine leere Plastiktüte fand, und stopfte seine Schweinslederhandschuhe, den Kaschmirschal und seinen Kamelhaarmantel hinein. Dann rieb er seinen Blazer, den Pullover und die Hose an dem rauen Putz einer der Säulen der Arkade auf, stieß mit seinen makellos glänzenden Schuhen mehrfach gegen eine Türstufe und ging weiter. Nun sah er eher wie ein ganz gewöhnlicher Landstreicher aus, der seine Habseligkeiten in einer ramponierten Tüte mit sich herumtrug.

Aber wohin sollte er gehen? Durch den Verlust der Brieftasche änderte sich alles. Jetzt war er nicht nur obdachlos und wurde von der Polizei gesucht, sondern besaß nur noch vier Euro und dreiundsechzig *centesimi,* wovon er das meiste prompt in der ersten Bar ausgab, an der er vorbeikam, nur um sich aufzuwärmen. Er starrte auf den trocknenden Satz in seiner Kaffeetasse, als wollte er daraus seine Zukunft lesen; da fiel ihm plötzlich etwas ein, das er am frühen Abend gesehen hatte. Schon die bloße Vorstellung ließ ihn vor einer derartigen Demütigung schaudern. Was für ein Abstieg! Sozusagen vom Millionär zum Tellerwäscher. Aber es gab keine erkennbare Alternative, und vielleicht war es ja genau das, was er brauchte, um die nächsten Tage durchzustehen, bis sich die Dinge geregelt hatten. Es war in jedem Fall einen Versuch wert.

32

Flavia blickte von ihrem zerlesenen Taschenbuch auf und sah auf die Uhr über der Nische, wo der Besitzer des Lokals neben dem riesigen Maul des Ofens eifrig aus Teigklumpen Pizzas formte und belegte. Einer der beiden Kellner tauchte schon wieder auf, das dürre Stan-Laurel-Double. Er sah sie fragend an.

»Möchten Sie jetzt bestellen?«, fragte er, als Flavia nicht reagierte.

»Ich warte auf jemanden.«

Und er ist über zwanzig Minuten zu spät, dachte sie, als der Kellner davonschlich. Es war völlig naiv von ihr gewesen zu glauben, dass er überhaupt kommen würde. Ihre Beziehung zu Rodolfo war intensiv, spaßig und lehrreich gewesen, doch sie hatte sich nie irgendwelche Illusionen darüber erlaubt, wie die Sache letztlich ausgehen würde, nicht einmal bevor er anfing, sich so merkwürdig zornig und eiskalt beherrscht zu verhalten. Doch nun, wo seine Universitätskarriere am Ende war, hatte er keinen Grund mehr, noch länger in Bologna zu bleiben – oder bei ihr. Das hatte er ihr gestern Abend zu verstehen gegeben, als er sie erst wegen ihrer Lügen über ihre Herkunft aufzog und dann nicht mit ihr schlafen wollte. Und heute Abend würde er einfach nicht auftauchen, in der Hoffnung, dass sie es kapierte. Doch das hatte sie bereits.

Dennoch blickte sie hoffnungsvoll auf, als die Tür aufging, doch es war ein Fremder, der so groß und hager aussah wie ihr verstorbener Vater. Flavia beendete das Kapitel, das sie gelesen hatte, und sah erneut auf die Uhr. Die dreißig

Minuten Aufschub, die sie Rodolfo gewährt hatte, waren vorüber. Sie zog ihren Mantel an und ging zur Tür.

»Es tut mir leid«, sagte sie zu dem dicken Kellner, der gerade an einem Tisch in der Nähe zwei Pastagerichte servierte. »Mein Freund hat gerade angerufen und gesagt, dass er es nicht schafft.«

Ollie legte den Kopf in einer Weise schräg, die alles oder nichts hätte bedeuten können.

Draußen vor der Tür stieß sie praktisch mit Rodolfo zusammen. Er ließ den Matchbeutel fallen, den er bei sich trug, und küsste sie auf den Mund.

»Alles wird gut!«

Sie kehrten gemeinsam an den Tisch zurück, den Flavia soeben geräumt hatte und der jetzt als einziger noch frei war, da die Hälfte der übrigen Tische zu einer langen Tafel zusammengeschoben worden war, an der etwa ein Dutzend Leute sitzen konnte, vermutlich für eine Gruppe, die etwas später kommen würde. Rodolfo stellte den Nylonbeutel in eine Ecke, dann erzählte er Flavia in atemlosem Tempo, dass er Professor Ugo im Krankenhaus besucht hatte, dieser hätte ihn wieder zum Seminar zugelassen, und er könnte seine Hausarbeit zu Ende schreiben und das Examen machen.

»Das ist wunderbar«, sagte Flavia kühl. »Und was dann?«

Rodolfo zuckte die Schultern. »Im Sommer möchte ich zurück nach Apulien, zumindest für eine Weile. Mein Vater hat gesagt, er braucht mich, doch wer weiß, wie lange das anhält. Jedenfalls habe ich die Schnauze voll von dieser verdammten Stadt. Und danach sehen wir weiter.«

Flavia nickte vage. »Wie ist denn das Wetter in Apulien?«

»Ah, viel wärmer als hier! Die Leute sind auch viel freundlicher.«

Sie schwieg ostentativ.

»Und in Ruritanien?«, fragte er mit einem selbstironischen Lächeln.

»Das Wetter in Ruritanien? Das gibt es nicht.«

Rodolfo nahm ihre Hand. »Es tut mir sehr leid, Flavia. Ich war so wütend über das, was passiert war, fast schon wahnsinnig, und das hab ich an dir ausgelassen. Ich möchte mich entschuldigen.«

Schweigen.

»Was ist in dem Beutel?«, fragte Flavia schließlich.

»Bloß was zum Anziehen, das ich Vincenzo bringen soll. Offenbar wird er eine Weile fort sein und konnte nicht mehr zurück in die Wohnung. Deshalb war ich auch so spät hier, weil ich die Sachen noch holen musste, nachdem ich Ugo besucht hatte.« Er lächelte sie an. »Doch jetzt genug davon. Lass uns über uns reden.«

»Über uns?«

»Willst du mit mir nach Apulien kommen?«

Sie starrte ihn mindestens eine Minute an, ohne eine Miene zu verziehen. »Als was?«

Rodolfo mimte auf übertriebene Weise Schock und Entsetzen wie im Stummfilm. »Als meine *fidanzata* natürlich! Andernfalls würde man uns dort zu Tode steinigen.«

Stanlio tauchte am Tisch auf.

»Zweimal Pizza Margherita mit Büffelmozzarella«, erklärte ihm Rodolfo, ohne den Blick von Flavia abzuwenden. »Und eine Flasche Schampus.«

»… eine Flasche Spumante«, wiederholte der Kellner und notierte es auf seinem Block.

»Nein, keinen Spumante. Französischen Champagner.«

Der Kellner sah ihn zweifelnd an. »Ich könnte welchen in der Bar ein Stück die Straße hinunter besorgen. Aber der Preis …«

Rodolfo zog eine gut gefüllte Designerbrieftasche hervor, ein offensichtlich teures Teil, das Flavia noch nie bei ihm gesehen hatte.

»Der spielt keine Rolle«, sagte er.

33

Da man ihn im *La Carrozza* nicht kannte, hatte man Aurelio Zen einen kleinen Tisch zugewiesen, der etwas abseits zwischen dem Ende der Bar und dem Eingang lag. Von dort aus konnte er das Zusammenspiel zwischen den überlasteten Kellnern und dem unflätigen Besitzer gut beobachten, mit vielen interessanten Kommentaren auf beiden Seiten, und bekam außerdem jedes Mal, wenn die Tür aufging, eine Ladung eiskalter Luft ab, wie um die glühende Hitze von dem mit Holz beheizten Pizzaofen auf seinem Rücken auszugleichen. Er bestellte ein Glas Bier, aber nichts zu essen, mit der Begründung, dass er noch auf jemanden wartete.

»Das tun wohl alle!«, hatte der dünnere der beiden Kellner kryptisch erwidert.

Zen sah sich in dem Lokal um, doch die einzige Person, auf die die Bemerkung des Kellners zu passen schien, war eine junge Frau, die an einem Tisch in seiner Nähe saß und immer wieder von ihrem Buch aufschaute und zur Tür blickte. Sie hatte Zen beim Hereinkommen einen Moment lang erwartungsvoll betrachtet, doch dieser Ausdruck war sofort erloschen, als sie erkannte, dass er der Falsche war. Sie hatte erstaunlich klare blaue Augen, so hell und unverdorben wie Eis, nur viel wärmer. Sie war auch in anderer Hinsicht sehr attraktiv, und Zen stellte fest, dass sein Blick immer wieder zu ihr zurückkehrte, doch nicht allein aus diesem Grund, sondern auch, weil das Buch, in dem sie las, anscheinend den Titel *Der Gefangene von Zen* trug, allerdings verdeckte ihr kräftiger, aber dennoch eleganter Zeigefinger einen Teil davon.

Schließlich packte sie ihre Sachen zusammen und ging, wie er leicht enttäuscht bemerkte. Direkt vor der Tür stieß sie jedoch mit einem jungen Mann zusammen, der sie atemberaubend küsste und dann an ihren Tisch zurückführte, wo das Paar mittlerweile herumschmuste und angeregt bei einer Flasche Schampus plauderte. »Ach ja, die Jugend!«, murmelte Zen und war froh, sich für jemanden freuen zu können. Nun, da seine kurze Hochstimmungsphase – vermutlich eine verspätete Reaktion auf den Schock über seine Festnahme – vorbei war, erschienen ihm seine eigenen Aussichten für den Abend deutlich weniger rosig. Die Tatsache, dass Stefanos Freundin eine Fehlgeburt gehabt hatte, versprach der bereits verwüsteten Kampfzone, zu der sich seine Beziehung zu Gemma entwickelt hatte, ein weiteres unerforschtes Minenfeld hinzuzufügen. Er hatte offenbar die beinahe grenzenlose Fähigkeit erworben, ständig das Falsche zu tun oder zu sagen, und diese veränderte Situation, die in nächster Zeit zwangsläufig ihr Hauptgesprächsthema sein würde, bot ihm reichlich Gelegenheit, seine Talente in dieser Hinsicht zu erproben.

Da kam ihm plötzlich ein Gedanke. So wie die Dinge lagen, hatte er in der Familie Santini keinen wirklichen Status, doch als Stefanos Stiefvater würde man ihn zumindest tolerieren müssen. Wenn also die Situation später an diesem Abend im Hotel außer Kontrolle zu geraten drohte, würde er Gemma einfach einen Heiratsantrag machen. Das würde zumindest die Situation klären, egal wie es ausging. Wenn sie ihn abwies, würden sie sich trennen müssen. Wenn sie annahm, würden sie sich miteinander abfinden müssen. Das mochte vielleicht nicht die romantischste Lösung sein, aber sie war praktisch.

Weitere zehn Minuten vergingen, bis Bruno Nanni endlich auftauchte.

»Was ist denn nun dieser ›wichtige Hinweis‹, von dem Sie

gesprochen haben?«, fragte Zen, nachdem sie ihre Pizzas bestellt hatten. »Sie klangen am Telefon ja sehr geheimnisvoll.«

Bruno beugte sich vor. »Offenbar hat die Questura heute Nachmittag einen anonymen Anrufer gehabt ...«

»Der behauptete, er wüsste, wer auf Edgardo Ugo geschossen hat«, fiel Zen ihm ins Wort. »Die Nachricht ist schon veraltet, Bruno. Das haben mir die Carabinieri bereits vor Stunden erzählt.«

»Sie haben sich mit den Carabinieri in Verbindung gesetzt?«

»Die haben sich mit mir in Verbindung gesetzt. Der für den Anschlag auf Ugo zuständige Beamte ist ein alter Freund von mir und stammt ebenfalls aus Venedig. Deshalb wollte er natürlich mit mir Erfahrungen austauschen.«

»Haben die Ihnen den Namen gesagt, den der Anrufer nannte?«

Zen versetzte sich in die Situation zurück. »Nein, sie haben keinen Namen erwähnt.«

Bruno grinste selbstgefällig. »Das konnten sie auch nicht, weil wir ihnen den nicht gesagt haben.«

»Woher wissen Sie das alles, Bruno?«

»Hab den diensthabenden Polizisten ausgequetscht, der den Anruf entgegengenommen hat.«

Ihre Pizzas wurden gebracht, und eine Weile waren beide Männer ganz mit Essen beschäftigt.

»Haben Sie denn auch den fraglichen Namen herausbekommen?«, fragte Zen, als sein erster Hunger gestillt war.

Bruno kaute gerade an einem riesigen Stück und konnte nicht sofort antworten. »Vincenzo Amadori«, flüsterte er schließlich mit erstickter Stimme.

»War vermutlich nur jemand, der Ärger machen wollte.«

Bruno schüttelte den Kopf. »Es ist zwar offiziell nichts über den ballistischen Zusammenhang zwischen den beiden Fällen bekannt gegeben worden«, erklärte er, »aber in der Questura kursiert das Gerücht, dass es sich eindeutig um dieselbe Waffe handelt, doch man will das nicht an die Medien weitergeben, weil man befürchtet, das könnte zu einer zweiten Uno-Bianca-Geschichte aufgebauscht werden. Es sieht so aus, als wolle man die Sache mit der Begründung, dass weitere Tests durchgeführt werden müssen, noch eine Weile unter Verschluss halten und hofft, einen raschen Durchbruch in dem Fall zu erzielen, bevor man damit an die Öffentlichkeit geht.«

Er trank sein Bier aus und signalisierte dem Kellner, er möge ihm noch eins bringen.

»Außerdem könnte doch nur jemand, der weiß, dass in beiden Fällen dieselbe Waffe benutzt wurde, auf die Idee kommen zu versuchen, Vincenzo die Ugo-Geschichte anzuhängen. Ich möchte nämlich bezweifeln, dass Vincenzo überhaupt weiß, wer Ugo ist, und erst recht, dass er ein Motiv hatte, auf ihn zu schießen.«

Zen spürte plötzlich eine starke Mattigkeit und Gleichgültigkeit, wohl noch eine Nachwirkung des heftigen Sturms, der ihn beinahe mit sich fortgerissen hätte.

»Nun ja, das ist das Grundproblem bei dieser ganzen Ermittlung«, hörte er sich wie aus weiter Ferne sagen. »Die beiden Opfer hatten anscheinend keinerlei Gemeinsamkeiten bis auf die Tatsache, dass sie bekannte Persönlichkeiten des öffentlichen Lebens in Bologna waren. Nun gibt es natürlich Mörder, die nur bestimmte demografische Gruppen angreifen, meist Prostituierte, doch Prominentenstalker sind immer nur von einer bestimmten Person besessen. Die brauchen niemand anders.«

»Vielleicht handelt es sich ja um zwei Männer«, gab Bruno zu bedenken und schwenkte ein Stück Pizza mit der Gabel durch die Luft. »Einer hat Curti aus ganz persönlichen Gründen erschossen, der andere hatte sich Ugo vorgenommen, aber mit derselben Pistole.«

»Sie sollten sich zur Ruhe setzen und Krimis schreiben«, erwiderte Zen sarkastisch. »Und im Übrigen ist das Ganze nicht mehr unser Problem. Denn aufgrund der möglichen Analogie, die Sie eben erwähnten, haben die Gerichtsbehörden den Fall Ugo unseren Kollegen von den Carabinieri übergeben. Und wenn die ballistischen Tests bestätigen, dass es sich um dieselbe Waffe handelte, werden sie de facto auch für den Mord an Curti zuständig sein und uns genügend Zeit lassen, die wirklich wichtigen Aufgaben zu übernehmen, wie zum Beispiel für Ordnung bei Fußballspielen zu sorgen.«

Er verstummte, als eine Gruppe von etwa zwölf Leuten lachend und laut redend das Restaurant betrat, an Bruno und Zen vorbeiging und an dem großen Tisch, der im hinteren Teil des Raumes zusammengestellt worden war, Platz nahm. Einer der Kellner erschien und sammelte ihre leeren Pizzateller ein.

»Tutto bene, Signori?«

Zen nickte, doch Bruno kratzte sich im Nacken.

»Sie können ruhig schon gehen, *capo*, aber ich habe immer noch Hunger.«

Ein Mann mit einer schmutzigen Schürze war gerade aus dem rückwärtigen Teil des Lokals aufgetaucht und stellte zwei Teller mit Nudeln neben dem Pizzaofen auf die Theke. Er war dicklich, hatte einen kahlen Schädel, einen spärlichen Schnurrbart, keine Augenbrauen und einen extrem mürrischen Gesichtsausdruck.

»Wer ist das denn?«, fragte Bruno den Kellner.

»Die neue Aushilfe. Normos Mutter ist krank geworden, da brauchten wir kurzfristig jemanden, der die übrigen Essen macht.«

»Taugt er was?«

»Er hat gerade erst angefangen. Ein Ausländer. Bisher hab ich keine Beschwerden gehört. La Nonna hat ein wachsames Auge auf ihn.«

»Gott steh ihm bei. Dann wollen wir doch mal sehen, ob die beiden ein gutes Team abgeben. Bringen Sie mir einmal Penne all'arrabbiata und einen halben Liter Rotwein.«

»In dem Fall nehme ich noch ein Dessert«, sagte Zen. »Dieses Schokoladending auf dem unteren Brett im Kühlschrank.«

Von dem großen Tisch hinter ihnen schwoll das Jauchzen, Kichern und Lachen zu einer derartigen Lautstärke an, dass Bruno und Zen sich nicht mehr die Mühe zu machen brauchten, ein Thema zu finden, über das sie sich unterhalten konnten.

34

Einmal Penne all'arrabbiata«, rief der Kellner dem Koch zu.

Scheiße, dachte Romano Rinaldi, wie zum Teufel mach ich das denn? Doch die wachsame Alte, die auf einem hohen Hocker in der Ecke saß, legte bereits los.

»Steh nicht rum und glotz in die Luft! Schmeiß die Pasta rein! Zwei Hände voll. Gut rühren, bis es anfängt zu kochen, damit nichts kleben bleibt, denn das Wasser wird immer zäher. Kipp den Topf aus, mach ihn wieder voll und stell ihn warm. Mach eine Kelle Tomatensauce warm, tu eine Prise Chili rein und …«

Zum zweiten Mal an diesem Tag brachte Romano Rinaldi einen riesigen Topf Nudeln zum Kochen. Diesmal achtete er jedoch darauf, dass nichts überkochte. Das ist ja echt Scheiße, dachte er. Heute Morgen war er noch der berühmte und beliebte *Chef Che Canta e Incanta* gewesen, und nun wurde er von einer widerwärtigen Oma tyrannisiert und herumkommandiert, die mit ihm noch einmal einen Mann in die Finger bekommen hatte, dem sie das Leben zur Hölle machen konnte, und jede Gelegenheit dazu ausnutzte.

Und davon gab Romano ihr reichlich. Nicht nur, dass er nicht kochen konnte, ihm war der ganze Vorgang abgrundtief zuwider. Er liebte es, eine bestimmte Vorstellung von Tradition zu preisen, von authentischem gemeinsamem Erleben und einem stabilen, liebevollen Familienleben rund um den heimischen Herd. Kochen war das Medium, das er zur Verbreitung dieser Ideen gewählt hatte, doch im Grunde war Kochen eine schmutzige, mühevolle, undankbare und –

wie er am Morgen so spektakulär vorgeführt hatte – eine potenziell sehr gefährliche Plackerei, die totale Konzentration erforderte und einem bestenfalls das Gefühl relativen Scheiterns gab. Glaubte man denn nicht immer, man hätte schon mal etwas Besseres gegessen als das Gericht, das gerade vor einem stand? Es war ein sinnloses Bemühen, was zweifellos einer der Gründe war, warum man es traditionellerweise den Frauen überlassen hatte.

Doch abgesehen von diesen großen philosophischen Fragen hatte Romano Rinaldo reichlich konkrete Gründe, sich absolut elend zu fühlen. Zum einen rasende Kopfschmerzen als Folge seiner Exzesse im Laufe des Tages und wegen des derzeitigen akuten Mangels an Drogen oder Alkohol, um seine dringendsten medizinischen Bedürfnisse zu befriedigen. Dann war da la Nonna, über die man am besten gar nichts sagte, außerdem die unbeschreiblich ekelhafte Umgebung, in der er seinen widerlichen und demütigenden Aufgaben nachgehen musste.

Die Pizzas waren das Hauptgeschäft des Lokals und wurden vom Inhaber und seinem Sohn in einer makellos sauberen Nische in der Bar vor den Augen der Gäste vorbereitet und gebacken. Die Küche im rückwärtigen Teil des Lokals, wo er vor den Gäste verborgen eingesperrt war, war erheblich kleiner als jeder der begehbaren Schränke in Rinaldis Wohnung in Rom, und alles war furchtbar dreckig. Der Raum sah aus wie der Schauplatz einer Mafia-Abrechnung, nachdem man die Leichen weggeräumt hatte. Überall klebten rote Spritzer an den Rauputzwänden, durch die sich lange senkrechte Furchen zogen, die durchaus von den Fingernägeln eines sterbenden Gangsters hätten stammen können. Der Fußboden war mit Kügelchen gesprenkelt, die auf den ersten Blick wie Kapern aussahen, die jemand hemmungslos durch den Raum geworfen hatte, sich jedoch bei näherem Hinsehen als Rattenkötel entpuppten. Rinaldi war schon mehrmals arg in Versuchung gewesen, einfach abzuhauen und sich der Polizei zu stellen. Selbst wenn er verurteilt würde – könnte eine Gefängnisstrafe mit Zwangsarbeit schlimmer sein als das hier?

Als er sich wenige Stunden zuvor nach dem Job erkundigt hatte, hatte der mürrische Inhaber zunächst den Kopf geschüttelt, es sich dann aber abrupt anders überlegt und dem angeblichen illegalen Einwanderer erklärt, dass er ihm eine Chance gäbe, wenn er sofort anfangen würde, aber nur, weil sich für diesen Abend eine große Geburtstagsgesellschaft angemeldet hätte und er verzweifelt irgendwen suchte, der in der Küche aushalf. Rinaldi war außerdem klargemacht worden, dass er den Befehlen von Normos Großmutter aufs Wort zu folgen hatte. Sie war neunzig Jahre alt und konnte die Arbeit nicht mehr selber machen. »Sie ist der Kopf, du der Roboter«, hatte der uncharmante Besitzer die Situation kurz und bündig zusammengefasst. »Und komm bloß nicht auf die Idee, dein hässliches Gesicht im Lokal zu zeigen. Du bringst einfach die Gerichte raus, wenn sie fertig sind, stellst sie hier auf die Theke und gehst sofort wieder an die Arbeit.«

Das einzig Positive an der ganzen Situation war seine offenbar komplette Anonymität. Niemand hatte auch nur in irgendeiner Weise zu erkennen gegeben, dass er wusste, wer Rinaldi war, oder dass er ihn überhaupt wahrnahm außer als Objekt, das entweder nützlich war oder im Weg stand. Er war in der unscheinbaren Masse der Immigranten untergegangen, durchaus sichtbar zwar, aber kaum wahrgenommen, als menschliches Wesen noch weniger wirklich, als er es als zweidimensionales Bild im Fernsehen gewesen war. Niemandem würde je die Ähnlichkeit zwischen beiden auffallen, und selbst wenn das doch geschah, würde derjenige diesen Gedanken sofort als fundamentalen Irrtum und komplette Täuschung verwerfen. Vorläufig war er jedenfalls sicher.

Aber nicht vor la Nonna.

»Steh nicht rum und kratz dich am Arsch! Gieß die Pasta ab, kipp den Topf aus und füll ihn wieder auf, verwahr ein bisschen vom Kochwasser, um die Sauce flüssiger zu machen.«

Wie üblich waren ihre Befehle nicht in der richtigen Reihenfolge, und er musste scharf nachdenken, was er zuerst tun sollte. Um ein guter Koch zu sein, brauchte man ein gutes Timing, wurde ihm allmählich klar, und seins war furchtbar schlecht. Es sollte aber noch schlimmer kommen. Der Topf mit dem Nudelwasser, das nach häufigem Gebrauch dick wie eine Suppe war, war viel schwerer und heißer, als Rinaldo angenommen hatte, sodass beim Abschütten eine riesige Dampfwolke aus dem Spülbecken aufstieg und ihm dermaßen siedend heiß ins Gesicht schlug, dass er den leeren Topf auf seinen Fuß fallen ließ.

»*Macché?*«, schrie die Alte auf dem Hocker und starrte ihren erschrocken zurückweichenden Sklaven wütend an. »Musste deine Mutter dir auch das Scheißen beibringen? Lass liegen, lass liegen! Gib die Pasta auf einen Teller, kipp die Sauce drüber, tu einen Zweig Petersilie drauf und brings raus. Schnell, schnell, bevor es kalt wird!«

Dann ertönte ein fürchterliches Kreischen: »ANTOOO-OOOONIO!!!«

Es war eine wunderbare Abwechslung, selbst hinkend und nur für wenige Sekunden der Küche zu entkommen. Nachdem er den Teller abgesetzt hatte, warf Rinaldi einen verstohlenen Blick auf die Gruppe, die hier zu einer Geburtstagsfeier beisammensaß, genau die Art von Familienzusammenkunft, über die er in seiner Show so häufig Lobeshymnen gesungen hatte. Wenn er sich nur vorstellte, dass er, *Lo Chef Che Canta e Incanta,* noch an diesem Morgen solche Leute und ihre gewöhnlichen *piccolo-borghese* Festlichkeiten insgeheim verachtet hätte!

Der Kellner schnappte sich das Pastagericht von der Theke und gab Rinaldi einen Zettel.

»Neun Bestellungen für den großen Tisch. Muss alles gleichzeitig serviert werden, also setz dich in Bewegung!«

35

Es war den intensiven, wenn auch etwas kruden Bemühungen von Vincenzo Amadoris Haarstylisten zuzuschreiben, dass weder Bruno noch Rodolfo ihn auf den ersten Blick erkannten, als er das *La Carrozza* betrat. Vincenzo war am Nachmittag in einem wenig eleganten Vorort in einem Friseursalon gewesen und hatte sich die Haare schneiden, pink färben und im Retro-Punk-Stil zu Stacheln formen lassen. Er entdeckte Rodolfo und sein ruritanisches Flittchen an ihrem gewohnten Tisch, schlurfte hinüber und ließ sich auf einen Stuhl fallen.

»Hast du die Sachen?«

Rodolfo zeigte mit dem Daumen in die Ecke hinter seinem Stuhl.

»Okay, dann bin ich weg«, sagte Vincenzo und stand wieder auf.

»Nun mal langsam!«, erwiderte Rodolfo. »Und setz dich wieder hin. So wie du aussiehst, wird dich niemand hier aufgabeln. In jeglichem Sinne des Wortes. Also bleib hier und trink zumindest ein Glas mit uns. Flavia und ich haben nämlich was zu feiern.« Er signalisierte dem Kellner, er möge ein weiteres Glas bringen.

Vincenzo starrte höhnisch auf die Flasche. »Veuve Cliquot? So 'n teurer Scheiß, wie meine Eltern und ihre Freunde trinken, um sich gegenseitig zu beeindrucken. Was soll dieser Quatsch? Habt ihr im Lotto gewonnen oder was?«

»In gewisser Weise«, sagte Rodolfo und sah Flavia tief in die Augen. »Wir haben uns gerade verlobt.«

Vincenzo warf den Kopf wie ein scheuendes Pferd in den Nacken. Das zusätzliche Glas wurde gebracht, und Rodolfo spielte den Gastgeber.

»Auf uns alle!«, sagte er fröhlich.

Er und Flavia prosteten sich zu. Vincenzo kippte sein Glas in einem Zug herunter, verzog das Gesicht und zündete sich eine Zigarette an.

»Du scheinst dich ja nicht gerade für uns zu freuen«, bemerkte Flavia.

Vincenzo zuckte die Schultern. »Für euch vielleicht schon. Aber nicht für mich.«

»Warum nicht?«

»Anderer Leute Glück bringt mir Unglück.«

Es folgte ein unbehagliches Schweigen.

»Was soll das Ganze überhaupt?«, fragte Rodolfo schließlich und deutete zuerst auf Vincenzos Frisur und dann nach hinten auf den Kleiderbeutel, den er mitgebracht hatte.

Vincenzo zog eine kleine Flasche mit einem klaren Schnaps aus seiner Jackentasche und nahm einen kräftigen Schluck.

»Hab ich dir doch erzählt, du Dämlack!«

»Du hast gesagt, ein Privatdetektiv, den deine Eltern auf dich angesetzt hatten, würde behaupten, er hätte Beweise dafür, dass du ein Verbrechen begangen hast. Was für ein Verbrechen?«

Vincenzo rutschte unbehaglich auf seinem Stuhl hin und her. »Das spielt keine Rolle.«

»Du traust uns also nicht.«

»Es spielt einfach keine Rolle. Okay, es geht um diese Sache, die heute passiert ist. Dieser Prof von der Uni, der angeschossen wurde.«

»Das warst du nicht!«, rief Rodolfo.

»Natürlich war ich das nicht! Selbst wenn die Bullen mich finden, werden sie niemals etwas beweisen können.

Ich kann bloß dieses ganze Theater nicht gebrauchen. Deshalb will ich für eine Weile untertauchen.«

»Kannst du denn nicht beweisen, dass du zu der Zeit woanders warst?«

»Ich hab geschlafen.«

»Allein?«

»Hör mal, ich habs nicht getan, verdammt noch mal. Diesmal bin ich absolut unschuldig.«

Rodolfo nickte ernst. »Das weiß ich«, sagte er. »Es ist nämlich ...«

»Diesmal?«, warf Flavia ein.

Vincenzo sah sie durchdringend an, als würde er in ihr jemand Ebenbürtigen erkennen. So hat er mich nie angesehen, dachte Rodolfo.

»Nun ja, ich hab Curti erledigt! Das hab ich überall rumerzählt, aber die Drecksäcke glauben mir natürlich nicht, obwohl es die Wahrheit ist. Stattdessen wollen sie mich mit dieser Lüge drankriegen.«

»Du hast also Lorenzo Curti umgebracht«, bemerkte Rodolfo, nur um die beiden daran zu erinnern, dass er noch da war.

»Ja, sicher. Ich hab dieses Parmesanmesser wochenlang mit mir rumgeschleppt. Zuerst wollte ich bloß den Lack von seinem Wagen zerkratzen, wenn er zu einem der Spiele hier war, und das Messer daneben liegen lassen, damit die Message auch ankommt.« Er lachte rau. »Wollte ihn ein bisschen nervös machen, versteht ihr, was ich meine? Aber ich hatte nie die Gelegenheit dazu. Er hatte immer einen Aufpasser dabei oder einen Geschäftsfreund.«

Er kippte einen weiteren Schluck Schnaps in sich hinein.

»Aber an dem Abend in Ancona kam alles zusammen. Nach dem Spiel hab ich mich noch ein bisschen am VIP-Eingang vom Stadion rumgetrieben, und diesmal kam Curti alleine raus. Er kennt meinen Vater und hat mich ab und zu bei meinen Eltern gesehen, als ich noch da wohnte. Und als ich ihm dann erzählte, ich hätte den Fanbus verpasst und suche eine Mitfahrgelegenheit nach Bologna, hat er mich sofort in seinen Audi gewinkt. Er ist in San Lázzaro von der Autobahn abgefahren, um mich rauszulassen, und als er am Straßenrand anhielt, hab ich ihn abgeknallt. Dann hab ich ihm das Käsemesser in die Brust gerammt und bin nach Hause gegangen. Hübscher Gag, findet ihr nicht? Das mit dem Parmesanmesser meine ich.«

»Worüber habt ihr auf der Rückfahrt geredet?«, wollte Flavia wissen.

Vincenzo starrte sie völlig fassungslos an. »Was zum Teufel hat das denn damit zu tun?«

»Woher hattest du die Waffe?«, fragte Rodolfo und parodierte in seinem Tonfall bewusst den typischen Commissario di Polizia, der zu fixen Ideen neigt und den Verhörten gern in die Mangel nimmt. Vincenzo lachte unbehaglich, dann setzte er eines seiner seltenen strahlenden Lächeln auf und wechselte mühelos in seine andere Persönlichkeit über, einen überaus attraktiven jungen Mann, dem man nicht nur alle Schandtaten nachsah, sondern von dem man sogar hoffte, er würde eine begehen.

»Die hab ich gefunden«, sagte er und machte eine Handbewegung, wie um anzudeuten, dass ihm regelmäßig Feuerwaffen in die Hände fielen, ein Vorgang, den er zwar nicht verstand, gegen den er aber absolut nichts unternehmen konnte.

»Ach, komm schon!«

»Doch, wirklich. Da war so ein alter Kerl in der Bar, okay?«

»Wo?«

»In Ancona, nach dem Spiel. Er machte Fotos von mir und den Jungs mit dieser Kamera, die ich dir gezeigt hab, und mir war sofort klar, dass er der Schnüffler sein musste, den meine Eltern engagiert hatten. Sie hatten mir natürlich nichts davon gesagt, aber das Hausmädchen hat mich gewarnt. Als der Kerl pinkeln ging, bin ich ihm gefolgt und hab ihn mit dem Kopf gegen die Wand geknallt, dann hab ich seine Taschen durchsucht. Und da hab ich die Kamera gefunden, nettes Teil übrigens, voller Digitalaufnahmen von uns, und außerdem eine Pistole.« Vincenzo runzelte die Stirn. »Dann hat sie jemand geklaut! Aus unserer Wohnung. Ich hatte sie hinter den Büchern in deinem Zimmer versteckt.« Er warf Rodolfo einen raschen Blick zu. »Das warst du, nicht wahr?«

»Natürlich nicht!«

»Wer denn dann?«

»Der Privatdetektiv natürlich«, sagte Flavia. »Er muss das Haus beobachtet haben, denn er ist mir von dort nach Hause gefolgt und später vorbeigekommen, um mich auszuhorchen.«

»Davon hast du mir nie etwas erzählt!«, protestierte Rodolfo.

»Ich dachte, es würde dich zu sehr aufregen, nach dem Ärger in der Universität. Jedenfalls muss Dragos deinen Freund hier erkannt haben, als der ihn überfallen hat, dann ist er in die Wohnung eingebrochen, als ihr beide nicht da wart, und hat sich die Waffe zurückgeholt.«

»Wer ist Dragos?«, fragten beide Männer einstimmig.

»Ach, ich hab ihn einfach so genannt. Ich dachte, er wäre von der Geheimpolizei.«

Vincenzo saugte die letzten Tropfen aus seiner Flasche. »Wie dem auch sei, eines ist jedenfalls klar, dass ich mit dieser Ugo-Geschichte nichts zu tun habe. Ich kannte den alten Knacker überhaupt nicht. Ist er wirklich so berühmt?«

»In gewissen Kreisen«, antwortete Rodolfo blasiert.

Er war versucht, Vincenzo von seinen Sorgen zu befreien, indem er die Wahrheit gestand, doch das würde einen Riss in seine Beziehung zu Flavia bringen, der nie mehr gekittet werden könnte. Er beschloss, Vincenzo noch eine Nacht schwitzen zu lassen und sich am Morgen mit ihm in Verbindung zu setzen. Außerdem bestand immerhin die entfernte Möglichkeit, dass er Curti tatsächlich umgebracht hatte. Die Pistole existierte ganz eindeutig, und er hatte sie vermutlich in Rodolfos Zimmer versteckt, um den Verdacht auf ihn zu lenken, wenn sie bei einer polizeilichen Durchsuchung gefunden worden wäre. Nein, er war Vincenzo keinen Gefallen schuldig.

Von dem großen Tisch in der Mitte des Raumes erklang stürmisches Gelächter.

»Was sind das denn für Wichser?«, brüllte Vincenzo und fuhr herum. »Noch mehr glückliche Arschlöcher! Gott, heute Abend hab ich offensichtlich überhaupt kein Glück.«

»Das junge Mädchen hat Geburtstag«, sagte Flavia. »Sie haben einfach nur Spaß.«

»Spaß? Spaß? Du glaubst, es geht im Leben nur darum, Spaß zu haben?«

»Was denn sonst?«

Vincenzo verzog den Mund zu einem verächtlichen Grinsen. »Anderen Leuten den Spaß zu verderben«, erwiderte er. »Darum geht es, Schätzchen.«

Flavia schniefte wegwerfend. »Wir lassen uns jedenfalls von dir nicht den Spaß verderben, nicht wahr, Rodolfo?«

Doch Rodolfo war anscheinend nicht danach zu antworten. Er starrte Flavia gebannt in die Augen, und sein Blick war äußerst beunruhigt.

36

»… und tu den Knoblauch rein. Jetzt das Öl. Nein, nicht so! Langsam träufeln, wie Regen vom Himmel! Musste deine Mutter dir auch noch das Pissen beibringen? Wie kann man nur so tollpatschig sein? Horch auf die Natur, nur auf die Natur! Sie sagt dir immer, was du tun musst.«

Lieber auf sie als auf dich, dachte Rinaldi.

»Jetzt etwas fein geriebenen Muskat, wie Schneestaub, der im Winter von den Bergen geweht wird …«

»Wie viel?«

In ihren einlullenden Träumereien gestört, starrte die Alte ihn wütend an. »Wie viel von was?«

»Wie viel Muskat?«, brüllte der Koch.

Jetzt sah sie ihn offenbar aufrichtig verblüfft an. »Ma quello che basta, stupido!«

Gerade genug. Danke, Großmama.

»Genug, aber nicht zu viel«, fuhr Rinaldis Mentorin träumerisch fort. »Für uns ist das Tradition. Wie soll ein Ausländer wie du das auch verstehen? Bist du Katholik oder Türke? Egal, du bist ein Mann, das ist das Problem. Männer sollten sich aus der Küche raushalten. Sie haben keine Ahnung vom Kochen. Wie sollten sie auch, wo sie doch nicht im Einklang mit den Rhythmen der Natur stehen? Wir Frauen haben diese Rhythmen wie Gezeiten im Körper. Horch auf die Natur, nur auf die Natur! Folge den Regungen in deinem Innersten, dann kannst du nie etwas falsch machen!«

Romano Rinaldi widerstand gerade noch der Versuchung, diesen Rat zu befolgen und die alte Schnepfe mit der

Bratpfanne zu erschlagen, doch die Situation war prekär. Er wusste, er würde es nicht mehr lange aushalten können. Irgendwie kriegte er die Bestellung zusammen und trug immer zwei Teller auf einmal zur Serviertheke. Als er den letzten abstellte, ertönte das mittlerweile vertraute Geschrei seiner Peinigerin. Der Kellner erschien wie erwartet und platzierte auf jedem Arm vier Teller, doch der neunte war selbst für ihn zu viel.

»Nimm du den«, befahl er Rinaldi.

Lo Chef folgte ihm in den Speiseraum, wo die Geburtstagsfeier mittlerweile voll im Gang war. Der Kellner wies Rinaldi barsch an, den Teller, den er in der Hand hatte, einem etwa sechzehnjährigen Mädchen zu servieren, das am Kopfende des Tisches saß. Sie trug eine Perlenkette um den Hals, die echt sein mochte oder auch nicht, und hatte ein Strahlen im Gesicht, an dem so gar nichts Künstliches war. Die gepolsterte Schachtel, in der die Kette überreicht worden war, lag geöffnet auf dem Tisch.

Romano Rinaldi stellte das Nudelgericht mit einer schwungvollen Bewegung hin. »Sie haben Geburtstag, Signorina?«, fragte er.

Das Mädchen nickte. Rinaldi verbeugte sich tief.

»Tanti auguri. Darf ich Sie nach Ihrem Namen fragen?«

Sie zuckte verlegen die Schultern und wurde rot. »Mi chiamano Mimi, ma il mio nome è Lucia.«

Romano Rinaldi berührte für den Bruchteil einer Sekunde ihre Hand, dann wandte er sich dem Tisch insgesamt zu und legte mit der großen Tenorarie vom Ende des ersten Akts von *La Bohème* los, wobei er Rodolfos Beschreibung von sich selbst in witziger Weise veränderte zu: »Wer bin ich? Ich bin ein Koch. Was tue ich? Ich koche.« Das rief viel Gelächter und Applaus hervor, doch das größte Vergnügen bereitete es Rinaldi, dass sich seine Stimme perfekt an die intime Akustik dieses Raumes anpasste und er absolut richtig sang. Im

Studio hatte er immer mit Mikrofon arbeiten müssen, und seine Gesangseinlagen waren in einer späteren Produktionsphase elektronisch aufgemotzt worden, um zu tiefe Töne höher und zu hohe Töne tiefer zu machen und generell die Lautstärke zu erhöhen, doch solche Tricks brauchte er jetzt nicht.

Und während er immer weitersang, stellte er überrascht und erfreut fest, dass er sich das alles nicht bloß in seiner üblichen durch Alkohol oder Drogen bedingten Benommenheit einbildete, sondern dass es echt war, und alle im Raum spürten das. Die ganze Gesellschaft war verstummt, gefesselt von der narrativen Kraft von Puccinis Liedzeilen und der ungeschminkten Schönheit der menschlichen Stimme. Alle Augen waren in respektvollem Schweigen auf Rinaldi gerichtet, als dieser die komplette Arie mit unerschütterlichem Selbstvertrauen zu Ende sang, mühelos die schwierigen Höhen von »*La speranza!*« erreichte, den Ton volle zehn Sekunden hielt, was zahlreiche Bravorufe hervorrief, bevor er seine Stimme in den abschließenden Takten zu einem zarten pianissimo senkte.

Das Ergebnis waren spontane und anhaltende Ovationen von allen im Restaurant Anwesenden. Rinaldi stand in seiner mit Sauce verschmierten Schürze da und verbeugte sich dankbar vor seinem Publikum, dann wandte er sich dem vor Begeisterung überwältigten Geburtstagskind zu, küsste ihr ganz leicht die Hand und schwebte in die Küche zurück. Als er am Pizzaofen vorbeikam, starrte Normo ihn fassungslos an. Entspannt lächelnd bog Rinaldi um die Ecke in den Flur, wo er prompt mit einem Punk mit pink gefärbten Haaren zusammenstieß, der gerade von der Toilette kam.

Der junge Mann, der offensichtlich betrunken war, landete auf dem Fußboden. Als Rinaldi ihm die Hand hinhielt, erntete er zum Dank einen Schwall obszöner Beschimpfungen, aber er ließ sich davon nicht beeindrucken und ging kurzerhand weiter den Flur entlang. In seiner derzeitigen Hochstimmung konnte ihn nichts erschüttern. Das war ja sogar noch besser als *la coca!* Er war nicht nur der Star des Abends, sondern ihm war gerade eine wunderbare Idee gekommen, wie er seine Karriere nach der Schmach durch diesen desaströsen Kochwettstreit retten und noch höher aufsteigen könnte, zu noch mehr Ruhm und noch mehr Reichtum. *Echte Arbeit:* ein neues Konzept, eine neue Show, ein neues Buch, eine neue …

Etwas Heißes, Feuchtes, Klebriges explodierte neben ihm an der Wand. Der Punk, den er versehentlich umgeworfen hatte, nahm einen weiteren Teller mit Pizza von der Theke, wo Normo ihn hingestellt hatte, und warf ihn nach Rinaldi.

»Stronzo di merda, vaffanculo!«

»Du hast hier Lokalverbot, du Dreckskerl!«, brüllte Normo, doch er konnte nichts machen, da er hinter der Theke eingepfercht war. Und die beiden Kellner schienen keine Lust zu haben, sich in den Streit einzumischen. Der Randalierer griff nach einer weiteren Pizza. Rinaldi huschte in die Küche und zog die nachgemachte Pistole aus seiner Jackentasche. Er wartete, bis die dritte Pizza samt Teller gegen die Toilettentür knallte, dann trat er wieder hinaus auf den Flur.

»Raus«, sagte er mit fester Stimme und richtete den Lauf der Pistole auf den Eindringling.

Der junge Mann starrte eher fasziniert als ängstlich auf die Waffe. »Hey, das ist meine Waffe!«

»Raus!«, wiederholte Rinaldi, riss den Unruhestifter am linken Arm herum und schleppte ihn zur Tür.

37

Hab ich nicht gesagt, dass wir nun genügend Zeit hätten, uns um Fragen der öffentlichen Ordnung zu kümmern?«, flüsterte Zen Bruno in sarkastischem Tonfall zu. Er deutete mit dem Daumen hinter sich. »Das ist Ihre Chance, eine große Verhaftung vorzunehmen, die Ihnen bestimmt eine Beförderung einbringen wird.«

Der Polizist verdrehte die Augen. »Das ist doch nur einer von diesen *punkabestia*-Typen, die sich unter den Arkaden des Teatro Communale und auf der Piazza Verdi herumtreiben. Für die interessieren wir uns nicht sonderlich. Um die wirklich Gewalttätigen kümmern sich die Drogenhändler. Die wollen keinen Ärger in ihrem Revier.«

»Das will Lo Chef offenbar auch nicht«, bemerkte Zen, als der Unruhestifter auf dem Weg zur Tür an ihrem Tisch vorbeikam, eskortiert von dem ausländischen Koch, der »Raus! Raus!« brüllte und dem jüngeren Mann offenbar irgendein Küchengerät in den Rücken stieß.

»Großer Gott!«, sagte Bruno. »Das ist Vincenzo Amadori.«

»Was für ein charmantes Kerlchen.«

»Was machen wir denn jetzt?«

Zen zuckte die Schultern. »Wir sind für den Fall doch nicht mehr zuständig.«

»Vergiss deine Sachen nicht, Vincenzo!«

Das kam von dem Freund der jungen Frau, die Zen schon vorher aufgefallen war. Er hatte sich den blauen Nylonbeutel geschnappt, den er mitgebracht hatte, und quetschte sich nun zwischen den Tischen hindurch zur Tür.

»In dem Beutel könnte Beweismaterial sein«, sagte Bruno eindringlich. »Wir sollten den Jungen festnehmen!«

Zen zündete sich eine Zigarette an. Er musste unbedingt eine neue Packung kaufen, dachte er. Die Tabakläden waren mittlerweile geschlossen, blieb also nur ein Automat.

»Wie Sie wollen«, sagte er. »Das bringt eine Menge Schreibarbeit mit sich, da können Sie den Rest des Abends vergessen, und letztlich ernten die Carabinieri doch den ganzen ...«

Doch Bruno war bereits aufgesprungen und hinausgelaufen. Ach, diese Jugend!

38

Draußen auf der Straße hatte sich die Situation mittlerweile völlig gedreht. Der Hilfskoch war über die Eingangsstufe gestolpert, und der Rowdy, den er rausschmeißen wollte, hatte diesen momentanen Verlust des Gleichgewichts benutzt, um sich auf ihn zu stürzen. Die nachfolgende Rauferei endete damit, dass er eine automatische Pistole in der Hand hielt. Aurelio Zen drückte seine Zigarette aus und tätigte einen Anruf mit seinem Diensthandy, um die Situation zu erklären und die sofortige Entsendung eines Streifenwagens zu veranlassen. Als er vom Tisch aufstand, stieß er mit der jungen Frau zusammen, die er am früheren Abend interessiert betrachtet hatte und die nun zur Tür eilte, der dünnere der beiden Kellner dicht hinter ihr.

»Und die Rechnung?«, rief er wehleidig. »Über hundert mit dem Champagner!«

Zen folgte der Frau auf die Straße hinaus, wo der *punkabestia*-Typ inzwischen ihren Freund unter den Achselhöhlen gepackt hatte und ihm die Pistole seitlich an den Kopf hielt.

»Zurück, oder der Kleine hats hinter sich!«, brüllte er.

»Polizei!«, entgegnete Bruno, blieb jedoch auf Distanz und wusste offenbar nicht so recht, was er als Nächstes tun sollte. »Legen Sie die Waffe hin! Sie sind verhaftet!«

Doch der junge Mann mit der Waffe sah ihn nicht einmal an. Seine ganze Aufmerksamkeit war von dem imposanten Anblick der jungen Frau gefesselt, die bedrohlich auf ihn zukam.

»Lass meinen Freund sofort los, oder du kriegst es mit mir zu tun!«, rief sie, ohne auch nur einen Moment innezuhalten.

Ein Streifenwagen schoss mit Blaulicht, aber ohne Sirene um die Ecke und kam in einem Abstand von wenigen Metern quietschend zum Stehen.

Vincenzo Amadori begutachtete die Situation, dann senkte er die Waffe, ließ Rodolfo los und fing schallend an zu lachen. »Ach, Scheiße!«, sagte er.

Flavia nahm ihm die Pistole aus der Hand und reichte sie Bruno. Sonst trat niemand an Vincenzo heran, der schwankend dastand und abwechselnd die Augen zukniff und wieder weit aufriss, als würde er eine aufregende neue Fertigkeit erlernen.

»Sind Sie ein Freund von ihm?«, fragte Zen Rodolfo.
»Wer sind Sie?«
»Polizei.«
»Wir wohnen zusammen.«
»Was ist in der Tasche?«
»Bloß ein paar Kleidungsstücke, die ich ihm bringen sollte.«

Während Bruno, unterstützt von den beiden Kollegen aus dem Streifenwagen, Amadori Handschellen anlegte, begann Zen, den Inhalt des Matchbeutels zu durchsuchen. Er zog ein cremefarbenes gestreiftes Seidenhemd mit Versace-Etikett heraus und hielt es in das Neonlicht der Restaurantreklame. Auf der rechten Brustseite waren mehrere braune Flecken zu erkennen.

Zen rief Bruno zu sich. »Es sieht so aus, als hätten Sie richtig vermutet, dass sich in dem Beutel Beweismaterial befindet.«

Bruno starrte unbeeindruckt auf das Hemd. »Ein paar Weinflecken?«

»Mal abwarten, was die DNA-Tests ergeben. Doch wenn

das kein Wein, sondern Blut ist, wie ich aus gutem Grund annehme, dann haben wir den Carabinieri sowohl den Fall Curti als auch den Fall Ugo wieder geklaut, und Sie sind nächsten Monat Sergeant.«

39

Tony Speranza wachte auf und fühlte sich hundeelend. Eigentlich fühlte er sich jeden Morgen beim Aufwachen hundeelend, doch da er sich nie besonders gut an den Vortag erinnern konnte und schon gar nicht an die Tage davor, war das für ihn jedes Mal eine Überraschung.

Zitternd stand er auf und tapste in die Küche, wo er eine Flasche Budweiser köpfte, bevor er ins Wohnzimmer ging und den Ton am Fernseher wieder anstellte, der die ganze Nacht an gewesen war. Es lief gerade eine Vormittagstalkshow für gelangweilte Hausfrauen, irgendeine supergestylte Puppe in einem schicken Hosenanzug. Als Tonys Blick endlich klar wurde, sah er in einer Zeile unten am Bildschirmrand, dass es sich um Delia Anselmi handelte, die persönliche Assistentin des Stars, der als *Lo Chef Che Canta e Incanta* vermarktet wurde.

»Romanos neues Konzept ist einfach fantastisch«, schwärmte sie. »Wenn man sich nur vorstellt, dass er tatsächlich verkleidet in einer ganz einfachen Trattoria gearbeitet hat, um Recherchen für diese großartige neue Serie zu betreiben. Eine Rückkehr zu seinen Wurzeln, wie er es gestern Abend mir gegenüber ausgedrückt hat, Stella. Und ich möchte euch allen sagen, dass er dabei geweint hat!«

Die dralle, genmanipulierte Moderatorin strahlte. »Das ist einfach wunderbar, Delia! Und ich möchte euch beiden sagen, dass wir auch alle weinen, aber es sind Freudentränen.«

»Danke für die Anteilnahme, Stella! Ich bin wirklich gerührt, und Romano wird das ganz bestimmt auch sein. Ich kann natürlich nicht sagen, in welchem Restaurant Romano sich entschlossen hat, ›noch einmal an die harten Ursprünge zurückzukehren‹, wie er es gestern Abend mir gegenüber ausgedrückt hat. Das würde die Integrität und Authentizität der gesamten Erfahrung kompromittieren, aber ich darf es auch aus juristischen Gründen nicht, nachdem Romano gestern Abend so entschieden und heroisch in die dramatische Verhaftung des Mörders von Lorenzo Curti eingegriffen hat. Doch wir werden ihn in Kürze dort filmen, sozusagen Mäuschen spielen, und die daraus entstehende Serie *Real Work* wird ...«

»... exklusiv auf diesem Sender«, warf die Moderatorin ein.

»... im Frühherbst zu sehen sein. Ich weiß einfach, dass dies ein bahnbrechend neues Konzept ist, das unsere gesamten Vorstellungen völlig auf den Kopf stellen wird, wie man ...«

Tony Speranza drückte die Stummtaste und schlurfte zum Telefon. Keine Nachricht von der Familie Amadori, trotz des Drucks, den er am Vortag gemacht hatte. Immerhin hatte er bei der Questura angerufen und Vincenzo als Verantwortlichen für den Anschlag auf Edgardo Ugo verpfiffen. Es könnte natürlich sein, dass man den Angehörigen noch gar nichts davon gesagt hatte. Die Polizei war ja so ineffizient. Er kehrte in die Küche zurück, tauschte das Bud gegen einen Jack Daniels, dann schlurfte er wieder ins Wohnzimmer, ließ sich vor den Fernseher fallen und schaltete auf den Vierundzwanzig-Stunden-Nachrichtensender, wo eine mehrfach geliftete Moderatorin gerade an einem großen Mikrofon nuckelte, als wäre es ein Phallus. »Supercop aus Rom knackt den Fall Curti«, lautete die Überschrift. Tonys Hand schoss zur Fernbedienung.

»... können bestätigen, dass Vincenzo Amadori in Haft ist. Gegen ihn wird im Laufe des Tages Anklage erhoben wegen des Mordes an Lorenzo Curti und des Anschlags auf Professor Edgardo Ugo. Forensische Untersuchungen deuten darauf hin, dass es sich bei der Waffe, die in beiden Fällen benutzt wurde, um die Waffe handelt, die sich im Besitz des Angeklagten befand, als dieser am späten gestrigen Abend von einem Topteam der Polizia di Stato unter Leitung von Vice-Questore Aurelio Zen verhaftet wurde. Bei einer Pressekonferenz am frühen Morgen erklärten Dottor Zen und der für die Ermittlungen verantwortliche Beamte, Commissario Salvatore Brunetti, dass ...«

Er drückte erneut die Stummtaste und sah mürrisch zu, wie auf dem Bildschirm zwei Männer, der eine in Polizeiuniform, der andere in Anzug und Mantel, zu einer Gruppe von Journalisten sprachen. Scheiße, dachte er. Scheiße Scheiße Scheiße Scheiße Scheiße. So viel zu seiner Rentenversicherung.

Dann hatte er eine Idee.

Gegen elf Uhr kam Tony Speranza bei der Questura an. Kalter, unangenehmer Smog lag wie eine schwere Decke über der ganzen Stadt. Tony trug einen taubenblauen Anzug mit einem dunkelblauen Hemd plus Krawatte, dazu schwarze Halbschuhe. Er war sauber und gepflegt, ordentlich rasiert und relativ nüchtern, und es war ihm egal, ob das jemandem auffiel. Er war ganz so, wie ein gut angezogener Privatdetektiv sein sollte. Er kam, um eine Million Euro zu kassieren.

Tony erklärte dem diensthabenden Polizisten sein Anliegen. Dieser bat ihn zu warten und führte dann diverse Telefongespräche im Flüsterton. Etwa fünf Minuten später kamen zwei bewaffnete Beamte in Uniform auf den Empfangstisch zu.

Der Polizist sagte mit tonloser Stimme: »Commissario Brunetti erwartet Sie, Signor Speranza.«

Die beiden Beamten begleiteten ihn die breite Treppe hinauf in den ersten Stock. Keiner von ihnen sprach oder sah ihn an, doch er war erfreut – ja sogar stolz – über ihre Anwesenheit. Das bewies, dass man ihn endlich ernst nahm und ihm den Respekt erwies, den er verdiente.

Nachdem sie durch einen Nebenflur gegangen waren, wurde er in ein großes Büro geführt. Dort befanden sich zwei Männer. Tony erkannte sie aus dem Bericht, den er vorhin im Fernsehen gesehen hatte. Das wurde ja immer besser! Man führte ihn zum obersten Chef persönlich!

Der kleinere der beiden Männer sah ihn an, forderte ihn aber nicht auf, sich hinzusetzen. »Sie sind also gekommen, um die Belohnung abzuholen, die die Familie Curti für Informationen ausgesetzt hat, die zur Ergreifung des Mörders führen«, sagte er.

»Richtig.«

»Nun ist aber der Mann, von dem wir glauben, dass er der Mörder ist, bereits in Haft. Auf welcher Grundlage erheben Sie angesichts dieses Sachverhalts Anspruch auf die Belohnung?«

Tony hatte die Szene auf dem Weg hierher mehrfach geprobt und deshalb sofort eine Antwort parat. »Sie stützen Ihre Anklage gegen Vincenzo Amadori auf die Tatsache, dass er bei seiner Verhaftung die Waffe in der Hand hielt, mit der nicht nur auf Curti, sondern auch auf Professor Edgardo Ugo geschossen wurde. Das ist ein reiner Indizienbeweis. Ich hingegen habe konkrete Beweise, dass Amadori tatsächlich zu der Zeit, als Ugo angeschossen wurde, an Ort und Stelle war. Aufgrund der Informationen, die ich besitze, kann kein Zweifel daran bestehen, dass er dieses Verbrechens für schuldig befunden wird. Doch da in beiden Fällen dieselbe Waffe verwendet wurde und diese sich in seinem Besitz befand, folgt daraus, dass er ebenfalls Curti erschossen haben muss. Das ist ein glasklarer Fall.«

Nun sprach der größere der beiden Männer. »Worin bestehen denn diese Informationen, Signor Speranza?«

Tony lachte cool, um zu verstehen zu geben, er sei schließlich nicht von gestern. »Die werde ich natürlich erst in vollem Ausmaß offenlegen, wenn sich die Familie Curti mit der Auszahlung der Belohnung einverstanden erklärt hat. Doch so viel kann ich schon mal sagen: Es handelt sich um elektronische Überwachungstechniken, aufgezeichnet von einem angeschlossenen Computer, die vor jedem Gericht standhalten werden.« Er lächelte die beiden Beamten an. »Das ist im Informationszeitalter dasselbe wie Blut an den Händen.«

Der größere Mann sah die uniformierten Beamten an, die im Raum geblieben waren und rechts und links von Speranza standen. »Na schön«, seufzte er. »Bringt ihn in den Keller und nehmt ihn in die Mangel, bis er mit allem rausrückt. Nach allen Regeln der Kunst, okay? Bis drei Uhr spätestens möchte ich sämtliche Einzelheiten wissen. Auch Sachen, von denen er vergessen hat, dass er sie wusste.«

Die Uniformierten traten an Speranza heran, packten jeder einen Arm und hielten ihn brutal umklammert wie in einem Schraubstock, wie es in Schundromanen immer heißt. Es fühlte sich in der Tat verdammt brutal an.

»Aber... aber... aber...«, stotterte Tony.

Der Beamte lächelte rätselhaft. »Jeder Verbrecher macht irgendwann einen fatalen Fehler«, sagte er. »Sie sind hierhergekommen, um eine Belohnung zu verlangen, weil Sie Beweise haben, dass die Person, die Lorenzo Curti ermordet hat, mit derselben Waffe auf Edgardo Ugo geschossen hat.«

»Aber das ist doch wahr!«

Der andere Mann nickte. »Das ist zweifellos wahr. Dabei haben Sie jedoch übersehen, dass es sich um Ihre eigene Waffe handelt.«

Tony sah sein Gegenüber völlig verblüfft an. »Meine Waffe? Woher wollen Sie das denn wissen?«

»Tja, das hat uns schon einige Mühe gekostet. Die Waffe

wurde mit größter Wahrscheinlichkeit auf dem Schwarzmarkt erworben und ist nicht offiziell registriert. Zum Glück besaßen wir jedoch einen Anhaltspunkt, der uns nach einer schlaflosen Nacht und viel tiefgründigem Nachdenken, das unsere beruflichen Fähigkeiten in einer noch nie da gewesenen Weise auf die Probe gestellt hat, schließlich zu der unwiderlegbaren Wahrheit führte.«

Tony lachte tapfer. »Sie bluffen! Was für ein Anhaltspunkt?«

»Ihr Name ist auf dem Lauf eingraviert, Signore«, sagte Aurelio Zen.

Michael Dibdin im Unionsverlag

Aurelio Zen ermittelt

Commissario Aurelio Zen zieht durch ganz Italien, von Fall zu Fall. »Unter den britischen Krimiautoren kann es keiner mit Michael Dibdin aufnehmen. Keiner reicht an seinen grandiosen Stil, seine Imaginationskraft und seinen Umgang mit den Abgründen der menschlichen Seele heran.« *The Times*

Entführung auf Italienisch Aurelio Zen ermittelt in Perugia

Vendetta Aurelio Zen ermittelt in Sardinien

Himmelfahrt Aurelio Zen ermittelt in Rom

Tödliche Lagune Aurelio Zen ermittelt in Venedig

Così fan tutti Aurelio Zen ermittelt in Neapel

Schwarzer Trüffel Aurelio Zen ermittelt im Piemont

Sizilianisches Finale Aurelio Zen ermittelt in Sizilien

Roter Marmor Aurelio Zen ermittelt in der Toskana

Im Zeichen der Medusa Aurelio Zen ermittelt in Südtirol

Tod auf der Piazza Aurelio Zen ermittelt in Bologna

Sterben auf Italienisch Aurelio Zen ermittelt in Kalabrien

Mehr über Autor und Werk auf *www.unionsverlag.com*

Spannung im Unionsverlag

GARRY DISHER *Hope Hill Drive*
Die Dezemberhitze brennt auf die trockenen Felder und den flimmernden Asphalt der australischen Kleinstadt Tiverton. Constable Paul Hirschhausen hat nicht allzu viel zu tun – bis ein Pferdemassaker die Anwohner erschüttert und dem Constable Rätsel aufgibt. Hirsch entdeckt schlummernde Leidenschaften und kämpft gegen explosive Gewalt.

PATRÍCIA MELO *Trügerisches Licht*
In der glamourösen Serienwelt fühlt sich Fábbio wohl, jedes Autogramm eine Bestätigung seines Erfolgs. Sein Auftritt am Theater allerdings wird von der Kritik belächelt – bis er sich auf der Bühne erschießt. Selbstmord als Performance? Während die Presse sich überschlägt, ermittelt Azucena, Chefin der Spurensicherung, in einer grellen Scheinwelt.

JÜRGEN HEIMBACH *Die Rote Hand*
Der ehemalige Fremdenlegionär Streich verbringt seine Tage als Wachmann schäbiger Garagen. Was darin geschieht, interessiert ihn nicht. Als aber ein Waffenhändler, der die algerische Befreiungsfront beliefert, ermordet wird, kann er die Machenschaften nicht mehr ignorieren und stößt auf Vorgänge, die besser im Verborgenen geblieben wären.

PETRA IVANOV *Stumme Schreie*
Das Verbrechen kriecht beunruhigend nah an Flint und Cavalli heran: Ein Junge aus der Kita ihrer Tochter ist verschwunden. Während Flint die Eltern im Verdacht hat, muss Cavalli in einem anderen Fall hart gegen einen Kollegen vorgehen. Erstmals dürfen die beiden sich nicht austauschen, und schon bald steht Cavalli allein da.

Mehr über alle Autorinnen und Autoren auf
www.unionsverlag.com

Spannung im Unionsverlag

HOEPS & TOES *Die Cannabis-Connection*
Marcel Kamraths Gesetzesinitiative zur Cannabis-Legalisierung steht kurz vor dem Durchbruch, seine Karriereaussichten sind glänzend. Doch dann holt ihn seine begraben geglaubte Vergangenheit wieder ein. Immer tiefer wird Kamrath in ein gefährliches Duell hineingetrieben, das er nur überleben kann, wenn er alles opfert, was ihm wichtig ist.

LEONARDO PADURA *Ein perfektes Leben*
Teniente Mario Conde soll einen Verschwundenen finden, Rafael Morín, der mit Conde zur Schule gegangen ist. Der Mann mit der scheinbar blütenweißen Weste war schon damals ein Musterschüler, der immer das bekam, was er wollte – auch Condes Freundin Tamara. Der Teniente muss sich den Träumen und Illusionen seiner eigenen Generation stellen.

JEAN-CLAUDE IZZO *Die Marseille-Trilogie*
Fabio Montale: ein kleiner Polizist mit großem Herz. Für ihn ist es reiner biografischer Zufall, ob einer Polizist wird oder Gangster. Freund bleibt Freund. Deshalb rächt Fabio zwei seiner Gangster-Freunde, die ermordet wurden. Das Spiel wird allerdings nach Regeln von Leuten gespielt, denen ebenso egal ist, ob einer Polizist ist oder Verbrecher.

JEONG YU-JEONG *Der gute Sohn*
Yu-jin erwacht blutverschmiert. Mit wachsendem Grauen geht er ins Untergeschoss, wo er eine entsetzliche Entdeckung macht: Seine eigene Mutter liegt mit durchgeschnittener Kehle im Wohnzimmer. Seine Erinnerungen an den letzten Abend sind wie ausgelöscht. Wer hat seine Mutter auf dem Gewissen? Und wieso deuten alle Hinweise auf ihn selbst?

Mehr über alle Autorinnen und Autoren auf
www.unionsverlag.com

Spannung im Unionsverlag

Colin Dexter *Zuletzt gesehen in Kidlington*
Vor zwei Jahren ist die junge Valerie Taylor spurlos verschwunden. Inspector Morse soll den Fall neu aufrollen, sieht aber keine Chance, das Mädchen noch lebend zu finden. Bis ein Brief eintrifft, der Valeries Unterschrift trägt und der damalige Ermittler kurz darauf bei einem Verkehrsunfall ums Leben kommt. Morse glaubt nicht an einen Zufall.

Helon Habila *Öl auf Wasser*
In Port Harcourt, Nigeria, regieren die Ölkonzerne. Als die Frau eines hochrangigen Mitarbeiters entführt wird, wittert der Journalist Rufus eine Story. Er reist ins Nigerdelta und betritt eine apokalyptische Welt, in der die Fischer ums Überleben kämpfen. Nur in einem kleinen Dorf scheint die Welt noch in Ordnung – doch die Ruhe trügt.

Mercedes Rosende *Krokodilstränen*
Der Schauplatz: die Altstadt von Montevideo. Der Coup: ein Überfall auf einen gepanzerten Geldtransporter. Die Besetzung: Germán, gescheiterter Entführer. Úrsula López, resolute Hobbykriminelle. Doktor Antinucci, zwielichtiger Anwalt. Und schließlich Leonilda Lima, erfolglose Kommissarin mit einem letzten Rest von Glauben an die Gerechtigkeit.

Petra Ivanov *Entführung*
Der Täter ist gefasst, doch das Opfer bleibt verschwunden: Eine Studentin wurde entführt, bei der Polizei herrscht Ausnahmezustand. Sexualdelikt oder Terrorismus? Pal Palushi wird zum Strafverteidiger des Entführers ernannt und gerät zwischen die Fronten. Nur Ex-Polizistin Jasmin Meyer hält zu ihm. Sie findet eine tödliche Spur.

Mehr über alle Autorinnen und Autoren auf
www.unionsverlag.com

Spannung im Unionsverlag

JEONG YU-JEONG *Sieben Jahre Nacht*
Wie kann ein elfjähriger Junge überleben, wenn alle Welt in ihm den Sohn des »Stauseemonsters« sieht? Des Mannes, der ein Mädchen ermordete und ein ganzes Dorf zerstörte? Einsam und geächtet lebt er in einem Dorf an der Küste. Rätselhafte Besucher tauchen auf. Die Vergangenheit wird aufgerollt. Am Ende ist alles anders, als es schien.

MICHAEL DIBDIN *Entführung auf Italienisch*
Kommissar Aurelio Zen reist für einen Spezialauftrag nach Perugia: Ruggero Miletti, das Haupt einer der mächtigsten Familien Italiens, wurde entführt. Alles scheint sich gegen den Neuankömmling aus Rom verschworen zu haben. Doch im Kampf gegen Korruption und Mafia entwickelt Aurelio Zen seine wahren Qualitäten.

NII PARKES *Die Spur des Bienenfressers*
In einem Dorf im Hinterland Ghanas, in dem sich seit Jahrhunderten kaum etwas verändert hat, verschwindet ein Mann. Der Städter Kayo, der den Glauben der Dorfbewohner an Übersinnliches nicht teilt, wird mit der Aufklärung beauftragt – muss jedoch bald einsehen, dass westliche Logik und politische Bürokratie ihre Grenzen haben.

CLAUDIA PIÑEIRO *Betibú*
Inmitten einer idyllischen Wohnsiedlung wird ein Unternehmer mit aufgeschlitzter Kehle in seinem Lieblingssessel aufgefunden. Im ersten Moment deutet alles auf Selbstmord hin, doch schon bald erwachsen Zweifel. – Claudia Piñeiro nimmt mit scharfem Blick das Verhältnis zwischen Medien und politischer Macht unter die Lupe.

Mehr über alle Autorinnen und Autoren auf
www.unionsverlag.com

Unionsverlag Taschenbuch

BÜCHER FÜRS HANDGEPÄCK
Argentinien · Bali · Bayern · Belgien · Brasilien · China · Dänemark · Emirate · Finnland · Himalaya · Hongkong · Indonesien · Innerschweiz · Island · Kalifornien · Kambodscha · Kanada · Kapverden · Korea · Kuba · London · Malaysia · Mexiko · Myanmar · Namibia · Neuseeland · New York · Norwegen · Peru · Provence · Sahara · Schottland · Schweiz · Sizilien · Sri Lanka · Tessin · Thailand · Toskana · Vietnam

JURI RYTCHËU Unter dem Sternbild der Trauer (UT 1062)
PETRA IVANOV
KRYO – Die Verfehlung (UT 1061)
KRYO – Die Versuchung (UT 1060)
KRYO – Die Verheißung (UT 1059)
ELENA PONIATOWSKA
Frau des Windes (UT 1058)
LEONARDO PADURA
Anständige Leute (UT 1057)
DENISE MINA
Blut Salz Wasser (UT 1056)
EDVARD HOEM
Der Heumacher (UT 1055)
MICHAEL CRUMMEY
Sweetland (UT 1054)
DRISS CHRAÏBI Die Zivilisation, Mutter! (UT 1053)
DACIA MARAINI
Drei Frauen (UT 1052)
BACHTYAR ALI Die Herrin der Vögel (UT 1050)
MONIQUE ROFFEY
Die Meerjungfrau von Black Conch (UT 1049)
GALSAN TSCHINAG
Kennst du das Haus (UT 1048)
JOHN MEADE FALKNER
Moonfleet (UT 1047)
MIA COUTO Der Kartograf des Vergessens (UT 1046)
YANIV ICZKOVITS
Fannys Rache (UT 1045)
PATRÍCIA MELO
Die Stadt der Anderen (UT 1044)
JÜRGEN HEIMBACH
Waldeck (UT 1043)
VIRGINIA WOOLF & VITA SACKVILLE-WEST
Love Letters (UT 1042)
GARRY DISHER
Funkloch (UT 1040)
WILLEM ELSSCHOT
Leimen (UT 1039)
FRANCISCO SIONIL JOSÉ
Gagamba, der Spinnenmann (UT 1038)
DENISE MINA Götter und Tiere (UT 1037)
DACIA MARAINI Tage im August (UT 1036)
CARL NIXON
Settlers Creek (UT 1035)
EDVARD HOEM
Der Geigenbauer (UT 1034)
CLAUDIA PIÑEIRO
Ganz die Deine (UT 1033)

Mehr über alle Bücher auf *www.unionsverlag.com*